10|18
12, avenue d'Italie — Paris XIIIe

Sur l'auteur

Elena Arseneva est née en 1958, de mère russe et de père italien. Elle est très tôt initiée à la lecture et aux langues étrangères par sa grand-mère, qui lui transmet son enthousiasme pour la littérature française. Dans les années 1980, après une maîtrise d'histoire à Moscou, elle quitte l'URSS, non sans difficultés, et s'installe à Paris. Elle s'inscrit à la Sorbonne en lettres modernes, fait une escapade théâtrale au cours Florent et se passionne pour les auteurs français du XVIIIe siècle. Elena Arseneva traduit en français des ouvrages russes, anglais ou italiens.

LA FOURCHE DU DIABLE

PAR

ELENA ARSENEVA

10|18

INÉDIT

« Grands Détectives »
dirigé par Jean-Claude Zylberstein

Du même auteur
aux Éditions 10/18

LE SCEAU DE VLADIMIR, n° 2890
LA PARURE BYZANTINE, n° 2891
AMBRE MORTEL, n° 3012
LA NUIT DES ONDINES, n° 3121
L'ESPION DU PRINCE OLEG, n° 3245
▶ LA FOURCHE DU DIABLE, n° 3412

ISBN 2-264-03208-1

LA FOURCHE DU DIABLE

PRINCIPAUX PERSONNAGES

Artem	boyard, chef de droujinniks et conseiller de Vladimir, prince de Tchernigov
Philippos	fils adoptif d'Artem
Mitko	Varlet, collaborateur d'Artem
Vassili	Varlet, collaborateur d'Artem
Olaf	riche boyard de la ville de Kremni
Procope	fils aîné d'Olaf
Natalia	épouse de Procope
Stépan	deuxième fils d'Olaf
Ipate	troisième fils d'Olaf
Alia	fille d'Olaf
Grigori	gouverneur de Kremni
Cyrille	fils de Grigori
Titos	médecin
Varvara	veuve d'un drapier
Le Passeur	sorcier

PROLOGUE

En cette fin de l'an de grâce 1073, l'hiver régnait en maître incontesté sur la terre russe. Recouverts d'une neige épaisse, champs et routes se confondaient, offrant au regard une vaste plaine d'un blanc immaculé. Seule la masse sombre de la forêt tranchait sur ce paysage uniforme ; silencieuse et hostile, elle semblait garder jalousement quelque mystère caché au fond de son labyrinthe glacial.

La nuit venait de tomber ; une lune blafarde éclairait d'une lumière fantomatique une petite cabane située à la lisière de la forêt, à l'ombre de grands sapins immobiles. Toute de guingois, elle semblait écrasée par l'énorme chapeau de neige qui cachait son toit de chaume. Derrière la maison se profilaient un poulailler vide et un hangar à la porte entrebâillée. L'isba et l'arrière-cour s'entouraient d'une palissade délabrée, flanquée de congères. Son portillon donnait sur un petit chemin dont quelques buissons dénudés marquaient les bords. Serpentant entre champs et prés, le sentier reliait la forêt à la bourgade animée de Kremni, joyeuse et prospère, qui se flattait de commercer avec Tchernigov, la capitale de la principauté, Kiev et même Byzance.

À cette heure vespérale, la plupart des habitants de Kremni venaient d'éteindre leur poêle et se préparaient à goûter un repos bien mérité. Mais l'habitant de la cabane solitaire ne songeait nullement au sommeil. Il s'affairait auprès d'un chaudron en bronze maculé de suie, suspendu au-dessus de l'âtre. Son visage glabre à la peau mate reflétait une extrême concentration ; les mouvements de son corps souple mais musclé étaient précis et rapides. Tantôt il ranimait les flammes qui léchaient le fond du récipient, tantôt il mélangeait l'épais liquide en ébullition, y ajoutait quelque ingrédient choisi parmi les préparations disposées sur une table rustique au milieu de l'unique pièce de l'isba. Hormis la table, celle-ci comportait un énorme coffre à vêtements recouvert d'une peau d'ours qui servait de lit au maître du logis. D'autres coffres de différentes tailles, ainsi qu'un banc garni de coussins, longeaient les murs chargés de rayonnages. Ces derniers supportaient d'innombrables pots, fioles et flacons remplis de mystérieuses mixtures. Des guirlandes composées de plantes sauvages, de bouquets d'herbes séchées et de racines tordues et rabougries pendaient du plafond noirci de suie.

Une puanteur insupportable régnait dans l'isba à cause des effluves qui s'échappaient du chaudron. L'homme au visage mat y semblait insensible. Il finit par délaisser l'écœurant mélange en ébullition pour se consacrer aux objets posés sur la table. Ouvrant un pot en terre cuite, il découvrit le corps décomposé, tout grouillant d'asticots, d'un petit animal qu'il n'était plus possible d'identifier. À l'aide d'un couteau de chasse, le sorcier vida la chair pourrie dans un mortier. Il y jeta également trois têtes de serpent qu'il avait extraites d'un autre pot. Ce mélange fut complété par les morceaux d'une longue racine blanchâtre finement hachée. Le sorcier entreprit de piler le contenu du mortier avant de le jeter dans le chaudron. Comme il touillait le liquide bouillant à l'aide d'une longue baguette de bois, la puanteur se dissipa, remplacée par une odeur âpre et irritante. L'homme alla rapidement chercher un flacon sur une des étagères, le déboucha et revint vers le chaudron pour y verser quelques gouttes d'une essence incolore. Ajoutée au mélange, celle-ci fit disparaître toute odeur. Satisfait du résultat, le sorcier hocha la tête tandis qu'un sourire torve se dessinait sur ses lèvres.

Il s'essuya les mains avec un chiffon imbibé d'un contrepoison. À présent, il ne restait plus qu'à laisser s'évaporer le liquide superflu. Après avoir ranimé les flammes, il se dirigea vers l'unique fenêtre de l'isba pour soulever son cadre branlant, tendu d'une vessie de porc. Pendant que la pièce s'aérait, le sorcier contempla les lointaines étoiles qui luisaient dans le ciel noir. Son sourire devint sarcastique, creusant des plis profonds autour de sa bouche. Combien d'hommes sa nouvelle décoction allait-elle expédier dans l'autre monde ?

Oui, cette potion mortelle allait servir, et très bientôt ! Ce n'est pas en vain qu'il avait découpé, pilé, broyé des dizaines d'ingrédients avant de faire cuire ce mélange pendant des heures. Plusieurs gaillards au sang pur et vigoureux allaient périr aussi sûrement que s'il plantait son couteau de chasse dans leur cœur. D'autres au contraire l'aideraient à réaliser ses projets. Par le Diable, il n'avait jamais éprouvé la moindre difficulté à trouver des exécutants ! Ne possédait-il pas le secret de rendre les gens malléables comme de la cire ?

Soudain, il fronça les sourcils. Une seule personne lui avait tenu tête, osant le traiter avec un mépris outrageant. Si la chance lui souriait, il pourrait peut-être tendre un piège à l'arrogante créature qui l'avait défié.

Hochant la tête comme pour approuver ses pensées secrètes, il écarta les longues mèches qui tombaient sur son front avant de revenir vers le chaudron. Il ne restait plus qu'un tiers du liquide verdâtre, mais une petite quantité de ce concentré serait capable de tuer un homme robuste en moins d'une heure.

Le sorcier éteignit le feu pour laisser refroidir sa préparation. Attirant un tabouret vers lui, il s'assit devant l'âtre, contemplant d'un air rêveur les braises rougeoyantes. Il pensait à la série de catastrophes qui allaient s'abattre sur les habitants de la ville.

Dans la demeure familiale du vénérable boyard[1] Olaf, les domestiques venaient de débarrasser la table de la grand-salle après le dîner et soufflaient les bougies des hauts candélabres d'argent. Ils continuaient d'aller et venir entre les dépendances et la vaste maison du boyard, tandis que s'éteignaient déjà les fenêtres du deuxième étage, occupé par les chambres du vieux maître et de ses enfants. Une seule fenêtre demeura éclairée plus longtemps que d'habitude : celle du cabinet de travail de Procope, le fils aîné d'Olaf.

Fixant l'imposante clepsydre en terre cuite, Procope s'efforçait de prendre son mal en patience. Pour tromper son attente, il étudia quelque temps le document rédigé sur une bande d'écorce de bouleau que son père lui avait remis le matin même. Il s'agissait du rapport mensuel du régisseur du domaine. À l'évidence, Olaf ne perdait pas l'espoir de voir son fils aîné se consacrer davantage au gouvernement de la propriété familiale. Mais Procope rejeta le rouleau avec un soupir exaspéré. L'angoisse lui nouait l'estomac; des gouttes de sueur perlaient à son front. Il tira de la poche intérieure de son caftan un flacon d'argent rond et plat qui contenait de l'eau-de-vie de cerise. Procope portait toujours sur lui une bonne dose de sa « médecine » favorite, au grand dam de ses proches qui supportaient mal son penchant pour les boissons fortes. Après avoir avalé une longue

1. Voir la postface en fin de volume, ainsi que le glossaire des termes russes page 315.

gorgée de liquide revigorant, il s'assura qu'il en restait suffisamment, revissa le bouchon et cacha le récipient dans sa poche.

Il attendit encore un quart d'heure avant de souffler les chandelles et de quitter son cabinet de travail. Se glissant le long du couloir, il atteignit la chambre qu'il partageait avec son épouse. Natalia dormait-elle ? Il prit une profonde inspiration, poussa doucement la porte et pénétra dans la pièce.

Un silence complet y régnait. Méfiant, Procope fixa le lit conjugal faiblement éclairé par les veilleuses du coin aux icônes... Dieu merci, Natalia dormait à poings fermés ! Elle avait repoussé l'édredon trop chaud, et Procope pouvait voir sa poitrine se soulever au rythme de sa respiration.

Un peu soulagé, il reprit son souffle. S'il rentrait avant l'aube, Natalia ne s'apercevrait pas de son absence. D'ailleurs, quand bien même elle se réveillerait entre-temps, pourquoi s'inquiéterait-elle ? Natalia connaissait les accès de mélancolie qui s'emparaient parfois de son époux en dépit de son tempérament gai et enjoué. La jovialité naturelle de Procope pouvait disparaître d'un seul coup ; il devenait alors sombre et silencieux, fuyait toute compagnie et ne se sentait bien qu'à l'air libre, au contact de la nature. Capable de parcourir plusieurs verstes à pied, il marchait alors sans répit, ne s'arrêtant que pour boire quelques gorgées d'eau-de-vie.

Cependant, ce soir-là, le trouble qui l'envahissait avait une cause précise. Natalia, qui connaissait ses moindres réactions, aimerait sûrement l'interroger à ce propos. C'est pour éviter ses questions que, dès la fin du dîner, il avait prétexté une missive à rédiger d'urgence et s'était enfermé dans son cabinet de travail. Maintenant que Natalia dormait, la voie était libre. Il allait enfin pouvoir s'échapper, mettre un peu d'ordre dans son esprit et réfléchir.

Procope ressortit de la chambre sur la pointe des pieds et se dirigea vers le large escalier en chêne sculpté. Descendu au rez-de-chaussée, il gagna la vaste entrée encombrée de coffres à vêtements et de porte-habits, décrocha sa pelisse et l'enfila sans la boutonner. Comme il vérifiait s'il n'avait pas oublié la clé de la porte d'entrée, celle-ci lui échappa des mains et tomba sur le plancher. Jurant entre ses dents, Procope maudit sa maladresse dont il ne connaissait que trop bien la raison. Tout au long du dîner, il n'avait pas arrêté de vider coupe sur coupe, se moquant de la mine scandalisée qu'affichaient son père et ses deux frères cadets. Procope fit la grimace. Force était de constater qu'il n'aurait pas dû boire autant de ce vin de Chypre trop lourd ! La tête lui tournait plus que d'habitude et ses doigts tremblaient violemment.

Soudain, il tressaillit : un homme surgi dans l'entrée le dévisageait en silence. L'instant d'après, Procope reconnut le vieux domestique de son père, qui avait dû accourir en entendant la lourde clé heurter le sol. Procope le renvoya d'un geste agacé, ramassa la clé et s'empressa de sortir.

Dehors, il respira avidement l'air froid de la nuit. Il se sentit tout de suite mieux. Quelques instants plus tard, il s'éloignait à grands pas de la demeure de son père en direction de la porte nord de la ville. Il ne croisa sur son chemin que deux ou trois passants qui, le visage enfoui dans le col de leur manteau, se hâtaient de rentrer chez eux. En longeant la grand-rue, il aperçut quelques gargotes encore ouvertes, aux huis entrebâillés malgré le froid. Il pouvait entendre les éclats de rire et les voix avinées des clients, tandis que d'autres braillaient à tue-tête des chansons paillardes.

Parvenu à la sortie de la ville, il franchit l'enceinte de bois en passant sous la tour de guet déserte. En hiver, les gens ne craignaient pas les incursions des Koumans, les terribles nomades de la steppe, et le froid mordant avait dû chasser la sentinelle qui montait la garde en haut de la tour.

La neige crissant sous ses bottes, Procope suivit la route quelque temps. La seule idée de se trouver hors de la ville lui procurait une sensation de bien-être. Il était enfin loin de la demeure familiale et de son atmosphère irrespirable; loin des rues étroites, bordées de congères grises, couvertes de détritus et d'immondices; loin des gens à l'âme noire et hypocrite, dont les sourires mielleux et la sollicitude empressée dissimulaient la cupidité, l'envie et la haine.

S'arrêtant un instant, il déboucha à nouveau son flacon d'eau-de-vie et avala une généreuse rasade avant de se remettre à marcher. Comme souvent pendant ses promenades solitaires, ses pas le portèrent naturellement vers la forêt, à environ une verste de la ville. Il quitta la route pour s'engager sur un petit chemin de campagne. S'enfonçant dans la neige immaculée, il s'avança lentement vers la masse noire des arbres. Au fond de la forêt se trouvait la clairière qui l'attirait d'une manière étrange, presque surnaturelle. Il avait l'impression d'y rencontrer l'esprit de sa première fiancée, Pélagie, qu'il avait perdue trois étés auparavant.

Celle-ci s'était un jour égarée dans les bois, et son corps affreusement mutilé par les bêtes fauves avait été retrouvé dans une clairière, près d'un vieux chêne au tronc fendu par la foudre. Considéré comme l'arbre tutélaire du liéchy, l'esprit maléfique régnant sur la forêt, ce chêne avait pour nom la « fourche du Diable ». On murmurait que la belle avait été enlevée par le liéchy, ce démon lubrique qui l'avait mise à mort après avoir satisfait son désir impur.

Bien que Procope n'ait jamais eu à regretter d'avoir épousé Natalia, il lui arrivait encore d'éprouver des bouffées de nostalgie pour son premier amour. C'est ainsi qu'il avait pris l'habitude d'aller se recueillir non pas sur la tombe de sa défunte fiancée, mais auprès de l'arbre du liéchy, qui seul connaissait le mystère de la mort de Pélagie. C'est ici, en pleine forêt, que Procope trouvait le calme et l'apaisement lorsque ses propres démons l'assaillaient. Aussi ce soir-là avait-il dirigé ses pas vers le chêne géant, espérant échapper aux fantômes engendrés par son esprit tourmenté.

Le sentier que suivait Procope l'avait conduit tout près de l'isba du sorcier. Partagé entre la crainte et la curiosité, il s'arrêta un instant pour examiner celle-ci. Une faible lumière filtrait à travers l'unique fenêtre de la cabane. Le Diable veillait ! Procope sentit un frisson glacé lui parcourir le dos. Il se signa trois fois et se hâta de reprendre sa marche. Quittant le chemin, il s'enfonça dans la neige tellement profonde qu'elle arrivait aux revers de ses hautes bottes de cuir. Il fit un grand détour pour éviter l'isba et son sinistre occupant. Enfin, il pénétra dans la forêt.

De minuscules glaçons s'étaient formés sur sa moustache et sur sa barbe, il était transi et avait les pieds gelés, mais il ne pensait même pas à refermer sa pelisse. Il n'avait qu'une seule idée en tête : parvenir au plus vite à l'arbre du liéchy. Là-bas, songea-t-il, au cœur de cette forêt qu'il connaissait et aimait comme une amie d'enfance, il allait enfin chasser les pensées confuses qui le hantaient depuis quelques jours.

La lune teintait de bleu la neige qui scintillait doucement. Dans cette lumière fantastique, la forêt immobile évoquait la citadelle enchantée, recouverte d'un voile argenté, des vieilles légendes que la nourrice de Procope lui racontait dans son enfance. Plongé dans le sommeil, le château attendait qu'un preux vienne le délivrer, ôtant le voile magique et brisant l'envoûtement...

Mais Procope avait l'impression que, ce soir, il n'était pas le bienvenu en ce lieu. Le silence qui régnait alentour avait quelque chose de menaçant. De leurs mains squelettiques, les buissons dénudés agrippaient sa pelisse comme s'ils avaient cherché à le retenir ; les arbres précipitaient des paquets de neige sur son passage et tendaient leurs branches, lui barrant le chemin. Obstiné, Procope poursuivait sa marche, s'orientant grâce à des repères connus de lui seul.

Débouchant sur la clairière, il rejoignit l'arbre du liéchy et s'y adossa, essoufflé, en proie au vertige. Il dut fermer les yeux un instant pour réprimer un violent accès de nausée. Immédiatement, le visage sardonique du sorcier surgit dans sa mémoire. Ses lèvres fines remuaient, et Procope devina le mot qu'elles formulaient : « Assassin ! » Affolé, il rouvrit les paupières. Le clair de lune inondait l'espace découvert devant lui, et il lui sembla apercevoir une forme sombre gisant sur la neige. Glacé d'horreur, il jeta un regard alentour : mille visages grimaçants le fixaient à travers les branches des arbres, et ils criaient tous :

— Au meurtre ! À l'assassin !

— Par Dieu tout-puissant, je n'ai jamais... Pitié ! gémit Procope.

Il était venu ici pour recouvrer la paix de l'âme, pas pour entendre cette terrible accusation ! Était-ce le liéchy, le perfide maître de la forêt, qui se moquait de lui ? Ou bien était-ce le maudit sorcier qui lui avait jeté un charme au moyen de quelque incantation maléfique ? Mais n'étaient-ce pas plutôt ses propres démons qui s'acharnaient contre lui, surgis de cet enfer qu'était devenue sa conscience ?

Il se frotta les yeux puis scruta à nouveau les ténèbres. Le cadavre et les monstres ricanants avaient disparu. Du revers de sa manche, il essuya la sueur qui coulait sur ses tempes et tenta de se rassurer. Il n'avait aucune raison de céder à la panique ! La vision de cauchemar qu'il venait d'avoir prouvait simplement qu'il avait les nerfs tendus à se rompre et qu'il avait abusé de ce vin de Chypre capiteux qu'on avait servi au cours du dîner. Il allait se ressaisir d'un instant à l'autre. N'était-il pas loin de la maison de son père, en pleine forêt ? La conscience d'être seul et libre l'avait toujours réconforté...

Pas cette fois. La terreur continuait à lui nouer l'estomac. Il avait l'impression qu'une sourde menace émanait de la forêt, comme si des yeux invisibles l'épiaient de derrière les arbres, comme si le Mal rôdait dans les ténèbres alentour, prêt à bondir et à fondre sur lui. Oui, maintenant il était sûr de sentir une présence maléfique tout près de lui ! Et si c'étaient... les Drégoves, ces dangereux païens qui habitaient les marais au fond de la forêt ? Il songea à tout ce qu'on racontait à leur sujet, à leurs redoutables flèches et poignards enduits d'un poison foudroyant, aux meurtres rituels qu'ils pratiquaient sur leurs prisonniers chrétiens... Un long frisson secoua son corps. Puis il fut submergé par un nouvel accès de nausée.

Flageolant sur ses jambes, il fit quelques pas, se plia en deux et vomit tripes et boyaux. Lorsqu'il put se redresser, il revint vers l'arbre du liéchy et s'y appuya, tremblant de tous ses membres. Des cercles flamboyants dansaient devant ses yeux. Oh, Dieu ! pourquoi, pourquoi souffrait-il autant ?

Soudain, à travers le bourdonnement qui emplissait ses oreilles, il perçut une voix de femme qui l'appelait par son nom. Il se figea. Cela ne pouvait être Pélagie ! Ou alors... était-elle revenue le chercher ?

Terrifié, il tomba à genoux, se signa plusieurs fois et entama une prière...

Le boyard Procope avait raison : le Mal rôdait tout près de lui. Un regard haineux observait chacun de ses gestes, mesurant le temps qui lui restait à vivre. Pendant que le malheureux priait, la neige se mit à tomber, et l'assassin se réjouit. Même si on découvrait la victime le lendemain matin, ce qui était d'ailleurs fort improbable, toutes les empreintes auraient disparu pendant la nuit...

Le boyard se releva avec peine. Il grelottait de froid. D'un geste familier, il sortit de sa poche le flacon empli de son remède favori. Il s'apprêtait à en avaler une gorgée lorsqu'une vague de douleur lui déchira les entrailles. Le récipient tomba à ses pieds.

Procope esquissa un pas vacillant et plaqua les mains sur son ventre. Soudain, il sut qu'il allait mourir. C'est alors que, dans un dernier éclair de lucidité, il comprit qui l'avait tué et pourquoi. Il voulut crier le nom de l'assassin... Trop tard ! Un long gémissement s'échappa de ses lèvres, suivi d'un râle qui n'avait plus rien d'humain. Il s'effondra sur la neige et eut le temps de distinguer le haut ciel étoilé au-dessus de lui avant de sombrer dans les ténèbres.

Une silhouette sombre se détacha de la masse des arbres et s'avança vers le cadavre pour se pencher vers lui. Un regard froid et dur croisa celui, aveugle, de Procope. Bientôt, ce corps inanimé n'aurait plus qu'une lointaine ressemblance avec le fringant fils aîné d'Olaf.

— Tu n'as eu que ce que tu méritais, boyard ! cracha l'assassin à l'adresse de sa victime. Certes, le monde est plein de créatures semblables à toi, lâches et stupides... Mais toi, tu as eu le malheur de te mettre en travers de mon chemin !

Cette brève oraison funèbre terminée, il ouvrit son sac de cuir et se mit à en sortir ses instruments. Tel un bon artisan, il les disposa soigneusement devant lui, puis il entreprit de parachever son œuvre.

CHAPITRE PREMIER

Le boyard Olaf s'éveilla bien avant l'aube, mais il décida de paresser quelque temps au lit. Il faisait glacial dans sa chambre, et il hésita à appeler un domestique pour allumer le feu dans le poêle installé dans l'angle où, par crainte d'incendie, on avait recouvert le plancher d'une plaque de fer. Finalement, il résolut de s'en charger lui-même et se glissa hors de son lit surmonté d'un dais en grognant et en resserrant sa longue chemise de nuit.

Pas très grand, il s'était néanmoins toujours considéré comme un bel homme à cause de ses larges épaules et de sa poitrine velue et musclée. Il s'enorgueillissait tout autant de sa panse majestueuse apparue avec l'âge. Chacun sait que la gent féminine préfère les hommes doués d'une belle prestance à tous ces maigrelets, dont le corps chétif témoigne d'une santé chancelante et d'une grande mollesse de caractère.

Il disposa dans le poêle les branches sèches et les bûches préparées la veille, et les enflamma à l'aide d'un briquet de silex. Regagnant son lit, il s'adossa aux oreillers, remonta son édredon de duvet de cygne jusqu'au menton et se plongea dans ses pensées. Celles-ci revenaient sans cesse à la mort tragique de son fils aîné survenue quatre jours plus tôt. Quelle mouche avait donc piqué Procope pour qu'il se précipite dans la forêt en pleine nuit, alors qu'il gelait à pierre fendre ?

Comme il pensait au corps affreusement mutilé de son fils, un frisson le parcourut. Dès la découverte du cadavre, il avait envoyé un messager à Tchernigov, suppliant le prince Vladimir de confier l'enquête à l'un des hauts fonctionnaires de son Tribunal, afin que les coupables n'aient aucune chance d'échapper au châtiment qu'ils méritaient. Certes, comme dans toutes les petites villes des terres russes, il y avait à Kremni un représentant du Tribunal, le receveur des plaintes, mais il n'était pas de taille à se charger d'une affaire aussi grave. Olaf, qui avait combattu dans sa jeunesse au côté du père de Vladimir, le grand-prince Vsévolod, espérait que le jeune prince accueillerait favorablement sa requête.

D'après ses calculs, l'émissaire du prince devait arriver aujourd'hui, au plus tard demain. Il soupira. En attendant, autant occuper son esprit par quelque chose de plus agréable... ses nouvelles noces, par exemple !

Une lune auparavant, Olaf avait envoyé les marieurs chez son ancien compagnon d'armes, Rogned, un noble de Tchernigov, en lui demandant la main de sa fille Ouliana, âgée de dix-sept étés. Le visage candide et enfantin de la jeune fille contrastait avec ses formes voluptueuses. Un sourire gourmand effleura les lèvres d'Olaf tandis qu'il imaginait ce corps splendide, qui allait encore s'épanouir après le mariage.

Il n'avait point douté du succès de son entreprise. Tout comme lui, les parents d'Ouliana appartenaient à la vieille noblesse varègue, mais des revers de fortune les avaient obligés à vendre les deux tiers de leurs terres. Olaf, au contraire, avait réussi à faire prospérer son domaine ; il comptait parmi les hommes les plus riches de la principauté et représentait un parti enviable. En outre, il se targuait d'avoir conquis le cœur de la belle Ouliana. Certes, il avait dépassé la cinquantaine depuis longtemps, mais son épaisse crinière et sa longue moustache à la mode varègue étaient à peine striées de blanc. Il pouvait tenir en selle sans se fatiguer pendant des heures lorsqu'il chassait en compagnie de ses fils, et il aimait à donner un coup de main tantôt à un domestique qui fendait du bois, tantôt aux paysans qui labouraient ses champs ou fauchaient ses prés. Quant à son ardeur amoureuse... plusieurs veuves de Kremni auraient pu témoigner de sa vigueur, sans parler des jeunes servantes employées sur sa propriété. N'avait-il pas engrossé la jolie lavandière Katia pas plus tard qu'en septembre ?

Les marieurs avaient rondement mené leur affaire. Après avoir reçu la bénédiction paternelle, Ouliana avait remercié Olaf de l'honneur qu'il lui faisait, n'exprimant qu'un souhait : retarder la cérémonie des fiançailles jusqu'à l'Épiphanie. De cette façon, elle fêterait les adieux à sa vie de jeune fille pendant la période de Noël, moment de l'année où les jeunes gens s'amusent le plus.

Olaf lui avait concédé cette faveur. Il se sentait heureux. Mais, comme dit le proverbe, il y avait dans cette barrique de miel une cuillerée de poix : l'hostilité avec laquelle ses enfants avaient accueilli son projet.

Poussant un soupir, Olaf s'agita sous l'édredon et fixa le ciel pourpre aux étoiles dorées du baldaquin de son lit. Il partageait son imposante demeure avec ses trois fils et sa fille, et chacun d'entre eux avait exprimé sa désapprobation en apprenant la nouvelle. Mais il avait bien l'intention de leur rappeler que, tout comme par le passé, il entendait mener son monde à la baguette ! Ses enfants allaient filer doux, sous peine d'être déshérités !

Il jeta un coup d'œil vers la fenêtre. À travers les carreaux de mica, les rayons rose vif de l'aube pénétraient dans la pièce, annonçant une journée froide et ensoleillée. Olaf frappa dans ses mains. Son vieux domestique,

Stas, connaissait ses habitudes; il avait dû guetter le signal de son maître près de la porte, car il entra aussitôt de son pas traînant. Il s'inclina devant Olaf qui s'était dressé sur son coude puis, croisant son regard interrogateur, répondit :

— Non, boyard, l'émissaire du prince n'est pas encore arrivé.

Sans attendre les questions que son maître lui posait tous les matins, il poursuivit :

— Il gèle toujours autant, mais le vent s'est un peu calmé depuis hier. L'intendant a fait le tour de la propriété; il n'a rien à signaler, la nuit s'est passée sans incident. Le boyard Stépan s'est levé il y a une heure, il est en train de discuter avec le gérant du domaine. Les jeunes Ipate et Alia dorment encore. Quant à dame Natalia, elle est debout depuis fort longtemps. Je l'ai aperçue dans la basse-cour, puis dans les cuisines.

Olaf hocha la tête. Sa belle-fille Natalia, la veuve de Procope, faisait partie de sa famille depuis un peu plus de deux étés. Le vieux boyard avait failli interdire cette union à cause de la maigre dot et des origines modestes de la jeune fille. Mais voyant son aîné boire chaque jour davantage, Olaf s'était ravisé, espérant que les joies du mariage sauveraient Procope de l'emprise du « serpent vert », comme le peuple appelait l'alcool. Bien que son fils ne se fût guère assagi, Olaf s'était attaché à la jeune épousée et n'avait jamais regretté sa décision. Travailleuse et discrète, Natalia savait se rendre utile. Elle était vite devenue irremplaçable dans bien des domaines et participait à la bonne marche de la propriété plus efficacement que son époux. Le vieux boyard n'avait qu'un souhait : que la jeune femme ne tarde pas à mettre au monde son premier petit-fils. Hélas ! la mort tragique de Procope venait d'anéantir cet espoir.

Olaf descendit du lit et se dirigea au fond de la pièce où un bassin rempli d'eau, une cruche et une serviette avaient été préparés pour ses ablutions matinales. Le serviteur Stas l'aida à faire sa toilette puis lui tendit une cotte de lin propre, le col et les épaules ornés de broderies multicolores. Une fois habillé, Olaf renvoya le domestique d'un geste de la main et se dirigea vers le coin aux icônes. S'agenouillant devant l'image de la Sainte Vierge, il s'absorba dans une prière silencieuse.

Cependant, ses pensées ne cessaient de revenir à ses enfants. Depuis le jour où il les avait informés de son intention de se remarier, leurs rapports avaient changé. Il percevait quelque chose de sournois dans l'attitude de chacun d'entre eux. Seul le malheureux Procope s'était exprimé avec franchise. Jusqu'à présent, les autres avaient évité d'aborder le sujet, et Olaf se demandait ce que dissimulaient leurs visages de marbre et leurs sourires forcés. Parfois, il lui semblait qu'une menace impalpable mais réelle planait sur sa demeure et sur lui-même...

Réprimant un frisson involontaire, il leva le regard vers le beau visage de la Mère de Dieu dans sa châsse d'argent ciselé. Ses yeux mélancoliques le fixaient d'un air désapprobateur, comme pour lui rappeler qu'il ferait mieux de prier pour le repos de l'âme de son aîné plutôt que d'imaginer on ne sait quelles noirceurs de la part des enfants qui lui restaient. Olaf inspira profondément. Ces craintes étaient ridicules ! La sensation oppressante qu'il éprouvait disparaîtrait dès que les assassins de Procope auraient été retrouvés et châtiés.

Il adressa une courte mais fervente prière à ce propos à la Sainte Vierge. Enfin, il fit un triple signe de croix et se remit debout en frottant ses genoux endoloris. Après avoir enfilé un caftan noir doublé de soie écarlate, il quitta sa chambre, se dirigea vers l'imposant escalier de chêne et, la main agrippée à la rampe, descendit dans la grand-salle.

Alia venait d'arriver dans la pièce où la table était mise pour le petit déjeuner lorsque son père y pénétra de son pas lourd. Comme tous les matins, Stépan et Ipate le saluèrent respectueusement, après quoi Natalia vint lui offrir son front pour un baiser. À son tour, Alia s'approcha de son père pour recevoir le baiser rituel.

— Tiens, tu as encore couru, tu es tout essoufflée ! remarqua celui-ci en fronçant les sourcils. C'est une honte, de dormir si tard !

— Je ne dormais pas, protesta la jeune fille en tortillant l'extrémité de sa natte ornée de rubans multicolores. Je discutais avec Daria, la vieille nourrice.

— Et de quoi peux-tu parler avec cette pauvre Daria ? Elle est bien brave, mais elle radote, elle n'a plus toute sa tête...

— Ce n'est pas vrai ! s'écria Alia avec fougue. Je l'ai interrogée sur les différentes façons dont on peut apercevoir l'image de son promis à la veille de Noël, et elle m'a raconté des choses passionnantes ! Aucune de mes amies ne connaît la divination par trois miroirs, ou encore les augures qu'on peut tirer des cendres des plumes d'une colombe...

— Il suffit, l'interrompit Olaf. Qu'est-ce que tu as dans la tête ? Un courant d'air ! Tu ferais mieux d'observer Natalia pour apprendre à tenir une maison. Sinon, divination ou pas, tu attendras longtemps ton promis !

Alia s'empourpra de dépit.

— Elle m'aide déjà beaucoup, père ! s'empressa d'intervenir Natalia.

La jeune fille grimaça un sourire à l'adresse de sa belle-sœur puis se dirigea vers sa place à table. Comme le maître de maison s'installait dans son immense fauteuil à dossier sculpté, les autres suivirent son exemple. La place vide de Procope à la droite d'Olaf rappelait la perte cruelle que la famille venait de subir. Alia soupira, se souvenant du rire tonitruant, des plaisanteries et des historiettes dont son frère aîné accompagnait souvent les repas. Certes, il buvait un peu trop et avait ses étranges accès de mélancolie... Malgré ces sautes d'humeur, les réunions familiales risquaient de devenir sans Procope ennuyeuses comme la pluie !

Pendant que les serviteurs apportaient des cuisines tourtes chaudes, légumes cuits à la vapeur, bouillie de sarrasin et autres plats, Alia examina les présents. Serein, indifférent, le beau visage de Stépan ne trahissait aucune émotion. Pourtant, son frère n'avait pas toujours été comme cela. Quand elle ne comptait que neuf ou dix étés, c'était un fêtard et un coureur capable de damer le pion même à Procope ! Alia se rappelait les larmes de désespoir de leur pauvre mère lorsqu'elle entendait évoquer les frasques des deux garçons ; quant à leur père, il tempêtait et menaçait chaque jour de déshériter ses vauriens de fils !

C'est également pendant cette période que Stépan avait eu un enfant d'une jeune et jolie veuve de Kremni. Scandalisé par le méfait de son fils, Olaf s'apprêtait déjà à payer l'amende exigée par la loi au receveur des plaintes et une réparation substantielle à la veuve. Mais contre toute attente, celle-ci n'avait rien exigé de son séducteur : ni qu'il reconnaisse le petit bâtard ni même qu'il lui verse la compensation fixée par le Code pour avoir déshonoré une femme honnête et de bonne naissance. C'est sans doute cette mésaventure qui avait dégrisé Stépan, songea Alia. Peu après, il s'était découvert une passion pour les affaires, se consacrant désormais au commerce et à la gestion du domaine.

Au moins se passionnait-il pour quelque chose ! soupira Alia, tout en dévorant à belles dents une tourte aux œufs et aux champignons. Quant aux autres... Natalia, la veuve de Procope, était certes gentille, mais tellement fade, tellement effacée ! Alia aurait souhaité, par exemple, que sa belle-sœur lui apprenne les mille astuces que les femmes avisées emploient pour attirer le regard d'un homme... Pensez-vous ! Natalia avait elle-même grand besoin de conseils en la matière. Les robes qu'elle s'achetait étaient toutes de couleurs tristes, noires ou d'un brun aussi terne que ses cheveux, et jamais elle ne cherchait à raviver son teint ou l'éclat de ses yeux au moyen de fards ! Comment une femme peut-elle se soucier aussi peu de son apparence ? N'avait-elle donc pas envie de plaire ?

En revanche, Ipate, le plus jeune de ses frères, ne pensait qu'à cela ! Il passait son temps à choisir ses tenues et à courtiser des jeunes filles à peine plus âgées que sa sœur — ce qui ne l'empêchait pas de la traiter en gamine. Jamais il ne l'emmenait aux fêtes auxquelles il était invité !

Elle lança un regard noir vers son frère indigne. Celui-ci écoutait la conversation entre Stépan et leur père.

— Je ne comprends pas ce qui peut retarder à ce point l'arrivée de l'enquêteur, grommela Olaf. J'ai bien précisé dans ma missive qu'il aurait besoin d'examiner le corps de Procope, car il porte des marques aussi claires que si les coupables étaient venus confesser leur crime en place publique. Combien de temps dois-je attendre avant de mettre en terre mon malheureux enfant ?

Stépan hocha pensivement la tête.

— En outre, l'envoyé du prince risque de repousser l'enterrement jusqu'à la fin de l'enquête. La période de deuil sera d'autant plus longue. Ne penses-tu pas, père, qu'il serait judicieux d'ajourner... euh... une certaine cérémonie, puisque les circonstances ne se prêtent guère à sa célébration ?

Olaf fronça ses sourcils broussailleux.

— Mes fiançailles avec Ouliana ! Et pourquoi pas les repousser aux calendes grecques, pendant que nous y sommes ? Qu'avez-vous donc contre mon projet de ceindre la couronne de mariage ? J'en ai assez de vous voir échanger des coups d'œil entendus ! Allez, soyez francs, ayez le courage de vous expliquer ! Stépan, c'est toi l'aîné à présent, oublie le deuil qui nous afflige et ouvre-moi ton cœur !

Détournant le regard, Stépan demeura silencieux quelques instants en tortillant les boucles de sa barbe.

— Ta santé, père... euh, n'est plus ce qu'elle était, bredouilla-t-il enfin. En pratiquant l'abstinence, tu préserves et prolonges ta vie précieuse... tout en restant fidèle à la mémoire de notre pauvre mère.

— Sottises ! tonna Olaf. J'ai honoré la mémoire de votre mère en restant veuf pendant plus de sept étés. Prendre une épouse est sain pour le corps et bénéfique pour l'âme. Notre mère l'Église n'enseigne-t-elle pas que l'union consacrée évite de succomber au péché de chair ?

— Ton âge vénérable devrait te garantir de ce péché-là, grinça Stépan sans lever les yeux de son assiette.

Alia, qui avait écouté cet échange avec la plus vive attention, n'y tint plus. Posant son couteau et sa cuillère, elle intervint :

— Tu nous demandes de te parler avec franchise, père. Soit ! C'est que tu penses d'abord à toi et non point à tes enfants... qui souhaitent peut-être eux aussi goûter aux bienfaits du mariage. Surtout moi, ta fille unique ! Mes frères peuvent envoyer les marieurs à la jeune fille de leur choix quand ça leur chante, mais moi... Si tu ne me trouves pas un parti digne de mon rang, qui sait combien d'étés je passerai à attendre que quelqu'un s'intéresse à moi ? Et toi, père, tu cherches à assurer ton bonheur sans te soucier de celui de ta fille. Serais-tu si cruel, si insensible... Aïe !

Elle ne put réprimer un cri de douleur car Olaf lui avait assené un coup de louche sur le front.

— Ça t'apprendra à parler à tort et à travers, grommela son père. Qu'est-ce qu'une gamine comme toi peut comprendre à la vie des femmes mariées ? Ne sois pas si pressée de quitter ta famille ! Puisses-tu être aussi heureuse dans la maison de ton futur époux que tu l'es dans celle de ton père !

Des larmes de colère brûlaient les yeux d'Alia. En cet instant, elle aurait volontiers planté son couteau dans le gros ventre de son père.

— Rien à faire, elles ont toutes peur de rester vieilles filles ! persifla Ipate. Ce n'est pas comme nous autres garçons qui savons profiter de notre liberté. Pourtant, père, Alia a raison quand elle te reproche de ne point penser à tes enfants. Tu n'as pas à nous spolier de ce qui nous revient de droit ! Juste ciel, pourquoi devrions-nous partager notre héritage avec une étrangère ? Aujourd'hui, aucun de nous ne la connaît, et demain, elle pourra prétendre à la moitié de notre fortune. Je ne suis pas d'accord ! Pas plus que Stépan, d'ailleurs. Bien sûr, il préfère tisser de jolis discours comme un marchand grec et tourner autour du pot plutôt que de parler droit... Mais il n'en pense pas moins comme moi.

— Et comme moi ! intervint Alia. Mon avis compte autant ! Et, Dieu m'est témoin, je saurai rendre la vie impossible à ma marâtre.

Les yeux injectés de sang, Olaf contempla ses enfants pendant quelques longues secondes. La bouillie de sarrasin refroidissait dans son assiette. Chacun savait que ce silence présageait une tempête. C'est alors que Natalia, qui avait écouté les autres en grignotant du bout des lèvres des blinis à la confiture, intervint :

— Père, n'ordonne pas de me châtier, mais ordonne de me pardonner. Ne sois pas courroucé contre tes enfants dont la langue est plus rapide que l'esprit ! Souviens-toi, il y a deux étés, au moment d'épouser Procope, j'étais moi-même une étrangère, une intruse dans votre famille. Malgré cela, tout le monde m'a accueillie avec bienveillance et gentillesse. Il en sera de même avec ta future, j'en suis convaincue ! Simplement, pour l'heure, nous sommes trop bouleversés par la perte que nous venons de subir. Quand le cœur est en deuil, la raison se tait !

— Enfin des propos sensés ! bougonna Olaf. Par Dieu tout-puissant, qu'ai-je fait pour mériter des enfants aussi ingrats ? Et dire que le meilleur d'entre eux, Procope, la prunelle de mes yeux, le soleil rouge qui éclairait mes vieux jours, nous a quittés !

— Pourquoi évoquer tes vieux jours, père, puisque tu vas bientôt parader en tenue de jeune marié ? ne put s'empêcher d'ironiser Alia. Et puis, pourquoi appeler Procope le meilleur d'entre nous, alors que tu le traitais chaque jour d'ivrogne et de bon à rien ?

Mais elle comprit que, cette fois, elle était allée trop loin, et supporta stoïquement un deuxième coup de louche sur son front. Elle écouta ensuite son père tempêter et vouer aux gémonies ceux qui osaient dire du mal des morts et manquer de respect à leurs parents.

« Quel vieux dindon ridicule ! » songea Alia. Il serait la risée de tout le monde, mais voilà : il les obligeait à lui mendier le moindre sou. Oui, ils dépendaient tous de ses caprices, car c'est lui qui permettait à Stépan d'investir de l'argent dans son commerce, c'est lui qui achetait les beaux caftans d'Ipate, les sarafanes et les bijoux d'Alia. Et jusqu'à la mort de ce vieux bouc lubrique, ils allaient devoir lui obéir au doigt et à l'œil par peur d'être déshérités ! Jusqu'à sa mort...

Comme elle levait la tête, elle croisa le regard de Natalia. Alia s'empressa de détourner les yeux, craignant que la veuve ne devine les terribles pensées qui lui traversaient l'esprit.

Heureusement, à cet instant, un son de clochettes leur parvint de l'extérieur. Alia interrogea son père du regard pour que celui-ci l'autorise à quitter la table. Olaf acquiesça d'un hochement de tête, et la jeune fille sortit en coup de vent. Sans prendre la peine d'enfiler son manteau, elle déboucha sur le perron au moment où un vieux domestique vêtu d'une touloupe ouvrait le portail. Il laissa entrer les visiteurs en s'inclinant jusqu'à terre puis courut vers la maison.

— Boyarichna Alia, ce sont les envoyés du prince ! souffla le vieil homme. Va dire au boyard Olaf...

— Non, c'est toi qui vas annoncer la bonne nouvelle à mon père, le coupa la jeune fille en dévalant les marches. À moi de les accueillir !

Alia tenait à saluer la première ces hôtes de marque. N'avait-elle pas décidé d'apprendre aux autres à la traiter avec tout le respect qui lui était dû ? Alors, autant imposer cette nouvelle image d'elle-même dès maintenant ! Elle voulait donner à ses proches une dernière chance de changer d'attitude envers elle. « Sinon, songea-t-elle sombrement, ils ne vont pas tarder à apprendre de quel bois je me chauffe ! »

CHAPITRE II

Précédé par ses deux assistants, Mitko et Vassili, et par son fils adoptif, Philippos, Artem franchit le portail et examina la maison qui se dressait au fond de l'avant-cour couverte de neige durcie. Solidement bâtie en bois de chêne, elle comptait de nombreuses fenêtres aux carreaux de mica, toutes surmontées d'auvents en forme de tente, aux bordures en bois sculpté. Ces détails, concession au dernier style en vogue, témoignaient de la richesse du propriétaire. Le jeune prince, qui connaissait le boyard Olaf de réputation, l'avait décrit à Artem comme un vieillard despotique, fier de ses origines varègues et de son immense fortune, mais indifférent au faste. Cependant, songea Artem, les décorations extérieures et les coûteux carreaux de mica, qui remplaçaient l'habituelle vessie de bœuf, prouvaient que le boyard avait cédé aux goûts de ses enfants en reconstruisant la maison familiale.

Fatigué par le long voyage depuis la capitale, Artem se pencha pour frotter son genou où une sourde douleur lui rappelait son ancienne blessure. Quelques étés auparavant, celle-ci lui avait interdit à tout jamais de participer aux campagnes militaires. Membre de la droujina des Anciens, il était devenu conseiller du prince et haut fonctionnaire du Tribunal, s'occupant désormais des affaires criminelles que Vladimir lui confiait.

Les Varlets Mitko et Vassili, jeunes guerriers de l'armée princière, le secondaient dans cette tâche quand ils ne combattaient pas aux côtés de Vladimir. Né paysan libre, le géant blond Mitko avait été enrôlé dans l'armée à l'issue d'une bataille sans merci près de son village natal. Quant à Vassili, fils de la steppe comme en témoignaient ses yeux bridés, noirs et énigmatiques comme deux fentes ouvertes sur la nuit, il avait rejoint la droujina des Varlets dans sa prime jeunesse, après que son père, prince kouman, eut quitté les nomades pour devenir l'allié des Russes.

Artem jeta un regard à la fois affectueux et inquiet à son troisième compagnon, son fils adoptif[1]. Philippos venait d'avoir quinze étés. D'ici peu, il allait pouvoir lui aussi rejoindre les rangs des Varlets... Mais il s'exposerait alors à des dangers sans doute moins terribles que ceux qui le menaçaient tandis qu'il restait près d'Artem ! Depuis la sanglante affaire qui, trois étés auparavant, avait conduit le droujinnik à adopter Philippos, le garçon, espiègle et indocile, se mêlait de tout ce qui ne le regardait pas — et, de préférence, des enquêtes criminelles qui occupaient le droujinnik ! Cette fois encore, Artem n'avait pas eu le cœur à laisser Philippos seul à Tchernigov... encore que « seul » fût une façon de parler, marmonna-t-il dans sa moustache en se rappelant le palais princier bondé de courtisans et de serviteurs.

Il vit Philippos s'empourprer et lancer un coup d'œil admiratif vers l'élégant perron au toit pointu. Artem regarda dans la même direction. Une jeune fille qui ne comptait guère plus de seize étés dévala les marches et s'élança à leur rencontre. Grande, la gorge ronde et la taille bien faite, elle avait des cheveux noirs et lisses et

1. Voir *Le Sceau de Vladimir*, 10/18, n° 2980.

des yeux qui brillaient comme des charbons incandescents. Sa lèvre inférieure avançait un peu, ce qui donnait à son visage un air mutin et orgueilleux.

S'arrêtant au milieu de l'allée, elle scruta les visiteurs avec la même curiosité que les domestiques qui s'affairaient entre les dépendances et l'énorme grange, presque aussi haute que la maison, qui se profilait au fond de la cour. Tout le monde avait les yeux rivés sur les insignes d'argent qui ornaient les touloupes des Varlets. Le manteau d'Artem ne révélait ni son grade ni sa fonction, mais la jeune fille, fine mouche, devina qui était le chef. C'est vers le droujinnik qu'elle se dirigea, avant de s'incliner si bas que sa longue natte balaya la neige.

— Sois le bienvenu, noble étranger! déclara-t-elle d'une voix forte. Alia, fille cadette du boyard Olaf, te salue, toi et tes camarades. Mon père t'attend avec impatience et sera heureux de t'accueillir, bien que le chagrin et le deuil règnent en ce moment dans notre maison.

Elle termina la formule de bienvenue propre aux circonstances, s'exprimant dans le style fleuri que seul un précepteur grec avait pu lui inculquer.

— Artem, fils de Norrvan, dit-il à son tour, conseiller du prince et membre de la droujina des Anciens, te remercie de ton accueil, boyarichna. Voici Mitko et Vassili, mes fidèles assistants, qui ont tous deux le titre de Varlet. Et voici mon fils adoptif, Philippos... Il n'a pas encore cet honneur, mais il y travaille, ajouta-t-il en souriant.

Philippos, qui dévorait la jeune fille des yeux, rougit et s'inclina pour la saluer. Comme Alia les conduisait vers l'entrée, un homme âgé, vêtu d'un épais caftan sombre doublé de soie écarlate, surgit sur le vaste perron. À en juger par sa longue moustache tombante, sœur jumelle de celle d'Artem, c'était le boyard Olaf en personne. Il poussa une exclamation de joie et, dès que le droujinnik eut gravi les marches, il l'embrassa trois fois à la russe, avant de gratifier ses compagnons d'une tape amicale sur l'épaule.

À l'intérieur, les nouveaux arrivés laissèrent leurs manteaux et leurs lourdes sacoches dans l'entrée, avant de suivre Olaf et sa fille dans la grand-salle. Malgré les regards avides que le gourmand Mitko lançait vers le repas inachevé, Artem refusa la collation proposée par le vieux boyard. Ce dernier les installa près de l'âtre où crépitait un bon feu et ordonna de servir du vin chaud parfumé aux épices, de l'hydromel et du kvas.

Pendant que les serviteurs débarrassaient la table et apportaient les boissons, Artem examina la pièce. Le mobilier en bois foncé, solide et rustique, contrastait avec les luxueuses tapisseries byzantines aux vives couleurs qui ornaient les murs. Ainsi que l'exigeait la coutume, un des murs présentait une collection d'armes qui comptait quelques trophées de guerre, épées à lame recourbée et heaumes enduits de poix des nomades de la steppe, qui témoignaient de l'honorable carrière de guerrier du maître de maison.

Tandis que les autres membres de la famille venaient à leur tour s'installer près de la cheminée, Olaf termina les présentations. Artem étudia rapidement la veuve, jeune femme aux grands yeux sombres et aux manières douces et discrètes. Stépan, le frère du défunt, dont le visage fin et intelligent s'encadrait de cheveux châtains et d'un collier de barbe à la grecque, échangea un coup d'œil avec Olaf avant de s'adresser à Artem d'un air solennel :

— Mon père, qui connaît personnellement le grand-prince Vsévolod pour avoir guerroyé avec lui, a demandé cette faveur à Vladimir : charger le meilleur enquêteur de son Tribunal d'élucider le meurtre de mon frère aîné, Procope. Nous te remercions du grand honneur...

Le droujinnik se hâta de lever la main pour l'interrompre.

— Je suggère que tu gardes tes remerciements pour la fin de mon enquête, boyard, déclara-t-il d'un ton bienveillant mais ferme. J'espère me montrer à la hauteur de ce que le prince et vous tous attendez de moi. À présent, passons aux choses sérieuses. Le receveur des plaintes a dû vous avertir que vous deviez laisser le corps de la victime dans l'état où il a été découvert.

— Si fait, confirma Stépan. Depuis quatre jours, la dépouille de mon frère se trouve dans notre chapelle mortuaire. Nous avons expliqué au pope qu'avant ton arrivée nous ne pouvions ni procéder à la toilette mortuaire ni même fixer la date de l'enterrement.

La note de reproche apparue dans la voix du jeune homme n'échappa point à Artem.

— Une réunion des suzerains de toutes les principautés a retenu Vladimir à Kiev, expliqua le droujinnik. Il n'est rentré qu'hier matin, et c'est également hier qu'il nous a prêté sa meilleure troïka pour nous dépêcher, mes assistants et moi, à Kremni. Nous allons examiner le corps tout à l'heure, mais je ne saurais vous garantir que vous pourrez le mettre en terre avant la fin de l'enquête. Au fait, j'aurai besoin de l'avis d'un médecin. Qui est le meilleur esculape de la ville ?

— Il n'y en a qu'un à Kremni, mais il est fort savant, intervint Olaf. Dois-je envoyer le chercher ?

— Qu'il vienne dans une heure, acquiesça Artem. J'aimerais entendre ses conclusions avant de partir.

Olaf frappa dans ses mains et transmit l'ordre du droujinnik au domestique accouru.

— J'ai lu ta missive adressée au prince, poursuivit Artem. Elle mentionne les mutilations que la victime a subies après sa mort, ainsi que la présence de ces dangereux païens, les Drégoves, installés dans la forêt près de Kremni. Je te demanderai de m'en parler davantage et de m'expliquer pourquoi tu les accuses de ce meurtre. Mais tout d'abord, raconte-moi comment le corps du boyard Procope a été découvert.

— Mon fils le fera mieux que moi, répliqua Olaf, avant de soupirer : Procope, mon aîné, était comme moi, il n'aimait pas les beaux discours. Mais Stépan ressemble à sa mère ; tout comme Théodora, il a la langue bien pendue. Elle était bavarde comme une pie, ma défunte épouse, qu'elle repose en paix ! Selon le dicton, elle déversait les mots comme des petits pois... Cela dit, elle était belle ; tenez, regardez Alia, ma cadette : c'est tout le portrait de sa mère. Mais je m'égare ; allez, parle, fils !

Stépan, qui lançait des coups d'œil impatients vers son père, toussota pour s'éclaircir la voix puis déclara :

— De fait, père n'était pas là au moment où Natalia et moi avons appris la funeste nouvelle. Il faut dire que Procope...

— C'est que je devais assister à une réunion des Anciens de la ville, le coupa Olaf en levant l'index d'un air important. Nous devions établir le texte d'une pétition concernant la récente augmentation des taxes sur le commerce du miel et de la cire. Oh ! Mais je vois à ta tête, boyard, que tu es au courant de cette décision scandaleuse du Trésor...

Artem était sur le point d'interrompre l'insupportable vieillard quand celui-ci se tut, invitant son fils d'un geste majestueux à reprendre son récit. Stépan s'éclaircit la voix de plus belle.

— Je disais donc que mon frère avait l'habitude d'aller se promener loin de la ville, dans la forêt ou dans les champs. Lorsque l'envie lui en prenait, il sortait à n'importe quelle heure et parcourait des verstes en marchant au gré du hasard. Il y a quatre jours, en s'éveillant le matin, Natalia a constaté son absence...

Artem regarda la jeune veuve. Pâle, immobile, elle écoutait son beau-frère d'un air serein ; seules ses mains nerveusement serrées trahissaient la tension qui l'habitait.

— Au début, il n'y avait pas de raison de s'inquiéter, car Procope ne revenait parfois de ses promenades nocturnes ou matinales que vers l'heure du déjeuner, expliqua Stépan. C'est seulement en début d'après-midi que Natalia vint me trouver dans mon cabinet de travail en se lamentant que son époux ne soit toujours pas rentré. Mais comment envisager des recherches sans même savoir dans quelle direction il était parti ? Nous étions en train d'en discuter quand un employé du boyard Grigori, notre gouverneur, se présenta à notre porte. C'est lui qui nous apprit la terrible nouvelle : deux chasseurs, marchands de leur état, venaient de découvrir dans la forêt le corps mutilé et sans vie de mon malheureux frère. Ils s'étaient précipités chez le gouverneur...

— Comment ont-ils pu l'identifier ? Ils le connaissaient ? l'interrompit Artem.

— Oui, pour avoir souvent participé aux mêmes parties de chasse. Il faut dire que, chez nous, à Kremni, personne ne va jamais seul à la chasse. Les gens craignent les marais, mais surtout la présence des païens Drégoves qui habitent cette forêt depuis la nuit des temps. Rares sont ceux qui osent s'y aventurer comme le faisait Procope. Pourtant, lorsqu'il partait chasser pour une journée entière, lui aussi préférait s'assurer les services du Passeur.

Croisant le regard interrogateur du droujinnik, Stépan expliqua :

— Il s'agit d'un étrange bonhomme qui habite une cabane isolée à la lisière de la forêt. On le dit sorcier, mais il s'agit sans doute de ragots ; il suffit qu'un homme vive à l'écart des autres pour que les gens inventent sur lui des histoires à dormir debout. Ce qui est certain, c'est que le Passeur n'est pas de chez nous ; il est venu s'installer près de la ville il y a trois ou quatre étés. Très vite, il a réussi à nouer des contacts avec les redoutables Drégoves. Inutile d'ajouter que personne ne sait comment il s'y est pris ! Je suppose que c'est grâce à eux qu'il a pu explorer la forêt. On l'a surnommé le Passeur car il se charge souvent de conduire les chasseurs pour les aider à éviter les tourbières et autres endroits dangereux. Mais surtout, les gens savent qu'avec lui ils ne risquent pas de tomber sur les Drégoves et de périr de malemort...

Artem leva la main pour l'interrompre.

— Je voudrais que tu termines d'abord ton récit. Si j'ai bien compris, le Passeur se trouvait avec les deux chasseurs au moment où ils ont découvert le corps ?

Comme Stépan acquiesçait de la tête, le droujinnik remarqua à l'adresse des Varlets :

— Il faut que nous allions au plus vite nous entretenir avec cet individu.

Puis, d'un geste, il invita le jeune boyard à continuer.

— Le Passeur reste étranger à tout ce qui préoccupe les habitants de la ville, c'est sans doute pour cette raison qu'il n'a pas jugé utile de se rendre lui-même chez le gouverneur. Celui-ci se comporta en homme avisé : il ordonna à son secrétaire de noter la déposition des deux marchands, envoya chercher le médecin puis chargea un de ses employés de nous avertir. En apprenant la nouvelle, Natalia s'évanouit ; mais le temps que je prépare le traîneau, elle avait repris ses esprits et insista pour m'accompagner. Nous nous précipitâmes donc chez le boyard Grigori, après quoi les deux hommes nous conduisirent tous vers la clairière où mon pauvre frère gisait, méconnaissable...

La voix de Stépan s'éteignit, il secoua la tête avec une expression de profond chagrin. C'était la première fois qu'il laissait apercevoir ses émotions. L'instant d'après, il était parvenu à se maîtriser et reprenait :

— Ainsi que l'exige la loi, le médecin constata le décès, tout comme les blessures infligées à la victime. Procope avait reçu un coup de poignard en plein cœur, mais on ne s'était pas contenté de le tuer ; on lui avait crevé les yeux et coupé la main droite. Il y avait du sang gelé partout, sur ses vêtements et sur le sol, la neige alentour en était noire. À en juger par les traces, on l'a d'abord frappé avec un couteau, puis on a traîné son cadavre jusqu'à une souche au bord de la clairière pour lui trancher la main. La souche était couverte de taches sombres, comme si elle avait servi de billot. C'est également là qu'on a dû lui crever les yeux. Nous n'avons pas retrouvé l'arme du crime, ni aucun objet appartenant aux meurtriers.

Stépan reprit son souffle puis poursuivit d'une voix un peu mieux assurée :

— Nous avons aussitôt pensé aux Drégoves : eux seuls sont capables de pareille sauvagerie ; en outre, ces mutilations font partie des rites barbares qu'ils pratiquent sur le corps de leurs ennemis. Chacun le sait à Kremni, et pour cause : après les expéditions militaires contre les païens, on découvre dans la forêt des cadavres de soldats portant les mêmes marques sinistres. Certes, on n'a jamais retrouvé la trace de la plupart de leurs victimes, qui finissent généralement au fond des marais, mais ils ne peuvent pas se débarrasser de tous les cadavres ! Trois malheureux missionnaires, deux Russes et un Grec, ont subi le même sort : assassinés, ils ont eu la main droite tranchée et les yeux crevés.

— Cela doit avoir un sens précis pour les païens, intervint Vassili. Qu'en dit le Passeur ?

— Tu as raison, Varlet, confirma Stépan en se tournant vers lui. Mais on connaissait la signification de cette pratique un bon demi-siècle avant l'arrivée du Passeur à Kremni. Les Drégoves croient que, en coupant la main droite et en crevant les yeux de leur ennemi mort, ils empêchent son fantôme « de voir clair et de frapper droit », c'est-à-dire de reconnaître celui qui l'a tué et de se venger de lui... Et voilà pourquoi mon père, ma belle-sœur et moi-même affirmons devant Ta Seigneurie : ce sont les Drégoves les meurtriers de Procope !

Avant qu'Artem puisse réagir, tout le monde se mit à parler en même temps.

— Il faut que le prince envoie une expédition punitive contre ces monstres ! grommela Olaf. Il n'y a pas de temps à perdre, c'est bien ce que j'ai écrit dans ma missive !

— Ils ont signé leur crime de leur propre main ! s'écria son fils cadet, Ipate.

— J'espère que le Seigneur a eu pitié de mon malheureux époux, murmura Natalia, et que son âme a quitté son corps sans qu'il souffre.

Le droujinnik les écouta quelques instants sans les interrompre. Il prit la coupe d'hydromel qu'un domestique lui avait servie et but une gorgée, constatant que personne n'avait touché aux boissons pendant le récit de Stépan. Enfin, il se tourna de nouveau vers ce dernier qui, seul parmi les présents, attendait patiemment que le calme revienne pour reprendre la parole. Comme Artem l'y invitait d'un geste, il déclara :

— Si, comme père le suggère, Vladimir veut en finir avec les Drégoves, il faudra qu'il envoie ici son armée, car un simple détachement militaire n'y suffirait pas. D'autres princes avant lui ont essayé de débarrasser notre région de ces païens, mais ils n'ont réussi qu'à perdre quelques dizaines de braves tombés dans une lutte inégale. C'est qu'il n'est pas aisé de vaincre les Drégoves ! Tapis au cœur de la forêt, au milieu des marais, ils ont l'avantage de connaître sur le bout des doigts le territoire qu'ils défendent.

— Certes, les conditions naturelles jouent pour eux, mais je suppose que leurs instruments de combat ne font pas le poids contre les nôtres, souligna Artem. Comment s'y prennent-ils pour résister à des soldats entraînés et armés jusqu'aux dents ?

— Ils tirent bien à l'arc, et ils manient habilement ce qui leur sert d'épée, une sorte de long coutelas à double lame. Mais leur arme principale, boyard, celle qui rend toutes les autres effroyablement efficaces, c'est le poison ! Ils en préparent de grandes quantités à partir de certaines plantes vénéneuses, mais aussi en utilisant le venin des vipères, la bave des crapauds et bien d'autres substances pour lesquelles on ne connaît pas de contrepoison. C'est ainsi que les païens ont toujours réussi à résister aux troupes dirigées contre eux. Nombreux sont les chrétiens qui ont laissé leur vie dans cette forêt ! Certains sont morts victimes des flèches et des lames empoisonnées des Drégoves, d'autres ont disparu sans laisser de trace, engloutis par les tourbières... Mais on dirait que, depuis une dizaine d'étés, les maîtres de Tchernigov ont abandonné tout espoir de convertir ces païens récalcitrants. La dernière fois que nous avons vu les soldats du prince Oleg, le prédécesseur de Vladimir, marcher sur les Drégoves, j'avais l'âge de mon frère Ipate. N'était le meurtre de Procope...

— Dirais-tu que les païens se montrent moins hostiles qu'autrefois ? suggéra Artem, terminant la phrase que Stépan avait laissée en suspens.

— Oui, force est de reconnaître que les passions se sont calmées. Depuis deux ou trois étés, les habitants de Kremni commercent avec les Drégoves grâce à l'entremise du Passeur, échangeant certains produits d'artisanat contre peaux et fourrures. Je suis moi-même commerçant à mes heures, et je suis persuadé qu'un habile marchand saurait tirer avantage de ce troc et réaliser des affaires en or !

— Cela te tente ? demanda le droujinnik en le transperçant du regard.

Stépan eut l'air troublé.

— Je... je m'apprêtais à faire un coup d'essai, avoua-t-il. C'est que j'ai un exemple éloquent sous les yeux ! Mon ancien associé, le boyard Grigori, notre gouverneur, me doit de l'argent. Je le croyais incapable de s'acquitter de sa dette, mais il est en passe de réaliser des bénéfices fabuleux en achetant des fourrures aux païens pour les revendre à Tchernigov et à Kiev. Quant à moi, j'ai deux bateaux marchands qui partent l'été prochain pour Tsar-Gorod[1], et je comptais m'adresser au Passeur pour une commande importante... Bien entendu, il n'en est plus question après ce qui est arrivé à mon malheureux frère. Le Passeur est un excellent médiateur, mais peut-on se fier à des sauvages sanguinaires ?

À son ton, on aurait surtout dit que Stépan regrettait amèrement cet état de choses. « Voilà quelqu'un, songea le droujinnik, à qui une opération lucrative ferait vite oublier sa soif de vengeance ! »

S'arrachant à ses pensées, Artem se leva et déclara à l'adresse d'Olaf et de Stépan :

— J'aimerais à présent examiner le corps du boyard Procope. Je n'ai pas besoin d'attendre le médecin pour cela, je souhaite seulement entendre ses conclusions avant de vous quitter. Veuillez me conduire à votre chapelle, j'aurai d'autres questions à vous poser tout à l'heure.

Le maître de maison acquiesça, invitant Artem et ses compagnons à le suivre. Repoussant fauteuils et banquettes, ses enfants et Natalia s'empressèrent de leur emboîter le pas. Olaf mena les visiteurs vers la sortie arrière de la maison, qui donnait sur la chapelle familiale. Petite et trapue, dépourvue de décorations à l'exception d'une frise très sobre ornant la façade, la chapelle avait dû être construite peu après que la Parole du Christ se fut répandue sur la terre russe. À l'intérieur, la lueur vacillante d'une dizaine de bougies éclairait l'autel caché derrière une rangée d'icônes. Le lourd par-

1. Nom que les Russes donnaient à Constantinople. *Gorod* signifiant « ville » en russe, le terme pouvait s'entendre autant comme « ville-reine » que comme « ville du tsar ».

fum de l'encens ne dissimulait guère la puanteur qui émanait du cercueil provisoire en fines planches de sapin recouvert d'un drap et posé sur une longue table à tréteaux. Assise sur un tabouret à côté du cercueil, une vieille femme coiffée d'un châle noir marmonnait des prières. Elle semblait insensible à l'odeur, et ne parut même pas s'apercevoir de la présence d'Artem et du vieux boyard qui avaient pénétré les premiers dans la chapelle. Pourtant, elle se leva d'un air docile dès qu'Olaf prit la parole.

— Va, Daria, va en paix, laisse-nous. Tu pourras revenir plus tard, lui dit-il doucement, avant de murmurer à l'adresse d'Artem : C'est la nourrice de Procope.

Toute petite, le dos courbé par le poids de l'âge, celle-ci s'approcha pour baiser la main du boyard, et Artem vit des larmes ruisseler sur son visage ridé. Elle sortit au moment où les autres membres de la famille d'Olaf pénétraient dans la chapelle.

— Alia, tu n'as rien à faire ici, attends-nous dehors, ordonna ce dernier. Et ce n'est pas la peine de grimacer, obéis !

— Philippos, veux-tu tenir compagnie à la fille du boyard ? enchaîna Artem.

Le garçon jeta un coup d'œil furieux au droujinnik mais sortit sur les pas d'Alia. Olaf ajouta encore :

— Et toi, ma bonne Natalia, es-tu sûre de vouloir rester ?

Très pâle, la jeune veuve acquiesça en silence. Cependant, Stépan et Ipate ôtèrent le drap qui recouvrait le cercueil et s'écartèrent précipitamment, laissant place à Artem et aux Varlets. Se protégeant le nez de leurs manches, les trois hommes contemplèrent la dépouille de Procope en silence.

Stépan n'avait pas menti, le corps avait été laissé tel qu'on l'avait découvert, à l'exception des deux pièces d'argent posées sur les paupières mi-closes, qui révélaient les orbites ensanglantées et vides. Sur le visage livide et convulsé de Procope, la bouche s'ouvrait dans un hurlement muet.

Surmontant sa répulsion, le droujinnik se pencha pour renifler les lèvres bleuies de la victime avant d'inspecter la barbe qui portait des traces de vomissure. Puis il examina les vêtements tachés de sang, un caftan de soie bleue, trop léger pour l'hiver, et une cotte de lin au col et aux épaules rebrodés. La lame avait transpercé le fin tissu de lin mais n'avait pas touché le caftan, entrouvert sur la poitrine.

— Je suppose qu'il portait un manteau ? s'enquit Artem.

— Une courte pelisse, confirma Stépan. Elle était également maculée de sang et de vomi. Nous l'avons conservée telle quelle, au cas où tu voudrais l'inspecter.

— Vous avez bien fait, répliqua Artem avant de demander : Lorsque vous avez découvert le corps, la pelisse était-elle déboutonnée ?

Devançant son beau-frère, ce fut Natalia qui répondit :

— Mon mari ne fermait jamais son manteau. Il disait toujours avoir trop chaud, même en hiver. Le caftan aussi, il aimait bien le laisser ouvert jusqu'à la ceinture, sauf bien sûr quand il devait revêtir une tenue d'apparat.

Artem hocha la tête d'un air pensif, reportant son attention sur le cadavre. Tirant son poignard du fourreau suspendu à son ceinturon, il entailla le tissu de la cotte à l'endroit où l'arme du meurtrier l'avait déchirée et entreprit d'examiner la blessure à la poitrine. Après l'avoir sondée à l'aide de sa lame, il poussa une exclamation de surprise.

— Regardez comme elle est superficielle ! lança-t-il à mi-voix tandis que les Varlets se penchaient vers le corps. Le moins qu'on puisse dire, c'est que la mort n'a pas été instantanée. Ce coup de couteau n'a pu tuer le boyard !

— Et d'après toi, de quoi le malheureux serait-il mort ? D'avoir perdu tout son sang ? demanda Mitko.

— Possible... Mais comment expliquer cette hémorragie trop abondante ? Je ne parle pas de la main tranchée, bien sûr, mais de la blessure à la poitrine.

Artem observa une nouvelle fois le visage tourmenté de Procope comme si celui-ci pouvait lui livrer le secret de sa mort.

Cependant, Olaf et ses proches demeuraient sous l'impression du bref échange entre les droujinniks. Le teint de Natalia avait viré au gris ; elle qui souhaitait tant que son époux n'eût pas souffert se rendait bien compte que les réflexions d'Artem impliquaient le contraire. Stépan contemplait la veuve d'un air compatissant. Le vieux boyard arborait l'expression hébétée d'un homme dépassé par les événements. Quant au jeune Ipate, ses beaux sourcils noirs froncés, il sembla réfléchir quelques instants puis s'adressa au droujinnik :

— Tu dis, boyard, que la blessure est superficielle... Quelle importance ! Si la dague avait été enduite de poison, une simple égratignure aurait été mortelle. Mon frère Stépan t'a bien précisé que les Drégoves emploient des poisons redoutables !

Artem se retourna vers lui.

— Je m'en souviens. Mais, vois-tu, les bords de la plaie sont nets, la chair n'est ni enflée ni colorée... J'attendrai toutefois l'avis du médecin, c'est lui qui établira la cause du décès.

Ipate haussa les épaules et fit la moue.

— Nous pouvons retourner dans la grand-salle, déclara Artem, avant d'ajouter à l'adresse de Natalia : J'aimerais me laver les mains, pourrais-tu ordonner qu'on m'apporte de l'eau, boyarina ?

— Ta Seigneurie trouvera tout ce qu'il faut dans mon cabinet de toilette, répondit celle-ci. Daigne me suivre.

Précédant les autres, ils sortirent de la chapelle et

Artem inspira avec soulagement l'air glacial. En les apercevant, Philippos et Alia, qui avaient l'air de s'entendre comme deux larrons en foire, les suivirent vers la maison sans cesser de bavarder.

La jeune veuve conduisit Artem au deuxième étage du bâtiment principal. À l'exemple des demeures aisées de la capitale, toutes les chambres situées à ce niveau étaient munies d'une salle d'eau adjacente. Le troisième et dernier étage, appelé *terem*, disposait d'une salle d'eau commune destinée à toutes celles qui occupaient cette partie de la maison : jeunes filles, veuves et vieilles nourrices, qui, selon la tradition, ne quittaient jamais la demeure de leur maître.

Artem songea que, bientôt, Natalia serait obligée de libérer la chambre qu'elle avait partagée avec Procope pour aller s'installer dans le *terem* — à condition, bien sûr, qu'Olaf veuille bien la garder au sein de sa famille... Une veuve obligée de regagner la maison de ses parents ne jouissait pas du même respect que celle qui restait sous le toit de son défunt mari. On considérait que cette dernière avait fait ses preuves en tant que bonne épouse, capable de se rendre indispensable dans sa famille d'accueil ; aussi avait-elle infiniment plus de chances de se remarier que la malheureuse forcée de rentrer au bercail. Quels que fussent ses projets d'avenir, Natalia avait donc tout intérêt à demeurer chez Olaf.

Pendant qu'Artem se frottait avec énergie les mains au-dessus d'un baquet d'eau tiède, la jeune veuve fit apporter une serviette de lin joliment brodée. Soucieuse de respecter le rituel de l'accueil, elle la remit elle-même au droujinnik avec une profonde inclination. Sa toilette terminée, Artem retint Natalia d'un geste.

— Nous sommes en tête à tête, boyarina ; j'en profite pour te poser une question délicate mais importante pour l'enquête, et je te prie de ne pas t'en offenser. J'ai cru comprendre que Procope et toi formiez un couple uni.

Pourtant, comme dit le proverbe, les eaux dérobées sont les plus douces...

— ... et le pain du mystère est le plus suave, termina Natalia avec un sourire pincé. Tu veux savoir si mon époux avait une maîtresse, n'est-ce pas ? La réponse est non, boyard, quel que soit mon désir de t'aider dans ton enquête. Procope aimait boire, seul ou avec des amis, mais ce n'était pas un débauché. Je suis persuadée qu'il n'a aimé que deux femmes dans sa vie : Pélagie, sa première fiancée, et moi, son épouse.

— Sa première fiancée ? Qu'est-elle devenue ? demanda Artem.

Les yeux de Natalia s'emplirent soudain de larmes, elle baissa la tête pour maîtriser les émotions qui la submergeaient.

— Morte, elle aussi... Les deux êtres que j'aimais le plus au monde ont rendu leurs âmes à Dieu... Que mon chagrin ne t'étonne pas, boyard : Pélagie était ma sœur !

Stupéfait, le droujinnik la dévisagea en silence. Le regard dans le vague, Natalia poursuivit :

— Sache, boyard, que je suis orpheline. J'ai perdu père et mère en bas âge, lorsque notre village a été mis à sac par les Koumans. Cachée dans un bosquet voisin, j'ai vu les nomades massacrer mes parents et brûler notre maison... Mais cette histoire est trop courante, hélas, pour que je m'y attarde. J'ai eu la chance d'être recueillie par un marchand grec qui revenait d'un voyage à Kiev. Installé à Kremni, ville natale de son épouse morte en couches, il avait une petite fille à peine plus jeune que moi : Pélagie. Sœurs, amies, complices, nous étions aussi proches que peuvent l'être deux jeunes filles du même âge, élevées ensemble et partageant tout dans la vie. Quand Pélagie rencontra Procope et tomba amoureuse de lui, je fus la première à être mise dans le secret. Trois lunes plus tard, ils étaient fiancés. Et puis elle est morte...

Natalia cacha son visage dans ses mains.

— Il faut que je te raconte comment... articula-t-elle. Oh ! si seulement j'en avais la force ! Pélagie... et maintenant, Procope lui aussi...

Le droujinnik posa la main sur l'épaule tremblante de la jeune veuve.

— Tu me l'apprendras une autre fois. La vie t'a réservé bien des épreuves, et j'admire le courage avec lequel tu les supportes.

Natalia s'essuya les yeux et exhala un long soupir saccadé.

— Crois-moi, boyard, ma sœur adoptive et moi-même étions les seules femmes que Procope ait jamais aimées, murmura-t-elle. C'est en pleurant la mort prématurée de Pélagie que nous nous étions rapprochés, lui et moi... Cela est aisé à comprendre, et je ne le précise que pour souligner la force des liens qui nous unissaient. Ils tenaient autant à l'amour qu'à l'amitié, à cette affection unique née entre deux êtres qui se connaissent à fond... Oui, je crois que je connaissais mon époux mieux que ses proches, mieux que quiconque !

— Et ton aide me sera d'autant plus précieuse, souligna le droujinnik. Que peux-tu dire de ses amis, ainsi que de ses fréquentations, surtout les plus récentes ?

Natalia réfléchit un instant puis répondit en choisissant soigneusement ses mots.

— Procope se liait facilement mais n'avait pas d'amis intimes ; je crois que c'est encore à moi qu'il se confiait le plus. Il adorait la chasse et aimait à se retrouver avec d'autres chasseurs invétérés, dont notre ville compte un grand nombre. À part cela...

Laissant sa phrase en suspens, elle haussa les épaules d'un air incertain. Puis, comme si une pensée soudaine lui traversait l'esprit, une ride soucieuse lui barra le front.

— Dame Natalia, j'apprécierais la moindre information sur ton époux, l'encouragea Artem. Procope se comportait-il comme à l'ordinaire ces derniers temps ? Aurais-tu remarqué quelque chose d'étrange, d'inhabituel ?

La jeune femme leva le regard vers lui. Le droujinnik ne put s'empêcher de remarquer à quel point ses immenses yeux noirs transformaient son visage assez commun en lui conférant un charme singulier, plus irrésistible que celui de la beauté classique.

— Je me demandais justement... fit-elle d'un ton hésitant. Mon époux semblait inquiet, préoccupé par quelque chose. Il était devenu nerveux et irritable, mais j'avais beau lui en demander la raison ! Pour toute explication, il m'embrassait en m'assurant que je me faisais du souci pour rien. Ce changement s'était produit peu avant sa mort, mais je ne saurais préciser à quel moment. Notre vie se déroulait comme à l'ordinaire... Je ne l'ai jamais mentionné à personne, j'ignore si les autres avaient remarqué que quelque chose tracassait Procope. Il est d'ailleurs possible que je me trompe. Qui sait ? j'avais peut-être une sorte de prémonition funeste qui m'a fait imaginer des choses...

— Je te remercie de m'en parler, et je te le répète : n'hésite pas à me confier la moindre de tes impressions, souligna le droujinnik. À présent, allons rejoindre ta famille.

Ils regagnèrent la grand-salle, où Mitko et Vassili étaient en train d'inspecter la collection d'armes du maître de maison pendant que celui-ci racontait fièrement l'histoire de chaque trophée de guerre. Philippos, Ipate et Alia discutaient avec animation ; quant à Stépan, il contemplait le feu d'un air sombre.

— Je suppose qu'on n'a pas trouvé d'empreintes ? demanda Artem à ce dernier dès que tout le monde eut repris sa place près de l'âtre. Le gouverneur ou toi-même avez bien pensé à examiner le lieu du crime ?

— Hélas, il avait neigé la nuit même du meurtre, expliqua Stépan. Les seules traces visibles appartenaient au Passeur et aux deux chasseurs qui avaient découvert le corps. Nous avons passé la clairière au peigne fin à la recherche de l'arme du crime ou de tout autre objet que l'assassin aurait pu égarer sur place. En vain ! Nous n'avons trouvé dans la neige que le flacon d'argent rempli d'eau-de-vie que Procope portait toujours dans la poche intérieure de son caftan. Son contenu est presque intact, mon frère n'en a bu qu'une gorgée ou deux cette nuit-là.

— Voilà un détail intéressant, observa Artem. Procope l'aurait donc sorti juste au moment où son meurtrier allait le frapper... J'aimerais jeter un coup d'œil à ce récipient.

Tandis qu'il s'interrompait pour s'accorder un instant de réflexion, Natalia s'empressa de sortir. Elle revint avec un flacon plat en argent ouvragé, grand comme deux paumes, qu'elle remit au droujinnik.

— Après tout, cette fiole a pu glisser de la poche de mon frère au moment où il est tombé... ou encore, pendant qu'on traînait son corps vers la souche qui a servi de billot, fit observer Stépan. Rappelle-toi, boyard, sa pelisse était déboutonnée ! Cette explication est moins invraisemblable que... que ton idée. Procope aimait boire, soit, mais pas au point de vouloir trinquer avec la mort !

— Ah ! le savait-il ? marmonna Artem dans sa moustache.

Il dévissa le bouchon et renifla l'eau-de-vie qui emplissait le récipient aux trois quarts.

— Nous l'avons conservé dans l'état où nous l'avons trouvé, ajouta encore Stépan. Je m'étais dit qu'il valait mieux ne pas le vider ou le nettoyer. N'est-ce pas, Natalia ?

— En effet, confirma celle-ci d'un ton un peu surpris.

Je l'ai rangé dans le cabinet de travail de Procope, ainsi que tu me l'as conseillé.

— Vous avez fort bien fait, approuva Artem d'un air absent avant de déclarer : Je vais garder cet objet quelque temps ; il vous sera restitué dès la fin de l'enquête.

Alors qu'il glissait le flacon dans la poche de son caftan, on frappa à la porte. Un domestique introduisit la tête dans la pièce et annonça l'arrivée du médecin Titos.

— Voilà qui est parfait, murmura le droujinnik, toujours plongé dans ses pensées.

Philippos observait son père adoptif avec des yeux brillant d'excitation. Le garçon savait que l'expression absente d'Artem voulait dire que son esprit fonctionnait à toute allure : le droujinnik venait sans doute de relever un détail essentiel, capable de lui fournir un début de piste.

Mais à peine Titos avait-il pénétré dans la pièce qu'Artem se leva et marcha à sa rencontre. Pendant que les deux hommes se saluaient, Philippos étudia le médecin. Petit et replet, ce dernier devait compter une quarantaine d'étés, mais il paraissait plus âgé à cause de son embonpoint. Il portait une cape fourrée bleu nuit et un bonnet bordé de castor, qu'il s'empressa d'ôter, découvrant des cheveux bruns clairsemés. Son visage rond aux yeux pétillant de malice et aux lèvres sensuelles dénotait un esprit alerte allié à un penchant certain pour les plaisirs de la chair. Impossible de soupçonner Titos de quelque noirceur ! décida Philippos. Le médecin faisait partie de ces individus qui inspirent naturellement la confiance et la sympathie. Sa seule présence, songea le garçon, devait procurer du réconfort à ses malades — qu'il les soigne bien ou mal !

Cependant, Artem baissa la voix de façon à n'être entendu que par son interlocuteur et se lança dans un long discours. Dès ses premiers mots, le sourire jovial qu'arborait Titos disparut. Il écouta le droujinnik sans l'interrompre, hochant la tête d'un air grave. Enfin, Artem se retourna vers Olaf, le priant de conduire le médecin à la chapelle où reposait le corps. Lorsque Titos fut sorti en compagnie d'un serviteur, le droujinnik regagna son siège auprès du feu.

— Je voudrais partager mes doutes avec vous, déclara-t-il de but en blanc. Le boyard Stépan m'a expliqué que son frère aimait à s'échapper à n'importe quelle heure pour de longues promenades solitaires. Pourtant, je me demande si, la nuit du meurtre, Procope n'avait pas une raison précise pour se rendre dans la forêt. Peut-être devait-il rencontrer quelqu'un ? Qui a pu attirer Procope au cœur des broussailles, au milieu de la nuit ?

— N'ordonne pas de me châtier, mais ordonne de me pardonner, boyard, tu fais fausse route ! s'exclama Stépan. Je t'assure que, malgré les apparences, il n'y avait rien d'extraordinaire à ce que mon frère sorte ainsi faire un tour dans la f...

— Rien d'extraordinaire ? Allons donc ! l'interrompit soudain Olaf. Certes, il arrivait à mon malheureux fils de disparaître ainsi pendant des heures, mais on ne peut parler d'habitude ni même de manie... C'était une véritable malédiction ! Car Procope ne se dirigeait pas n'importe où. Qu'il parte vers le fleuve ou à travers champs, c'est toujours vers la forêt qu'il revenait, et dans la forêt, il cherchait toujours cette maudite clairière ! Elle l'attirait comme un aimant. En fait, pour répondre à ta question, boyard, je suis tenté de dire : oui, Procope devait bien retrouver quelqu'un cette nuit-là... Pas un être de chair et de sang, mais un fantôme : une morte !

CHAPITRE III

En entendant cette déclaration, les Varlets poussèrent une exclamation de surprise et Philippos ouvrit grands les yeux. Stépan, Ipate et Alia échangèrent un coup d'œil embarrassé tandis que Natalia s'agitait nerveusement sur son siège. Artem darda son regard perçant sur Olaf.

— Explique-toi.

— C'est la pure vérité, boyard, ne pense pas que j'affabule ou que je n'ai plus toute ma tête ! Procope me l'a confié lui-même, et Natalia aussi le sait. Eh bien, Stépan, qu'est-ce que tu attends pour raconter la vérité au boyard ? N'importe comment, il finira par l'apprendre à cause de tous ces bruits qui se propagent comme un incendie dans la steppe.

Le droujinnik fixa Stépan d'un air interrogateur. Après un silence, celui-ci marmonna d'un air contrarié :

— Je n'irais pas jusqu'à parler de malédiction... Quoi qu'il en soit, père fait allusion à la première fiancée de Procope, la sœur adoptive de Natalia. Elle a été retrouvée morte dans une clairière, au cœur de la forêt. Apparemment, la malheureuse avait été attaquée par les bêtes fauves — c'était du moins l'avis du représentant du Tribunal qui était alors en fonction à Kremni. L'affaire fut classée... C'est une histoire ancienne qui n'a rien à voir avec le meurtre de mon frère.

— Elle mérite néanmoins d'être racontée, décréta le droujinnik. Mais peut-être dame Natalia souhaite-t-elle s'en charger ?

La veuve leva vers le droujinnik ses yeux qui ressemblaient à deux lacs de tristesse.

— Je n'en ai pas eu le courage tantôt, boyard, et je te supplie de m'épargner cette épreuve maintenant. Quand mon cœur est en peine, mes lèvres se scellent... Aussi vais-je laisser la parole à mon beau-frère. Il en sait autant que moi, et il t'en informera mieux que moi.

Acquiesçant d'un signe de tête, Artem se tourna vers Stépan. Celui-ci plissa le front dans un effort de mémoire puis commença :

— La mort tragique de Pélagie remonte à l'époque où Procope ne connaissait pas encore Natalia. Il y a trois étés, il s'apprêtait à rompre le fromage[1] avec cette ravissante jeune fille d'origine grecque. C'est elle qui serait devenue son épouse légitime si elle n'avait pas disparu sans laisser de trace, par une journée ensoleillée de septembre, une lune avant la cérémonie des fiançailles. Les autorités de la ville, le père de Pélagie et ma propre famille entreprirent tout ce qui était possible pour la retrouver. Craignant un enlèvement ou un meurtre, le représentant du Tribunal chargé de l'enquête interrogea tous ceux qui connaissaient la jeune fille de près ou de loin. En vain !

— N'a-t-on pas organisé une battue, ainsi que des recherches systématiques pour passer au peigne fin chaque quartier de la ville ? demanda Vassili, une étincelle de curiosité dans ses yeux étroits.

— Notre gouverneur, le boyard Grigori, a fait plus

1. Selon l'antique tradition païenne, on coupait en morceaux le fromage lors de la célébration officielle des fiançailles.

que cela, répondit Stépan. Les soldats de la garnison, ainsi que la garde, avaient reçu l'ordre de ratisser l'agglomération et ses environs... sans que ces efforts aboutissent à la moindre piste ! Quelques semaines s'écoulèrent ; l'espoir de résoudre l'énigme de la disparition de Pélagie fondait comme neige au soleil. C'est alors que, un jour, trois jeunes filles parties cueillir des champignons dans la forêt accoururent chez le gouverneur, bouleversées et tremblantes de frayeur : elles venaient de découvrir le cadavre d'une femme dans une clairière, dissimulé au cœur des broussailles...

— S'agirait-il par hasard de la même clairière où ton frère a été assassiné ? intervint Artem.

— En effet, confirma Stépan. Et les braves habitants de Kremni ne croient guère au hasard ! On appelle cet endroit la « fourche du Diable » à cause d'un vieux chêne au tronc fendu par la foudre. Comme l'arbre a reverdi l'année suivante, les gens — je parle de ceux qui conservent encore les croyances d'autrefois — ont attribué ce miracle au liéchy, le démon tout-puissant qui règne sur les bois et les forêts. On raconte que, pour le rencontrer, il suffit de se rendre à minuit auprès du vieux chêne et d'y réciter l'incantation censée invoquer le maître de la forêt.

Artem ne put réprimer une grimace d'agacement à cette évocation du paganisme encore vivace dans les âmes des ignorants. Sa réaction n'avait pas échappé à Stépan, qui lui lança un coup d'œil éloquent en levant les bras.

— Je t'avais bien prévenu, boyard ! Il ne s'agit que d'un tissu d'absurdités.

Comme Artem se taisait, il haussa les épaules et poursuivit :

— C'est donc auprès de la fourche du Diable que les trois jeunes filles ont fait leur macabre découverte. Déchiré par les bêtes de la forêt, gagné par la décomposition, le corps n'a pu être identifié que grâce à la somptueuse chevelure noire de la jeune Grecque et à la robe qu'elle portait le jour de sa disparition. On n'a jamais su quel malheureux accident lui avait coûté la vie. Pour ma part, je suis persuadé que Pélagie s'était tout simplement égarée dans les broussailles avant de se faire attaquer par les bêtes de la forêt. Le représentant du Tribunal chargé de l'enquête est arrivé à la même conclusion. Le père de Pélagie, Natalia et Procope ont témoigné que la jeune fille s'apprêtait, ce matin-là, à cueillir certaines herbes qui servent, paraît-il, à fabriquer, euh... des fards ?

Le jeune boyard regarda sa belle-sœur. L'ombre d'un sourire effleura les lèvres de Natalia tandis qu'elle secouait la tête.

— La lotion préparée à base d'une forte décoction de ces plantes aide à blanchir le teint, précisa-t-elle. Hélas, Pélagie voulait garder secrète cette recette qu'elle tenait de sa mère. Même moi, je n'avais pas le droit de connaître les ingrédients de cette préparation. C'est sûrement pour cette raison qu'elle s'est aventurée seule dans la forêt.

Stépan confirma les propos de Natalia d'un vigoureux hochement de tête.

— Je me rappelle la déposition de mon frère, le dernier à avoir vu Pélagie vivante. Il lui proposa de l'accompagner mais elle refusa en riant. Elle mentionna son intention de cueillir ces fameuses herbes, tout en disant que l'art de se rendre belle est bien le seul secret qu'il est permis de ne point révéler à son fiancé. Personne ne remarqua rien de malséant ce jour-là ; la suite de l'enquête ne révéla rien de suspect non plus, et l'affaire fut classée... Mais voilà : la plupart des habitants de Kremni restent persuadés que Pélagie a été enlevée par ce vieux démon lubrique, le liéchy ! Après s'être diverti avec la belle, il l'aurait mise à mort puis abandonnée au pied de son arbre... J'ignore si mon frère prêtait la moindre foi à cette fable. Il est toujours resté très évasif à ce propos.

Stépan toussota puis, fixant Artem droit dans les yeux, conclut :

— Maintenant, tu es à même de comprendre, boyard, pourquoi père s'obstine à faire un rapprochement entre ces deux drames. Comme bon nombre de nos concitoyens, il n'est pas loin de croire que le fantôme de cette malheureuse Pélagie est revenu chercher son fiancé... Dois-je préciser que Natalia et moi-même ne partageons pas cet avis éclairé ? ajouta-t-il d'un ton acide.

— Ma foi, je t'ai fort bien entendu, répliqua le droujinnik. Mais j'aimerais que dame Natalia me confie elle-même ses sentiments.

La jeune veuve, qui était jusqu'alors restée suspendue aux lèvres de Stépan, se tourna vers Artem. L'expression de douleur qui déformait ses traits était plus éloquente que les sanglots.

— Comment dire mon amertume ? s'exclama-t-elle. Surtout, comment supporter les ragots dégradants qu'on colporte au sujet des deux êtres que je chérissais le plus ? Je n'ai pas d'instruction, je n'ai pas eu la chance de recevoir la même éducation que les enfants du vénérable boyard Olaf... je sais seulement qu'il faut avoir l'âme bien noire pour ternir ainsi la mémoire de ceux qui nous ont quittés dans la souffrance, comme des martyrs !

— Pourtant, le boyard Olaf prête une oreille plutôt complaisante à ces racontars, avança le droujinnik.

— Oh, je ne parlais pas de lui ! s'écria Natalia en se troublant. Père, n'ordonne pas de me châtier, mais ordonne de me pardonner, ma langue est plus rapide que mon esprit ! Un mot de trop, et voilà que je me mets à parler à tort et à travers !

— Et c'est bien pour ça que le proverbe dit : « La

femme a le cheveu long mais l'esprit court », gronda Olaf. Bon, j'ai laissé parler les autres, il faut peut-être que j'essaie d'en placer une ! Bien. Si j'ai insisté pour que le boyard Artem apprenne l'histoire de la disparition de Pélagie, c'est que, à la différence de vous autres, bande d'ignorants, je sais, moi, comment travaille le Tribunal. On tâche de recueillir tous les renseignements possibles, même les moins importants... Vrai ou faux, boyard ?

— Vrai, confirma Artem.

Son agacement devant le ton suffisant d'Olaf avait fait place à l'envie de rire, et il avait toutes les peines du monde à conserver une expression grave.

— Et voilà ! s'exclama le vieillard. Procope n'était ni mécréant ni ignorant, mais il ne pouvait s'empêcher de se rendre auprès de l'arbre du liéchy, allez savoir pourquoi ! Comme si une force irrésistible l'y attirait, m'a-t-il avoué un jour. Et qui sait ce que c'était, au juste ? Le Seigneur a voulu que notre Procope périsse au même endroit que sa première fiancée. C'est comme s'Il avait décidé de les réunir dans la mort...

Un sanglot étouffé de Natalia l'empêcha de poursuivre. Artem vit Stépan lancer à son père un regard de reproche, tandis que celui-ci toisait son fils et sa belle-fille d'un air de défi. Le droujinnik se hâta d'intervenir avant que n'éclate une querelle de famille.

— Le boyard Olaf a bien fait de souligner que toutes les informations, même les plus banales, comptent beaucoup pour nous autres enquêteurs, déclara-t-il en haussant la voix pour attirer l'attention des autres. Or dame Natalia vient de m'apprendre que, peu avant sa mort, son époux paraissait soucieux, inquiet. Partagez-vous son avis ? Et si oui, savez-vous ce qui tracassait Procope ?

Parvenant à se maîtriser, la jeune veuve se redressa sur son siège et lança un regard circonspect vers Olaf.

Le vieux boyard se gratta le menton puis haussa les épaules d'un air perplexe. Stépan, lui, fronça les sourcils dans un effort de réflexion. Quant aux cadets de la famille, Alia réprima un sourire narquois puis donna un coup de coude à son frère Ipate. Brisant le silence, ce dernier s'éclaircit la voix et déclara :

— Je crois qu'aucun d'entre nous — je parle de notre famille — n'ignore ce qui préoccupait Procope. Les épousailles de notre père, évidemment ! Lequel d'entre nous ne se soucie point de voir bientôt sa part d'héritage rétrécir comme une peau de mouton qui sèche au soleil ? Une jeunette, une étrangère qui plus est, va commander dans notre maison, régner sur nos terres... et surtout, elle ne manquera pas de mettre la main sur la moitié de ce qui nous revient de droit ! Je suis sûr que Procope se sentait d'autant plus concerné qu'il était l'aîné. Il se rongeait d'inquiétude à cause du projet de père...

— Que ta langue se dessèche, insolent ! s'écria Olaf, blême de rage. Qui t'a appris à tenir des propos aussi audacieux ? Comment oses-tu offenser ton père devant Sa Seigneurie et ses hommes ?

— Je ne fais que parler, moi, rétorqua Ipate. Toi, tu offenses tes enfants par tes actions ! Quand tu nous as annoncé la nouvelle, Procope en a été bouleversé ! C'est peut-être à cause de cela qu'il s'est enfui seul dans la forêt cette nuit-là...

— Il suffit, Ipate ! l'interrompit Stépan. Tu as vraiment passé les bornes, ton impudence me fait honte !

— Et toi, c'est ton hypocrisie qui me révolte ! Je te connais trop, grand frère. Cette Ouliana, la fiancée de père, tu l'étranglerais de tes propres mains plutôt que de lui céder la moindre miette de ta part du gâteau !

Poussant une exclamation indignée, Natalia voulut intervenir, mais la jeune Alia siffla à son intention :

— Toi qui as si peur de dire un mot de trop, c'est

maintenant que tu as intérêt à tenir ta langue ! Si tu tiens à rester chez nous, il faut que tu te fasses, selon le dicton, plus silencieuse que l'eau et plus petite que l'herbe ! Tu crois que la nouvelle épouse de père va supporter qu'une autre femme se mêle de diriger son domaine ? Et elle ne sera pas plus d'humeur à tolérer les pique-assiettes ! Si bien que tu risques de vite te retrouver chez ton père adoptif... Mais moi, elle ne pourra pas se débarrasser de moi aussi facilement. Rira bien qui rira le dernier !

Artem tenta de prendre la parole mais ne parvint pas à se faire entendre. Échangeant un coup d'œil mi-amusé mi-résigné avec Mitko et Vassili, il finit par se lever, aussitôt imité par les Varlets. Au même instant, Olaf se mit à taper du poing sur la table en vociférant qu'il allait modifier son testament et ôter tout espoir d'héritage de l'esprit de ses enfants. C'est alors que la porte s'ouvrit et que Titos réapparut sur le seuil. Le domestique qui l'accompagnait se volatilisa dans l'instant, laissant le médecin les yeux écarquillés de stupeur devant ce remue-ménage.

Le droujinnik se dirigea rapidement à sa rencontre, décidant que son conciliabule avec Titos lui fournissait le prétexte idéal pour fuir le champ de bataille. Prenant le médecin pétrifié par le coude, il le fit pivoter sur lui-même et le propulsa vers le couloir. Ils furent suivis par Mitko et Vassili qui entraînaient avec eux un Philippos hilare.

Dame Natalia fut la première à s'apercevoir de leur retraite précipitée. Elle courut vers la sortie en poussant un petit cri qui fut repris par le mugissement du vieux boyard, tandis qu'il emboîtait le pas à sa bru. Mais la porte venait de se refermer sur les hôtes d'honneur...

La clôture du domaine franchie, Mitko poussa un soupir de soulagement.

— Ouf ! Enfin je respire ! Je commence à comprendre Procope et ses fugues.

— En effet... Cette visite a été fort instructive pour notre enquête, murmura Artem avec un sourire en coin.

— On aurait dû rester et s'instruire davantage, observa Philippos.

Quant à Titos, il se contenta de lever les bras au ciel et de secouer la tête d'un air incrédule. Devançant les autres, le droujinnik et lui entamèrent une discussion à voix basse. Chargés de leurs sacoches, les Varlets et Philippos les suivirent en bavardant. Ils longèrent une rue enneigée, bordée de congères, qui menait vers le centre de la ville. Après quelques minutes d'entretien avec le médecin, Artem s'arrêta et annonça à ses camarades :

— Les conclusions de Titos concernant les causes du décès semblent confirmer mes pires soupçons ! Afin d'écarter ses derniers doutes, il a besoin de compulser deux ou trois ouvrages de sa bibliothèque. Nous allons l'accompagner chez lui car j'ai hâte d'être fixé. Ensuite, il faudra penser à nous loger ; notre ami médecin m'a déjà expliqué le chemin de la meilleure auberge de la ville.

— Elle se nomme *À la Truite amoureuse*, et je crois que vous ne serez pas déçus, assura ce dernier tandis qu'il reprenait sa marche.

Quittant le luxueux quartier nord qui abritait la demeure du boyard Olaf, ils s'engagèrent dans la grand-rue pour se diriger vers la place du Marché près de laquelle habitait Titos. L'animation qui régnait alentour rappelait qu'il ne restait que six jours avant Noël, fête que le peuple affectionnait tant à cause des réjouissances qui y étaient associées. Promenades en traîneau, pugilats, rondes, spectacles de comédiens ambulants et de montreurs d'ours avaient lieu tous les jours de l'aube au coucher du soleil.

Mais ce que préféraient encore les jeunes gens, c'était chanter les noëls ; dès la tombée de la nuit, ils se réunissaient par petits groupes et entonnaient des ballades ou des couplets comiques sous les fenêtres des maisons avant de réclamer à leurs habitants les dons traditionnels : barriques de vin, d'hydromel et de miel, jambon et poisson fumé, miches de pain, tourtes, pains d'épice, gâteaux... Souvent, ils insistaient pour être invités à l'intérieur, exigeant à boire et à manger dans les demeures des boyards et des marchands, mais apportant de quoi préparer un repas copieux chez les miséreux. Selon l'accueil du maître de maison, les chanteurs lui souhaitaient bonheur et prospérité, ou bien, au contraire, lui prédisaient une mauvaise récolte et toutes sortes de malheurs qui viendraient le punir pour son manque d'hospitalité.

Quant aux jeunes filles, aucune autre fête n'avait autant d'importance à leurs yeux ! Tous les soirs vers minuit, les bonnes amies se rassemblaient chez l'une d'entre elles pour pratiquer la divination au moyen d'objets doués de vertus magiques : miroirs d'argent poli, cierges pris sur l'autel, figurines de cire, cendres des poils arrachés à la queue d'un chat noir... Car chacun sait que les jours qui précèdent Noël sont les plus favorables pour lire l'avenir et apprendre si on vous demandera en mariage dans l'année, quel sera le physique de votre promis, s'il ne sera pas ivrogne ou enclin à battre sa femme, et autres choses aussi essentielles.

À mesure que le droujinnik et ses compagnons approchaient du centre de la ville, ils croisaient de plus en plus de passants au visage dissimulé par des masques comiques ou effrayants qui représentaient animaux, diablotins, sorcières, et même les dieux des temps anciens — bien que le pope en ait interdit toute évocation, souligna Titos. Ce dernier venait d'expliquer que les passants vêtus de touloupes à l'envers, la fourrure tournée vers l'extérieur, cherchaient à honorer Volos, le dieu du bétail et de la richesse, que le peuple continuait de vénérer en même temps que les saints Frol et Lavr, les protecteurs du bétail que les icônes et les fresques montraient en compagnie de vaches, de bœufs et de chevaux. Voyant qu'Artem l'écoutait avec intérêt, Titos poursuivit son commentaire :

— Regarde, boyard, ces gens qui portent une bûche couverte de mousse : elle symbolise le dieu du soleil, Koliada[1], ainsi que l'herbe fraîche et les arbres verdoyants. On l'introduit dans chaque maison, on l'accueille selon un rituel particulier, on chante et on danse en son honneur...

D'un geste, le médecin désigna le cortège qui accompagnait deux moujiks chargés d'une grosse bûche verdâtre. Ces derniers avaient le visage caché par les masques en tissu et en bois peint représentant un ours et un soleil souriant. La procession venait de s'arrêter devant une demeure à trois étages entourée d'une solide palissade. Une jeune femme coiffée d'un châle à fleurs se détacha de la foule et entonna une chanson, une sorte de récitatif, faisant mine de s'adresser à la bûche que soutenaient les deux masques. L'air fut repris par d'autres voix tandis que le cortège se rompait pour former une ronde autour de la chanteuse. Artem distinguait mal les mots, mais il ne pouvait s'empêcher d'admirer l'art des trois comédiens — le soleil, l'ours et la femme au châle bariolé — qui jouaient un véritable spectacle autour de la bûche.

Soudain, des cris retentirent à l'autre bout de la rue. Artem vit accourir un jeune garçon vêtu d'une courte touloupe élimée. Il portait une énorme roue à sept rayons montée sur une perche. Chaque rayon était peint d'une couleur différente et orné d'épis, de rubans et de paille. Une bande de gamins accompagnait le porteur en

1. En russe, « bûche » se dit *koloda*, mot très proche du nom Koliada par la graphie et la prononciation.

hurlant et en sifflant, tandis que les corniauds qui s'agitaient autour d'eux aboyaient furieusement. Ce vacarme finit par interrompre le spectacle, et des cris de joie accueillirent les nouveaux arrivants.

— C'est la roue de Noël, expliqua Titos. Autrement dit, encore et toujours, le soleil — ainsi que le dieu Koliada.

— On va lancer cette roue du haut de la berge vers le fleuve comme pendant le carnaval de la Maslénitsa[1] ? lui demanda Philippos.

— Pas exactement. On va d'abord l'enflammer comme lors du carnaval. Mais ensuite, on la fera rouler sur les congères et on la lancera le long des rues pour qu'elle fasse le tour de la ville. La roue de Noël viendra ainsi annoncer à chaque foyer que « le soleil s'est tourné vers le printemps ».

Cependant, tandis que les chants, la pantomime et la danse reprenaient devant le portail, celui-ci s'ouvrit et, flanqué de son épouse, le maître des lieux apparut sur le seuil. À en juger par la riche pelisse de zibeline qu'il avait jetée par-dessus son caftan, il devait appartenir à la noblesse locale. Alors qu'il s'inclinait devant la bûche moussue, sa femme offrit aux masques le pain et le sel traditionnels. Après y avoir goûté, le personnage déguisé en soleil interrogea cette dernière :

— Que vois-tu, petite mère, ventre fécond, sein abondant ?

— Je vois que la bûche a verdi.

— Et qu'en penses-tu, petit père, maître du foyer et maître de la fumée ? demanda alors le soleil au marchand.

— Que ceci est un signe : les ancêtres vont bientôt s'éveiller.

1. Carnaval russe de tradition païenne mais conservé après la christianisation du pays, qui célébrait les adieux à l'hiver.

Sur ces mots, le couple ainsi que les comédiens s'inclinèrent de plus belle devant la bûche avant de l'introduire avec vénération dans la cour puis à l'intérieur de la maison. La foule rassemblée près de la clôture entonna un nouveau chant et emboîta le pas aux masques.

— Maintenant, ils vont installer la bûche à côté de l'âtre pour la « réchauffer », commenta Titos. C'est d'ailleurs bien sous l'effet de la chaleur qu'elle a pu « verdir », puisqu'on la pose toujours près du feu dans les isbas où s'arrête le cortège de Koliada.

— Je constate que vos boyards se prêtent à cœur joie à ces rituels païens, grommela Artem en se remettant à marcher.

— Dans les petites villes comme Kremni, les vieilles traditions sont fortement ancrées, répliqua Titos avec circonspection. Notre pope s'en plaint, mais il tolère certains divertissements populaires qui existent depuis les anciens temps et qui coïncident avec la Nativité de Notre-Seigneur ou avec Pâques. De fait, il ne s'agit là que de prétextes bien innocents pour s'amuser et faire la fête.

— L'innocence ne saurait justifier le paganisme — pas plus qu'elle ne saurait excuser l'ignorance, objecta Artem. En vérité, de tels propos m'étonnent dans ta bouche, Titos, né et élevé au centre du monde chrétien, à Tsar-Gorod !

— Quand on exerce le métier qui est le mien, répliqua le médecin avec un sourire malicieux, on sait qu'il n'est rien de plus bénéfique pour l'équilibre des humeurs que d'avoir le cœur en liesse, avec ou sans la bénédiction des popes ! Bien sûr, se hâta-t-il d'ajouter, je connais la position de l'Église sur cette question. Pourtant, saint Gleb ne parle-t-il pas du respect qu'on doit à nos ancêtres païens ? Il dit que si on les offense, les cendres de nos pères enterrées dans les tertres funéraires deviendront amères et empoisonneront les sources de nos fleuves... Tiens, regarde : les gens ont allumé des feux à chaque carrefour pour honorer leurs ancêtres et leurs proches disparus. Voilà qui prouve qu'ils ne prennent pas les dires du saint à la légère !

Le droujinnik ne put s'empêcher de sourire.

— Très astucieux, Titos... mais pas convaincant ! Bien que je ne m'intéresse guère aux croyances d'autrefois, il se trouve que je sais ce que signifient ces feux, ainsi que les blinis ou les galettes qu'on laisse dans la neige à côté du bûcher. Notre brave peuple croit que, la nuit, les fantômes des défunts viennent s'y réchauffer et assouvir leur faim... Ne confonds-tu point dévotion et superstition ? Mais j'admire ton pouvoir de persuasion, il doit être d'une grande utilité dans ton métier !

Le médecin esquissa un sourire un peu forcé, préférant changer de sujet :

— Nous sommes presque arrivés. Voici la place du Marché ; ma maison se trouve un peu plus loin dans cette rue qui mène à la porte est et rejoint le port.

Artem jeta un coup d'œil curieux au marché situé à droite de la ruelle où ils allaient s'engager. Malgré le froid, chaque pouce carré de la place était occupé par les étals des commerçants et par les marchandises déposées à même la neige. Une foule bruyante se pressait dans les étroits passages qui séparaient les échoppes. Les cris aigus des vendeurs s'élevaient au-dessus du brouhaha qui emplissait l'air glacé. Tout près du droujinnik, une mercière cherchait à attirer l'attention de deux élégantes vêtues de longues pelisses. Son opulente poitrine appuyée sur l'étal, elle remuait sa main dodue ornée de curieux protège-doigts en corne, en bois et en argent qu'elle appelait « dés à coudre », affirmant qu'il s'agissait de la dernière mode venue de Byzance. Intrigué, le droujinnik observa quelques instants les deux passantes qui examinaient l'étrange objet. Lorsqu'il regarda autour de lui, il se rendit compte qu'il s'était laissé distancer par ses compagnons. Se frayant un chemin dans la cohue, il se précipita dans l'étroite ruelle bordée de boutiques où il avait vu disparaître Titos. Mais celui-ci venait déjà à sa rencontre, Philippos et les Varlets sur ses talons.

— Impossible d'atteindre ma maison! Deux traîneaux encombrent la chaussée, et j'ai bien peur qu'aucun des deux cochers ne cède le passage à l'autre avant d'avoir épuisé sa réserve de jurons, commenta le médecin sans se départir de sa bonne humeur.

— Dès que l'un des deux compères est à bout de souffle, les badauds volent à son secours! renchérit Philippos en riant.

Titos lui donna une tape amicale dans le dos avant de proposer :

— Venez, nous allons couper à travers le marché.

Soulevant les pans de sa cape à cause des détritus qui jonchaient la neige, il les entraîna vers la galerie marchande qui commençait par la boutique de la mercière déjà repérée par Artem. Les deux jolies clientes avaient disparu, ainsi que le sourire mielleux de la vendeuse, qui abreuvait d'injures un mendiant en haillons venu s'installer près de son échoppe.

Jouant des coudes, le médecin conduisit ses compagnons vers la galerie aux épices où la foule était moins dense. Artem examina les vendeurs emmitouflés dans leurs touloupes. Le nez et les joues cramoisis, ils trépignaient de froid derrière leurs étals, apostrophant les chalands et vantant leurs marchandises. À la différence du marché de Tchernigov où l'on rencontrait souvent Khazars, Bulgares de la Volga et Agariens [1] à la barbe teinte en rouge, c'étaient les habitants de Kremni qui

1. Descendants d'Agar, mère d'Ismaël; nom donné aux musulmans.

vendaient les épices et les produits rares ; à l'évidence, ils s'approvisionnaient dans des villes plus importantes que fréquentaient les négociants étrangers.

Quittant la galerie, Titos tourna à gauche et, une centaine de coudées plus loin, ils rejoignirent la rue commerçante qui menait à la porte est et au port. Le médecin leur désigna une petite maison en rondins à un étage flanquée d'un jardin et entourée d'une palissade basse.

— C'est ici que j'habite et que je tiens ma pratique, annonça-t-il en les conduisant vers le perron. Dommage que vous ne puissiez pas voir mes carrés de plantes médicinales, mon jardin de simples et surtout mes fleurs ! En été, tout embaume, ici !

Dans l'entrée exiguë, Titos aida ses hôtes à se débarrasser de leurs manteaux avant de les conduire dans la plus grande pièce du rez-de-chaussée, celle où il recevait ses patients. Artem balaya du regard les murs décorés de tentures et le plancher recouvert de paille fraîche. Puis il étudia avec curiosité les étagères où s'alignaient aiguilles de différente longueur, petites lames bien aiguisées, godets et coupelles à saigner. D'autres rayonnages supportaient flacons, jarres et pots étiquetés et munis de couvercles, ainsi que des paniers d'osier contenant des rouleaux de bandage en lin immaculé. Au-dessus de l'âtre où crépitait un bon feu pendaient des récipients en bronze bien astiqués qui n'étaient pas sans évoquer des ustensiles de cuisine tels que poêlons, casseroles et puisettes.

Comme Titos frappait dans ses mains, un domestique surgit sur le seuil et s'inclina d'abord devant le médecin puis devant les visiteurs. À sa vue, ces derniers écarquillèrent les yeux de stupeur. L'homme portait une tunique à rayures qui lui arrivait aux chevilles et un turban rappelant les natifs de la lointaine Arabie. La blancheur de son couvre-chef contrastait avec sa peau bistre et ses prunelles noires. Il devait compter moins de trente étés, mais son maintien digne et calme le faisait paraître plus âgé.

— Voici Hakim, mon fidèle serviteur, expliqua le médecin. Il est né à Boukhara, la perle de l'Orient... qu'il a dû pourtant fuir à la suite de quelques problèmes avec les autorités. Il a eu la langue tranchée et allait perdre ses deux mains quand, par miracle, j'ai réussi à l'arracher aux griffes du bourreau et à lui faire quitter la ville. Depuis, où que le hasard ait conduit mes pas, Hakim m'a toujours accompagné.

À ces mots, le serviteur muet lança un regard plein de reconnaissance au médecin. Celui-ci lui assena une tape amicale sur l'épaule avant de poursuivre :

— Lorsque j'ai décidé de m'établir à Kremni, je lui ai rappelé qu'il était libre de partir et d'exercer le métier de son choix, mais il a refusé de me quitter. Il m'a confié que son rêve le plus cher consistait à devenir mon assistant. J'ai été touché par la demande de Hakim. La plupart des gens, hélas, laissent leur esprit s'assoupir avec le temps... Or, j'aime que l'homme cherche toujours à se dépasser ! Bref, depuis deux ou trois étés, j'enseigne à Hakim les bases pratiques et théoriques de la science médicale, ainsi d'ailleurs que la lecture et l'écriture.

Tandis que les Varlets et Philippos dévisageaient bouche bée l'étonnant muet, Titos lui ordonna d'apporter des boissons et du poisson séché. Puis il se tourna vers le droujinnik, l'invitant à monter dans sa bibliothèque située au premier étage.

En entrant, Artem reconnut le parfum de l'absinthe qui, avec d'autres herbes de la steppe, protégeait les manuscrits des vers et des larves. Une agréable chaleur régnait dans la pièce grâce au poêle installé dans l'angle. Le mobilier comportait un imposant secrétaire en chêne, deux fauteuils dont un à haut dossier en bois sculpté, plusieurs jarres et coffres à documents, et des rayonnages qui tapissaient les murs du sol au plafond, ainsi qu'un petit escabeau qui servait à atteindre les degrés supérieurs.

Artem ne put réprimer une exclamation d'admiration : plusieurs monastères auraient envié à Titos la richesse de sa bibliothèque, sans mentionner les boyards érudits qui n'avaient souvent pas les moyens de collectionner les livres. Devant l'enthousiasme du droujinnik, un sourire de plaisir illumina le visage joufflu du médecin.

— Permets-moi de te montrer quelques-uns de mes joyaux ! s'écria-t-il. Les œuvres du génial Galien, celles d'Hippocrate que j'affectionne tout particulièrement, ou encore celles de mon compatriote Paul d'Égine[1]... celles d'Isaac l'Hébreu[2]... Mais j'ai quelque chose de plus rare et de tout aussi remarquable !

Tout en parlant, il se précipita vers l'une des étagères et s'empara d'un énorme manuscrit à reliure en cuir. Le droujinnik remarqua alors que certains livres étaient attachés à leur rayon par une fine chaîne d'acier, assez longue pour les déplacer à l'intérieur de la pièce mais pas pour les en sortir. C'est ainsi que les collectionneurs, se rappela Artem, protégeaient du vol les ouvrages les plus inestimables de leur bibliothèque.

Ployant sous le poids du volume, Titos le porta vers son secrétaire. Mais la surface de sa table disparaissait sous des dizaines de rouleaux d'écorce de bouleau sillonnés d'une écriture rapide.

— Ah, mes notes ! s'exclama Titos. J'oublie toujours de les ranger, et j'ai interdit à Hakim d'approcher de ma table de travail.

1. Médecin byzantin (v. 625-690).

2. Isaac ben Salomon Israeli (v. 850-950), médecin et philosophe judéo-arabe. Auteur de plusieurs traités (écrits en arabe, traduits en hébreu et en latin) qui firent autorité jusqu'au XVIe siècle.

Artem se hâta de lui venir en aide. Le médecin l'encouragea à repousser sans ménagement les rouleaux avant de poser son trésor sur le secrétaire. Le droujinnik admira le plat de la reliure orné de minuscules fragments d'argent et de nacre qui formaient des feuillages entrelacés.

— Je possède plusieurs manuscrits arabes, mais le plus précieux, c'est cette belle copie du *Canon de la médecine* du grand Abu ibn Sinā, ou Avicenne, ainsi qu'on l'appelle en Occident, commenta Titos en tournant avec précaution les feuilles de parchemin couvertes d'une écriture toute en volutes et en lignes sinueuses.

— Combien de langues maîtrises-tu ? lui demanda Artem.

— L'arabe, bien sûr, et le persan qui m'a d'ailleurs donné du fil à retordre... J'ai également appris l'hébreu dans ma jeunesse, mais je commence à l'oublier car les traités de médecine les plus remarquables sont tous traduits en arabe. Le latin, sans lequel il est impossible de communiquer avec les médecins de l'Occident. Le grec et le russe, cela va sans dire. Enfin, je peux facilement m'expliquer avec les peuples qui habitent à l'ouest des terres russes, mais mon mérite n'est pas bien grand : leurs langues et la vôtre se ressemblent comme des sœurs !

— C'est ce qu'affirme notre prince. Comme toi, Vladimir possède le latin, ainsi que le varègue et le grec qui lui ont été enseignés respectivement par son père et par sa mère, qui est ta compatriote. Il parle aussi les langues des nomades, le kouman et le petchénègue, mais il ne connaît ni celle des Agariens ni celle des Hébreux... En vérité, tu es trop modeste, Titos, ton savoir ferait pâlir d'envie bien des érudits ! Ce qui m'échappe, c'est la raison pour laquelle tu as choisi de t'enterrer dans ce coin perdu ! Toi qui as parcouru le vaste monde, toi qui aimes que l'homme se dépasse toujours, quel objet d'étude digne de ton esprit as-tu découvert dans cette bourgade ? Te contentes-tu désormais de discourir sur le temps qu'il fait ou le prix du froment et de l'avoine ?

Le médecin grimaça un sourire avant de répondre :

— C'est le hasard qui m'a amené à Kremni. Tout jeune, j'ai quitté Byzance pour faire mes études à Salerne puis j'ai beaucoup voyagé, cherchant à élargir mes connaissances et pratiquant mon métier partout où j'allais : Rhagès, Bagdad, Damas, Kairouan... Un jour, j'en ai eu assez de cette longue errance. Résolu à rentrer au bercail, j'ai commencé à descendre le Dniepr avec un convoi de marchands. Sur le chemin, nous nous sommes arrêtés à Kiev. Cette ville et ses habitants m'ont immédiatement séduit ! J'aime la gaieté spontanée des Russes mais aussi leurs étranges accès de nostalgie, leur courage à toute épreuve, et même leur démesure ! Bref, je me suis mis à parcourir vos terres hospitalières jusqu'à ce que mes pas me portent à Kremni...

— Et c'est alors qu'il s'est produit quelque chose qui t'a décidé à y rester, enchaîna Artem.

Comme le droujinnik le transperçait du regard, Titos se détourna de lui pour fixer le manuscrit arabe.

— Je t'assure qu'il ne s'est rien passé d'extraordinaire... si ce n'est que l'unique médecin de cette ville a rendu son âme à Dieu la veille de mon arrivée ! Ce lieu tranquille, loin de l'agitation des grandes villes, m'a plu. En outre, j'ai été attiré par l'idée de n'avoir aucun concurrent, d'autant que cette bénédiction représentait un défi des plus stimulants : devenir le seul responsable de plusieurs centaines de vies, une sorte d'ange gardien de toute une communauté... Voilà comment j'ai fini par m'établir ici.

— Je te l'ai déjà dit, Titos, j'admire ton pouvoir de persuasion ! Mais tu n'as pas besoin de l'exercer sur moi : je n'ai pas plus de raisons de te questionner sur ta vie privée que toi de me répondre ! Maintenant, occupe-toi des vérifications que tu voulais effectuer, car j'aimerais que tu me précises les causes du décès de Procope.

Hochant la tête, le médecin s'empressa de ranger le manuscrit avant de disposer sur son secrétaire deux autres ouvrages à reliure de bois, moins volumineux et de modeste apparence. Artem jeta un coup d'œil curieux par-dessus l'épaule de Titos qui s'était assis dans son fauteuil à haut dossier. Écrit à l'encre noire, le texte était en grec, mais le médecin tournait les pages trop vite pour que le droujinnik puisse déchiffrer les mots qui s'enchaînaient en lignes serrées.

Un quart d'heure plus tard, Titos avait fini de consulter les deux ouvrages. Ils descendirent dans la grand-salle. Mitko et Vassili savouraient l'hydromel apporté par Hakim le muet tout en bavardant à mi-voix, tandis que Philippos s'agitait avec impatience sur son siège. Comme il levait vers le médecin un regard brillant d'excitation, Artem dit à ce dernier :

— Tu peux parler librement devant mes assistants et mon fils. Commence par leur résumer ce que tu m'as raconté chez Olaf.

— Il se trouve que j'ai eu l'occasion d'examiner le corps une première fois il y a quatre jours, alors qu'on venait de le découvrir, expliqua le médecin. Je l'ai fait à la hâte, car il ne s'agissait que de constater officiellement le décès. Pourtant, j'ai noté que la blessure à la poitrine était trop superficielle pour avoir été mortelle. En même temps, certains signes troublants attirèrent mon attention. Ainsi, j'ai remarqué une fine couche de glace et de givre recouvrant le visage et les parties exposées du corps de Procope. Sa cotte était toute gelée comme si elle avait été trempée. Cela indiquait que l'homme avait sué et salivé en abondance avant de mourir. Sa barbe souillée prouvait qu'il avait vomi plus d'une fois. La conclusion s'imposait : ce n'était point à un coup de poignard que Procope avait succombé, mais à un poison foudroyant !

— J'ai eu la même idée à cause des traces de vomissure, mais aussi en examinant les traits convulsés de la victime, approuva Artem.

— Avez-vous réussi à identifier cette drogue meurtrière ? s'enquit Philippos en dévisageant tour à tour le médecin et le droujinnik.

Alors qu'Artem secouait la tête en signe de dénégation, Titos se gratta le sommet du crâne puis répondit :

— Il s'agit d'un savant mélange dont je ne suis pas sûr d'avoir déterminé tous les éléments... même après avoir compulsé deux ouvrages de référence sur le sujet ! Je peux affirmer que le composant principal en est l'aconit, cette plante qui possède des vertus médicinales mais qui, absorbée à haute dose, devient extrêmement dangereuse. Le mélange contient en outre un poison animal, sans doute du venin de vipère, qui provoque la corruption du sang avant d'atteindre le cœur.

— Qu'est-ce qui t'a permis de déceler la présence de ces deux poisons ? demanda Artem, intrigué.

— En ce qui concerne l'aconit, les signes que j'ai mentionnés tout à l'heure : sueur et salive profuses, vomissements, mais aussi pupilles dilatées et poitrine comprimée, comme si les poumons avaient été écrasés par les côtes. Cette dernière particularité témoigne des spasmes violents du système respiratoire au moment de la mort.

— Il me semble que le venin de vipère provoque lui aussi des difficultés à respirer, observa Artem en tirant sur sa longue moustache.

— C'est exact. Par conséquent, j'ai surtout cherché à relever les symptômes qui permettent de distinguer les deux poisons. C'est le teint livide de Procope et l'hémorragie fort abondante qu'il avait subie — je parle du coup de poignard à la poitrine — qui m'ont fait penser au venin de vipère, car il empêche le sang de coaguler. Dans la mesure où le corps du boyard n'a été mutilé qu'après sa mort, c'est bien le poignard qui avait été enduit de ce poison... Cela dit, je n'arrive pas à comprendre pourquoi on l'a frappé avec cette dague ; l'extrait d'aconit qu'on lui avait fait absorber auparavant était suffisant pour l'expédier dans l'autre monde en deux ou trois heures !

— Si la lame a été enduite de poison, comment expliques-tu que les bords de la plaie ne sont ni rougies ni boursouflées ? s'étonna le droujinnik.

— Les signes locaux n'apparaissent le plus souvent qu'au bout de plusieurs heures, à condition que la victime soit toujours en vie, expliqua Titos. Quand le venin pénètre dans le sang, il en provoque la corruption sur-le-champ. À la différence des tissus, toutes les humeurs s'en trouvent d'emblée affectées et, très vite, le venin atteint le cœur.

Impressionné par la science du médecin, le droujinnik le remercia avec chaleur. Avant de prendre congé, il lui confia le flacon d'argent que Procope avait sur lui au moment de se faire attaquer et le pria d'en analyser le contenu.

— Une dernière question, dit-il en se levant. Tu t'es gardé de partager tes observations avec les proches de la victime, n'est-ce pas ?

— Tout ce qu'on m'a demandé, c'était de rédiger le constat du décès, bougonna le médecin. Ils n'avaient pas besoin de mes lumières pour conclure à la culpabilité des païens.

— Et c'est également ce que tu crois ?

— Il faut avouer que ça y ressemble ! Les Drégoves fabriquent leurs redoutables poisons en mélangeant du venin de vipère et des plantes particulièrement dangereuses. Ils s'en servent pour enduire leurs dagues et les pointes de leurs flèches, si bien que la moindre blessure infligée par ces armes est mortelle.

— Mais comment s'y sont-ils pris pour faire avaler une décoction d'aconit à Procope ? demanda Artem. Je vois mal le boyard buvant ou mangeant en compagnie des païens au cœur de la forêt, comme s'il partageait un repas avec ses amis chasseurs dans une taverne de la ville !

— Oui, j'y ai pensé, grommela Titos en haussant les épaules. Il faudrait d'abord établir dans quel genre de mets ou de boisson le poison a été introduit, et nous n'en avons aucun moyen. Pour ce qui est de boire, Procope aurait accepté une coupe offerte par le Diable lui-même, sans parler des Drégoves... Mais c'est peut-être sa femme qui lui avait amoureusement préparé cette gâterie, avant même qu'il tombe sur les païens dans la forêt ! ajouta-t-il en ricanant. Qui sait ? Ce genre de délicate attention entre époux, cela s'est déjà vu !

CHAPITRE IV

Ravi de sa plaisanterie, Titos jugea bon de préciser :

— Je n'ai rien contre cette pauvre Natalia, si ce n'est qu'elle appartient à la famille d'Olaf. Or, tous tant qu'ils sont, je ne les porte pas dans mon cœur. J'aime bien leur décocher une flèche empoisonnée de temps à autre !

Comme il raccompagnait ses hôtes jusqu'à la sortie en gloussant dans sa barbe, Artem se promit d'interroger le médecin à la première occasion sur les raisons de son animosité envers Olaf et ses enfants.

Une fois dehors, les Varlets et Philippos se mirent à parler en même temps. Le droujinnik leva la main pour leur imposer le silence.

— Pour l'instant, une seule chose est sûre, mes amis : l'affaire est loin d'être aussi simple que le croient Olaf et ses proches ! Mais je suggère que nous en discutions un peu plus tard. Il faut d'abord penser à nous installer puis à nous procurer des montures ; nous en aurons besoin, ne serait-ce que pour rendre visite à cet individu qu'on surnomme le Passeur.

— Des montures dignes de ce nom, ça ne se trouve pas sous le sabot d'un cheval, si j'ose dire, grogna Mitko. Pas la peine de penser aux misérables canassons que louent les aubergistes.

— En ce qui concerne les chevaux, je me suis renseigné auprès d'Alia, déclara Philippos. Elle dit qu'on trouvera tout ce qu'il faut au marché au bétail, à la porte sud de la ville.

— Quant aux auberges, enchaîna le droujinnik, il y en a trois à Kremni. Si Titos nous recommande *À la Truite amoureuse*, c'est qu'elle est la plus confortable et possède son propre établissement de bains.

— Va pour *La Truite* ! s'écrièrent en chœur les Varlets.

Les quatre amis suivirent l'étroite rue animée, à présent moins encombrée, en se dirigeant vers le cœur de la ville, la place de l'Église. Selon le médecin, il suffisait de traverser cette dernière pour trouver l'auberge dans le prolongement de la grand-rue. Comme ils débouchaient sur la place, Artem s'exclama :

— Voilà la fameuse église Saint-Nicolas-le-Thaumaturge dont Titos m'a vanté la beauté !

Le droujinnik décida de s'arrêter un instant. Il fut convenu que Mitko et Vassili iraient de ce pas à l'auberge préparer leurs quartiers et décharger leurs sacoches, et qu'Artem et Philippos les rejoindraient un quart d'heure plus tard. Resté seul avec le garçon, le droujinnik l'attira vers lui et ils s'immobilisèrent, contemplant le bel édifice en bois sculpté aux proportions harmonieuses, terminé par quatre bulbes dorés et flanqué d'un clocher au toit pointu bleu et or.

Comme ils admiraient la dentelle de bois qui ornait la façade et les tours surmontées de bulbes, leur attention fut attirée par des voix bruyantes et des éclats de rire. Un groupe de jeunes gens, les garçons chargés de gros sacs de toile, venaient de s'installer près du mur latéral de l'église. Aidés par les jeunes filles, ils se mirent à dénouer les sacs et à disposer leur contenu à même la neige. Leur conversation confirma ce qu'Artem avait déjà deviné : les amis s'apprêtaient à partager les dons reçus la veille au soir alors qu'ils chantaient les noëls sous les fenêtres de leurs concitoyens.

Soudain, les jeunes gens poussèrent des exclamations joyeuses en apercevant quelqu'un. Le droujinnik se retourna et vit Alia, la jolie fille du boyard Olaf, vêtue d'une veste matelassée et d'une ample jupe rouge. Elle traversa la place et passa devant Artem et Philippos sans les remarquer. Rejoignant ses camarades, elle se mit à bavarder avec un garçon de son âge qui portait une cape fourrée et une chapka d'hermine posée de guingois, d'un air crâne, sur ses boucles blondes. Tandis qu'il la dévisageait avec des yeux amoureux, la jeune fille minaudait, levant ses fins sourcils noirs et avançant sa lèvre inférieure d'un air capricieux. Le droujinnik, lui, observait d'un œil amusé Philippos qui dévorait du regard la belle coquette. Enfin, celle-ci s'aperçut de leur présence.

— Oh ! boyard... fit Alia en accourant vers Artem. Tu es parti si promptement de chez nous ce matin... N'ordonne pas de nous châtier, mais ordonne de nous pardonner ! Il ne faut pas que tu te méprennes sur la signification de... de ce débat un peu vif dont tu as été témoin.

— N'aie aucune crainte, boyarichna, assura Artem en souriant, j'ai au contraire très bien saisi le sens de votre discussion enflammée ! Tu peux transmettre à ton père que mon départ n'a été causé que par le besoin de m'entretenir au plus tôt avec le médecin.

— Je te remercie de ton indulgence, répliqua Alia en rougissant, avant d'appeler d'un geste le garçon à la chapka d'hermine. Puis-je te présenter Cyrille, le fils du boyard Grigori ?

En dépit de sa tenue luxueuse, le fils du gouverneur arborait un air modeste, presque timide. Ayant salué Artem et Philippos, il voulut savoir s'ils comptaient honorer son père de leur visite. Le droujinnik promit de passer voir Grigori le lendemain.

— On dirait que les habitants de Kremni apprécient

fort votre spectacle, observa Artem en désignant les présents que Cyrille et ses amis avaient alignés sur la neige contre le mur de l'église.

Il y avait là un carré de jambon fumé, quelques fromages, plusieurs tourtes au poisson et aux champignons, des pains d'épice et deux tonnelets d'hydromel.

— C'est que Cyrille, moi et nos amis là-bas, nous formons un vrai chœur, se vanta Alia, et nos masques comptent parmi les plus beaux de la ville ! Dommage qu'on ne puisse pas te les montrer maintenant, on ne les revêt qu'à la tombée de la nuit. Le mien représente Lel, le compagnon de la déesse du printemps, Lada, et celui de Cyrille, le mythique chien Samargl.

— Et moi, je figure le fameux Loup-Gris des anciennes légendes ! s'exclama une voix à côté d'eux.

Tout le monde se retourna pour découvrir Ipate, le frère d'Alia. Il portait un caftan azur doublé de fourrure de zibeline et une chapka assortie. Fixant Alia d'un air narquois, il ajouta :

— Ce soir, je vais bien m'amuser en promettant un mariage prochain à quelques-unes de tes amies !

Alia le foudroya du regard tandis que le droujinnik et Philippos le dévisageaient d'un air interrogateur. Ipate éclata de rire.

— Ignoriez-vous comment nos jeunes filles cherchent à deviner quand chacune d'entre elles va convoler ? Elles se réunissent à la tombée de la nuit, récitent des formules magiques, puis, l'une après l'autre, elles sortent sur le chemin devant le portail et disent : « Aboie, aboie, petit chien chéri ! Aboie, aboie, gentil Loup-Gris ! » Ensuite, ces gourdes restent à attendre le premier aboiement qui leur parvienne. S'il est rauque, c'est que le futur époux sera vieux ; s'il semble éloigné ou indistinct, c'est que le promis habite une contrée lointaine...

— Et ce farceur, intervint Cyrille, prend un malin

plaisir à imiter les aboiements ! Tu vas voir, on finira par t'attraper un de ces jours et tu te feras sonner les cloches ! Quant à moi, je n'éprouve aucun plaisir à tourner quelqu'un en dérision.

Le garçon continuait de parler mais le droujinnik ne l'écoutait plus. Il observait Ipate qui avait reculé d'un pas. Se penchant vers sa sœur, il lui murmura quelque chose à l'oreille. Artem ne saisit qu'un seul mot : « Père. » Il vit le joli visage d'Alia se rembrunir. Elle parut réfléchir un instant puis, le regard dans le vague, déclara à mi-voix :

— Qu'il fasse ce qu'il veut... Il ne pourra s'en prendre qu'à lui-même !

Une étrange lueur brillant dans ses prunelles, Alia dévisagea son frère.

— Je ferais mieux d'aller rejoindre mes camarades, dit celui-ci d'un air gêné. Il faut que je me dépêche, sinon ils vont partager sans moi tout ce que nous avons recueilli hier.

Il prit rapidement congé et partit sans se retourner vers une des rues qui rayonnaient de la place de l'Église.

Artem était sur le point de questionner Alia sur son bref entretien avec son frère quand il se ravisa, laissant Cyrille et celle-ci rejoindre leurs amis. Philippos et lui reprirent leur chemin, pressés de gagner l'auberge où les attendaient les Varlets.

L'entrée de *La Truite amoureuse*, solide construction trapue à un étage, s'ornait de la traditionnelle botte de paille ainsi que d'une perche à houblon, signe que l'établissement offrait le gîte et le couvert. Le domaine abritait également communs, bains, écuries, une petite forge et un atelier de charron.

Un gamin de cinq ou six étés à la tignasse flamboyante jouait avec un chien dans la cour recouverte de neige durcie. Artem tendit la main vers le marteau de bronze suspendu à la porte mais celle-ci s'ouvrit avant qu'il l'eût touché, laissant apparaître les Varlets. Le visage lunaire de Mitko était rouge de colère, et Vassili plissait ses yeux étroits comme à chaque fois qu'il était contrarié.

— Rester ici, ce serait faire trop d'honneur à cet imbécile d'aubergiste, boyard ! déclara ce dernier en guise de salutation. Il vient de nous apprendre qu'on ne pourra utiliser ses bains qu'après Noël !

Artem haussa les épaules.

— Il doit sûrement réparer le toit ou je ne sais quoi encore.

Les Varlets échangèrent un regard éloquent.

— Le bâtiment n'a besoin d'aucune réparation, expliqua Mitko. Si on ne peut pas l'utiliser, c'est que le « bonhomme des bains[1] » n'aime pas qu'on le dérange pendant la semaine qui précède Noël. Il serait en train de festoyer avec d'autres divinités qu'il a conviées sur son domaine. Cet excellent aubergiste a même laissé à boire et à manger à leur intention dans la salle d'eau. Comme si tous ces esprits surgis de l'Enfer pouvaient se restaurer comme de bons orthodoxes ! Non, mais a-t-on jamais vu pareille ignorance ! ajouta-t-il en levant les yeux au ciel.

Artem se sentit partagé entre l'agacement et l'envie de rire. Il réprouvait les superstitions populaires, mais le plus beau de l'histoire, c'était l'indignation de ses braves assistants ! Ces deux guerriers intrépides pouvaient affronter une horde de nomades et se battre à un contre dix, mais ils pâlissaient d'effroi à la moindre évo-

1. En russe, *bannik*. Selon une antique tradition populaire, cette divinité païenne mineure, imaginée sous la forme d'un vieillard portant pour tout vêtement une ceinture en branches de bouleau, exerçait son pouvoir dans le lieu désigné par son nom. Craignant sa colère, on ne se rendait pas aux bains avec sa croix.

cation des elfes, ondines, sorcières et autres suppôts du Diable qui disposent, tout le monde le sait, d'innombrables astuces pour perdre un bon chrétien.

Avant qu'il pût répondre aux Varlets, la porte s'ouvrit à nouveau et l'aubergiste lui-même apparut sur le seuil. À la vue d'Artem, l'obséquiosité envahit son visage bouffi de graisse.

— Quel honneur, quel plaisir! claironna-t-il. L'humble propriétaire de ces lieux te souhaite la bienvenue, boyard!

Il s'interrompit brusquement en apercevant l'enfant à la chevelure rousse qui jouait dans la cour. L'expression mielleuse de l'aubergiste s'évanouit en un clin d'œil.

— Petit vaurien! hurla-t-il tandis que le gamin s'enfuyait vers le portail. Fiche le camp d'ici, et que je ne te revoie plus! C'est le fils de la sorcière Varvara, la renarde, expliqua-t-il aux visiteurs. Toutes les nuits, elle se transforme en bête pour aller courir dans la forêt, et elle fricote avec le Passeur, le mage!

Ce fut assez pour décider Artem.

— On l'aurait donc prise en flagrant délit? tonna-t-il. Sais-tu que cette femme peut t'accuser de calomnie? Si tu ne peux pas fournir au Tribunal sept témoignages sous serment pour prouver tes dires, tu risques une amende qui mettra fin à ta prospérité. Quant à moi, je ne resterai pas une minute de plus ici. Vous avez nos sacoches? demanda-t-il aux Varlets. Partons!

L'aubergiste se précipita à leur suite, non pas pour essayer de les retenir, mais pour claquer rageusement le portail derrière eux. Dans la rue ils aperçurent le petit rouquin qui tournait la tête à droite et à gauche d'un air indécis.

— Comment t'appelles-tu, mon garçon? s'enquit doucement le droujinnik.

— Danko, répondit celui-ci avant d'ajouter à la hâte : Le gros vous a menti, ma mère n'est pas une sorcière! Elle n'est pas méchante, et puis, elle va à l'église!

— Je n'en doute pas, répliqua Artem en souriant. Viens, petit, nous allons te raccompagner chez toi. Comment es-tu venu ici ?

— Par cette rue, là-bas... Il y a un grand feu où il faut tourner pour aller chez nous.

Emboîtant le pas au gamin qui gambadait joyeusement, les trois droujinniks et Philippos s'enfoncèrent dans le quartier sud, le plus pauvre de la ville. À mesure qu'ils avançaient, les maisons cossues entourées de hautes clôtures faisaient place aux modestes isbas munies de minuscules fenêtres tendues de vessies de porc. Sur le chemin, ils aperçurent quelques échoppes où se pressaient des femmes pauvrement vêtues. Ils repérèrent également plusieurs ateliers d'artisan, deux ou trois gargotes et un barbier, mais point d'auberges.

Enfin, l'enfant les conduisit vers une maison en rondins à un étage, plus grande mais surtout plus élégante que ses voisines grâce au motif fleuri en bois sculpté qui ornait les fenêtres et la porte d'entrée. Entourée d'une palissade un peu de guingois, la minuscule cour était tout encombrée de neige hormis l'étroite sente qui menait vers le perron.

Au moment où ils s'apprêtaient à quitter le petit garçon, la porte s'ouvrit et une femme d'environ trente étés descendit dans la cour. Coiffée d'un châle de laine grise, elle portait une veste et une jupe noires. Malgré cette tenue austère, elle était d'une beauté à couper le souffle. Des boucles cuivrées auréolaient son visage ovale à la peau très claire. Elle avait un nez droit et des lèvres pleines naturellement rouges ; sous des sourcils arqués qui lui donnaient un petit air étonné, ses yeux verts brillaient comme deux émeraudes.

— Par les cornes de Belzébuth ! lâcha Mitko. Si je me doutais qu'on allait tomber sur une telle beauté dans ce coin perdu !

En s'approchant du portillon, la femme leva les bras et s'écria :

— Te voilà, Danko ! C'est l'heure du déjeuner, où étais-tu donc passé ? Et vous, braves étrangers, que désirez-vous ?

Alors que le gamin courait se réfugier dans les jupes de sa mère, Mitko arbora son sourire le plus ravageur avant de répondre :

— Gente dame, nous avons fait un bout de chemin avec ton fils tout en cherchant une auberge. C'est le hasard qui nous a conduits ici... mais que le Diable m'emporte si nous le regrettons !

La belle rouquine lui rendit son sourire, découvrant des dents d'une blancheur éblouissante.

— Pourtant, vous ne trouverez aucune auberge digne de ce nom dans ce quartier. Certes, il y a *Le Coq bleu*, mais la nourriture qu'on y sert est infecte, et les lits n'y sont guère confortables... Essayez plutôt *La Truite amoureuse*, près de la place de l'Église. Et merci de m'avoir ramené Danko !

— L'aubergiste de *La Truite* nous a gâché l'appétit avant même qu'on ait goûté à sa cuisine, répliqua Mitko. Connais-tu quelqu'un qui accepterait de nous loger pendant quelques jours pour une demi-grivna d'argent ? Une dame de préférence, accorte et jolie... encore que, après t'avoir vue, la plus jolie femme de Kremni risque de nous paraître laide comme les sept péchés capitaux ! ajouta-t-il avec ardeur.

La mère de Danko éclata de rire.

— Avec ton bagout, Varlet, tu n'auras aucun mal à trouver un foyer accueillant pour vous tous... et des bras caressants pour toi-même ! Mais trêve de plaisanterie.

Elle fit mine de réfléchir avant de secouer la tête.

— En cette période de fêtes, tout le monde reçoit chez soi parents ou amis. Je vous hébergerais volontiers, moi, mais vous regretterez bien vite d'avoir mis les pieds dans ma maison. Vous ignorez que...

Comme elle s'interrompait d'un air embarrassé, Artem enchaîna :

— ... Que certains te traitent de sorcière. Si c'est à cela que tu fais allusion, oublie tes craintes et montre-nous ta demeure. Ensuite, nous prendrons notre décision.

— Comme vous voudrez, fit la jeune femme en caressant les cheveux ébouriffés de son fils. Daignez me suivre, nobles étrangers. Au fait, je m'appelle Varvara.

À son tour, Artem déclina son identité et présenta ses compagnons tandis qu'ils montaient les marches du perron et pénétraient à l'intérieur. Encombrée de caisses, tonneaux et pots en terre cuite contenant les réserves de nourriture, l'entrée comportait néanmoins un coin aménagé en salle d'eau. Écartant le rideau qui la dissimulait, Artem découvrit avec satisfaction un cuveau de bois, une barrique remplie d'eau fraîche, quelques seaux et cruches, ainsi qu'une petite étagère où s'étalaient éponges grecques[1], peignes et sachets en tissu qui fleuraient bon les herbes séchées.

Le rez-de-chaussée comprenait également une cuisine d'une propreté impeccable et une grand-salle, le sol jonché de paille fraîche et les murs décorés de tentures aux vives couleurs. Cette pièce avait pour tout ameublement une longue table flanquée de bancs, deux fauteuils placés auprès de l'âtre et quelques sièges garnis de coussins.

Ôtant sa veste et son châle, la maîtresse de maison découvrit sa somptueuse chevelure flamboyante qui, nouée sous la nuque par un ruban rouge, lui tombait jusqu'aux reins. Elle ordonna à son fils de l'attendre près de l'âtre et conduisit ses hôtes vers l'étroit escalier qui menait à l'étage supérieur. Avant de la suivre, Artem jeta un coup d'œil en arrière : au bout du couloir, une porte basse cloutée de fer donnait sur une autre pièce, mais Varvara n'avait pas jugé bon de la leur faire visiter.

1. Éponges de mer.

— Il y a quatre chambres au premier étage, précisa la jeune femme en gravissant les marches qui donnaient sur le palier exigu. J'ai installé le lit de Danko dans la mienne car il préfère dormir avec moi. Vous pouvez donc disposer à votre guise des trois autres pièces.

— Le cabinet de travail du boyard, la chambre qu'il partagera avec Philippos, et celle que nous occuperons, Vassili et moi, commenta Mitko. Qu'en dis-tu, boyard ?

Artem confirma que cet arrangement lui convenait à merveille. Pendant que les Varlets déchargeaient leurs sacoches et allumaient le poêle dans chacune des pièces, le droujinnik remit une demi-grivna d'argent à la jeune femme. Il accepta sans façon son invitation à partager le déjeuner avec elle et, une demi-heure plus tard, ils étaient tous installés dans la grand-salle devant des bols de soupe au chou, des plats de saumon et d'esturgeon fumés et des galettes de sarrasin. La maîtresse de maison remplissait d'hydromel les coupes que ses hôtes vidaient joyeusement, tandis qu'une vieille femme prénommée Dounia, l'unique domestique de Varvara, servait le repas.

— C'est la vieille nourrice de feu mon mari, expliqua la jeune femme. J'ai hérité d'elle en même temps que de cette belle demeure que mon époux, drapier de son état, avait fait construire peu avant sa mort. J'ai vendu son magasin ainsi que la réserve, congédié employés et domestiques, mais j'ai gardé la maison et la fidèle Dounia.

— Pourquoi ne pas avoir repris le commerce de ton époux ? s'enquit Artem.

— Je me sentais peu d'inclination pour les affaires et je n'en avais point besoin pour vivre. En revanche, j'exerce à ma manière le métier de feu mon père, qui était guérisseur. Il m'a enseigné les vertus des plantes et l'art de s'en servir contre les dérèglements des humeurs, ainsi que celui de fabriquer certains remèdes destinés à embellir l'apparence. Enfin, j'ai moi-même mis au point la composition de quelques baumes et parfums que je vends au marché avec les mixtures préparées selon les recettes de mon père.

— Et voilà sans doute la raison pour laquelle les ignorants s'obstinent à te traiter de sorcière, belle drapière ! s'exclama Mitko.

— Et de renarde, ajouta soudain le petit Danko qui suivait la conversation avec une telle attention qu'il en oubliait de manger. C'est à cause des cheveux de maman, on dirait une belle queue de renard !

Tout le monde éclata de rire tandis que Varvara secouait sa superbe crinière couleur de feu.

— On te reproche en outre de fréquenter le Passeur, reprit le droujinnik. Le connais-tu en fait ?

— Assez pour l'éviter désormais comme la peste, lâcha la jeune femme, le visage assombri. Comme moi, il vend toutes sortes de philtres, potions et remèdes aux habitants de la ville. Pourtant, je doute qu'il désire réellement aider les gens...

— Mais encore ? insista Artem comme elle s'interrompait.

La drapière haussa les épaules.

— En vérité, j'ignore ce qu'il cherche ! Il lui est arrivé de soulager un malade, de réunir des amoureux désespérés, mais son véritable but est ailleurs. Je le sais, je le sens... sans rien pouvoir prouver. Je suis mal placée pour en parler en ces termes puisqu'il m'a aidée, moi aussi... Il y a moins d'une lune, je suis allée le voir car mon dos me faisait affreusement souffrir, sans doute à cause des palanches trop chargées que j'ai l'habitude de porter. Le Passeur m'a donné le couteau qui « coupe la douleur en deux ». Je devais l'enfouir sous mon matelas et réciter une formule magique tous les soirs avant de me coucher. Il faut reconnaître que, depuis, je me porte comme un charme.

— Tu as dû rencontrer cet homme plus d'une fois, affirma Artem. Il n'y a pas de mal à cela. Quoi de plus naturel que de t'intéresser à une personne qui pratique le même art que toi ?

— C'est vrai, je me sentais curieuse de savoir qui il était, avoua Varvara à contrecœur. Mais j'ai fini par me rendre compte que cet homme n'est pas un simple guérisseur : c'est un redoutable sorcier ! À un moment donné, j'ai pu sentir son emprise sur moi. Il avait endormi ma volonté, il m'avait rendue plus docile qu'une poupée de paille... J'ai dû recourir à toutes mes connaissances pour briser ce charme maléfique.

— Allons, allons, tu exagères sûrement le pouvoir du Passeur, dit Artem. Comment est-il ? Peux-tu me le décrire ?

— On le reconnaîtrait entre mille à cette expression de malveillance irrépressible qui apparaît sur ses traits quand il renonce à feindre la bonhomie. Cet homme a la soif du Mal, boyard ; un jour, tu te souviendras de mes paroles ! Quant à son apparence... Pas très grand, le visage lisse et mat encadré de longues mèches noires, habillé en moujik. En hiver, il se déplace grâce à des patins de neige...

— On dirait le sinistre personnage que nous avons croisé en arrivant à Kremni ! s'exclama Philippos. Il avait l'air de nous suivre à notre insu !

Le droujinnik haussa les épaules d'un air dubitatif.

— Le Passeur ignore tout de nous. Pourquoi se serait-il intéressé à quatre voyageurs anonymes ?

— Quand nous l'avons croisé, personne à Kremni ne connaissait encore notre identité, fit remarquer Mitko. Et pourtant, ce type était là à nous observer... Par le Christ, on aurait dit qu'il nous narguait !

Le droujinnik se remémora les circonstances de cette étrange rencontre. Alors que leur troïka longeait la forêt voisine de Kremni, un homme vêtu d'une touloupe élimée, des patins de neige attachés à ses bottes de feutre, avait surgi des sous-bois. Il s'était arrêté pour regarder passer le traîneau tout en détaillant ses occupants. Le prenant pour un bûcheron, Artem n'avait jeté qu'un coup d'œil distrait dans sa direction. Mais environ une verste plus loin, juste avant d'arriver à Kremni, ils avaient aperçu le même individu planté en haut de la colline que le chemin contournait. Glissant sur ses patins de neige, il s'était élancé à la suite de leur traîneau...

Artem ne put réprimer un frisson : sans qu'il sache pourquoi, le regard haineux de l'homme et le petit sourire narquois qui jouait sur ses lèvres lui avaient glacé le sang.

— Que sais-tu des liens qui unissent le Passeur aux païens qui habitent la forêt ? demanda le droujinnik à la drapière.

— Les Drégoves ? À propos, leur nom vient du mot *dregva* qui signifie « marais » dans leur langue, expliqua Varvara. Ils ont besoin des produits d'artisanat que les habitants de Kremni échangent volontiers contre fourrures et peaux de bêtes. Ce troc a toujours existé, mais la présence du Passeur le facilite grandement. Les païens préfèrent se servir de son entremise parce qu'il maîtrise leur dialecte, et parce qu'il reste étranger à la ville. Quant au sorcier, s'il a accepté ce rôle d'intermédiaire, c'est qu'il voulait obtenir quelque chose des païens, j'en suis persuadée ! Peut-être souhaitait-il apprendre le secret de ces terribles poisons que les Drégoves préparent à partir de certaines plantes ? En outre, il lui arrive d'utiliser les couteaux drégoves à ses propres fins.

— Bizarre... Pourquoi cette préférence pour les armes drégoves ? marmonna Artem dans sa moustache.

— Les poignards fabriqués par nos artisans sont le plus souvent en acier, ou du moins ils en contiennent, répondit la jeune femme. Or dans la magie, on n'utilise que des objets en fer, pas en acier... Mais il peut y avoir une autre raison. Elles sont bien étranges, ces dagues païennes ! Je te montrerai la lame ensorcelée que m'a donnée le Passeur : longue et pointue, elle est si large à la base qu'on la dirait triangulaire.

À cet instant, la vieille Dounia commença à débarrasser la table et la maîtresse de maison se joignit à elle. Alors que les deux femmes allaient et venaient entre la grand-salle et la cuisine, Danko prit Artem par la main en chuchotant :

— Viens, je vais te montrer quelque chose !

Le droujinnik se leva docilement et suivit l'enfant. Bondissant de son siège, Philippos leur emboîta le pas, les Varlets sur ses talons. Danko les conduisit le long du couloir jusqu'à la porte basse cloutée de fer qu'Artem avait déjà remarquée.

— C'est là que ma mère prépare ses potions et ses philtres magiques, expliqua l'enfant. J'aime beaucoup venir ici renifler les mixtures, elles ont chacune sa propre odeur... J'espère que ce n'est pas fermé.

Il poussa le battant en s'y appuyant de tout son poids, et la porte céda lentement. Danko se glissa à l'intérieur et Philippos s'empressa de l'imiter. Par discrétion, les trois hommes demeurèrent sur le seuil, mais Artem ne put s'empêcher de jeter un coup d'œil intrigué par l'entrebâillement.

Il aperçut d'abord des rayonnages chargés d'innombrables pots, flacons et fioles fermés au moyen de bouchons ou de morceaux de tissu huilés. Sur d'autres étagères, des bouquets d'herbes aromatiques voisinaient avec les racines des plantes de la forêt et les corps momifiés de quelques petits animaux. Des guirlandes de fleurs séchées pendaient des poutres du plafond noirci par la fumée. Près de l'âtre, une table flanquée d'un escabeau supportait un chandelier en cuivre à cinq branches, un gros manuscrit à reliure métallique et un coffret de bois noir cerclé de fer. Deux pattes de hibou entrecroisées étaient clouées au mur au-dessus de l'unique fenêtre de la pièce. Dissimulée par un lourd rideau noir, celle-ci ne laissait filtrer aucun rayon de lumière. L'éclairage provenait du chandelier aux cinq grosses bougies posé sur la table. Leurs flammes jetaient des reflets obliques, mystérieux, dans un grand miroir en argent poli fixé sur un trépied en bronze. Un parfum indéfinissable, mélange de l'arôme de plusieurs plantes ou essences, flottait dans l'air.

Artem fut submergé par une bouffée de nostalgie. Cette pièce lui rappelait la femme qu'il avait aimée quelques étés auparavant, celle dont la douceur et la beauté avaient fait fondre, le temps de leur rencontre, l'armure de glace qui habillait son cœur. S'arrachant à ses pensées mélancoliques, il appela Philippos en le grondant. Comme celui-ci rejoignait le droujinnik dans le couloir, le petit Danko resurgit à son tour en brandissant un flacon en terre cuite rouge.

— Regardez, c'est le nouveau philtre d'amour que maman a préparé il y a quelques jours, annonça-t-il avec fierté. Elle dit qu'avec ça même un percepteur de taxes tombera amoureux de son débiteur !

Alors qu'Artem et ses compagnons éclataient de rire, Varvara apparut à l'autre bout du couloir.

— Qu'est-ce qui se passe ici ? s'enquit-elle d'un ton sec.

— Maman, tout à l'heure, tu as oublié de leur montrer la plus belle pièce de la maison, expliqua Danko. J'ai voulu...

— Je t'ai interdit d'entrer ici sans mon autorisation, trancha la jeune femme. À plus forte raison d'y amener des étrangers !

— Ton fils n'a rien à se reprocher, belle drapière, aucun d'entre nous n'a pénétré à l'intérieur, affirma

Mitko en donnant un coup de coude à Philippos. Et même si on l'avait fait, quel mal y aurait-il à cela ? Tu n'es ni ondine, ni sorcière, ni aucune autre de ces créatures maléfiques qui, tapies au fond de leur antre, trament la perte des chrétiens. Tu ne fais que vendre des remèdes qui soulagent la douleur ou les peines de cœur... comme ce philtre d'amour que Danko voulait nous faire admirer.

— Et qu'en sais-tu, Varlet ? rétorqua Varvara en prenant le flacon rouge des mains de l'enfant. En réalité, cette potion est peut-être un dangereux poison... et moi une redoutable magicienne ! Vous avez le reste de ma demeure à votre disposition, cela ne vous suffit donc pas ? L'indiscrétion d'un enfant ne vous donne pas le droit de vous mêler de ma vie — ni d'ailleurs de me juger. Je suis chez moi et je peux y faire ce que bon me semble !

— Nous ne cherchons ni à en savoir plus sur ton commerce ni à te juger, intervint Artem. Si tu t'adonnes à la sorcellerie et aux pratiques néfastes pour l'homme, cela concerne avant tout ta conscience et le salut de ton âme... à moins que cela ne devienne un jour une affaire de justice ! Mais pourquoi ce ton de défi et cet éclat de colère si tu n'as rien à te reprocher ?

Varvara secoua sa chevelure rousse et releva la tête d'un air buté. S'approchant du boyard, elle darda sur lui le regard audacieux de ses yeux verts. Elle se tenait si près qu'Artem distinguait ses pupilles rétrécies comme celles d'un chat, il pouvait voir ses seins pleins et fermes se soulever au rythme de sa respiration haletante, il sentait son chaud parfum sensuel lui monter à la tête comme un vin capiteux. Cette femme l'exaspérait et le fascinait à la fois, elle l'enivrait au point de lui donner le vertige.

— Si j'ose te parler sur ce ton, c'est que je connais les droujinniks du prince ! s'exclama Varvara. Ils se croient tout permis, ils mettent leur nez partout et, bien qu'ils comprennent tout de travers, ils en tirent les conclusions qui arrangent les popes et les hommes de pouvoir ! Toi-même, tu es déjà prêt à imaginer que j'ai quelque chose à me reprocher simplement parce que je tiens à garder secrète une partie de ma vie.

— C'est ton droit le plus strict, dame Varvara, et je n'ai pas l'intention de m'immiscer dans ta vie. Mais il m'appartient de décider si nous allons rester sous ton toit ou pas. Je vais être franc avec toi : tous ces mystères, ta méfiance et ton courroux me mettent mal à l'aise... Aussi ne vais-je plus abuser de ton hospitalité. Mitko, Vassili ! Il va falloir que nous trouvions un autre logement ; allez préparer nos affaires. Toi aussi, Philippos, monte les aider.

Acquiesçant en silence, les Varlets se dirigèrent vers l'escalier menant au premier étage. Quant à Philippos, il demeura immobile, les yeux rivés sur Varvara. Celle-ci baissa les paupières et sembla réfléchir, caressant du bout des doigts le flacon en terre cuite rouge.

— Ne pars pas, boyard, dit-elle enfin d'une voix radoucie. Je ne doute pas que tes camarades et toi-même vous ne cherchiez ni à m'offenser ni à vous montrer indiscrets. Je me suis emportée à tort et je t'en demande pardon. Tu n'as aucune raison de te sentir mal à l'aise sous mon toit. On me dit sorcière, mais je te jure par la très sainte Croix que mes remèdes et potions n'ont jamais fait de mal à qui que ce soit.

— Et cette fiole ? Que contient-elle en réalité ? demanda Artem.

— Ni poison ni philtre d'amour, car Danko a confondu deux récipients identiques... Il s'agit d'une essence aromatique que j'utilise comme parfum, et il m'arrive d'en vendre aux coquettes de notre ville.

— Maman sent toujours si bon ! s'exclama Danko. Son parfum, elle en met dans l'eau quand elle prend son bain, et aussi dans ses cheveux quand elle se coiffe.

— Le boyard n'a pas besoin de connaître ces détails, mon chéri, murmura la drapière en rougissant. Je te trouve fort bavard avec nos hôtes !

— Je les aime bien, ils sont gentils, décréta le petit. Ils ne ressemblent pas à ces droujinniks qui ont emmené la femme aux cheveux noirs... tu te rappelles, celle qui pleurait et criait.

— Danko évoque la scène à laquelle il a assisté l'été dernier, expliqua Varvara en caressant les boucles rebelles de son fils. Il y a six lunes, nous nous sommes rendus à la foire qui se tenait dans la ville de Souvak, à quelques dizaines de verstes de Kremni en remontant le fleuve... Les gardes du prince y ont arrêté une femme accusée de sorcellerie. Apparemment, elle avait été dénoncée par un voisin zélé ou tout simplement jaloux. Les soldats ont fouillé sa maison de fond en comble, puis ils l'ont enchaînée pour la conduire à Tchernigov où elle devait être jugée par le Tribunal de l'évêque.

— Je comprends mieux ta défiance, remarqua Artem avant de s'adresser à Philippos : Va donc prévenir les Varlets que le malentendu est dissipé et que nous restons ici.

Un sourire ravi illumina le visage du garçon. Comme il détalait le long du couloir, Varvara lui lança dans le dos :

— Et n'oublie pas de préciser que la maîtresse de maison regrette ses soupçons injustifiés ! Maintenant, je suis sûre que votre présence à Kremni n'a rien à voir avec l'ordre récent du prince et de l'évêque de démasquer les sorcières pendant la période de Noël.

— Vladimir a approuvé l'appel de l'évêque, mais il n'a pas l'habitude de charger les hauts fonctionnaires de son Tribunal de ce genre de mission, souligna le droujinnik en souriant. Inutile d'ajouter que mes assistants auraient le plus grand mal à décréter coupable une jolie femme !

Redevenant sérieux, il expliqua ce qui l'avait amené à Kremni. Dès ses premiers mots, Varvara changea de couleur ; en proie à une vive émotion, elle l'écouta en silence puis s'exclama :

— Loué soit le Seigneur ! Il a exaucé ma prière : que l'enquête soit confiée à un homme non seulement perspicace mais juste et bon. Ne t'étonne pas, boyard, cette affaire me touche beaucoup... Je la prends très à cœur comme tout ce qui concerne la famille du boyard Olaf.

— Et quelle est la raison de cet intérêt ?

— Elle est bien délicate... en vérité, j'hésiterais à confier ce secret à tout autre que toi.

— Mais encore ?

— Le frère de la victime, Stépan... c'est le père de mon enfant !

CHAPITRE V

Revenu de sa surprise, le droujinnik attendit que Varvara eût rangé le flacon en terre cuite rouge dans son « antre de sorcière » puis se laissa conduire dans la grand-salle. Elle envoya Danko chercher quelques bûches de sapin et ranima le feu qui se mourait dans l'âtre avant de s'installer en face d'Artem. Attirant l'enfant vers elle, elle conta alors au droujinnik l'histoire de la passion qui l'avait unie à Stépan durant une quinzaine de lunes, environ sept étés auparavant.

Elle l'avait rencontré peu après son veuvage et ç'avait été le coup de foudre — encore que, précisa la drapière, elle ne se fût jamais fait la moindre illusion sur ce qui les attendait : leur couple n'avait pas d'avenir. Fidèle à lui-même, Olaf ne pensait qu'à augmenter sa fortune ; comme ses deux fils aînés étaient en âge de ceindre la couronne de mariage, il les encourageait à ambitionner chacun le parti le plus avantageux possible. Bien qu'amoureux fou de Varvara, Stépan n'avait point osé décevoir son père. Ils avaient gardé le secret de leur liaison jusqu'à ce que la jeune femme ne fût plus en état de dissimuler sa grossesse. C'est alors que le scandale avait éclaté...

— Au début, précisa la drapière, la plupart de mes concitoyens ont pris ma défense. On évoquait ma réputation sans tache, on m'incitait à porter plainte contre

Stépan et à exiger une importante réparation... Bizarrement, ces mêmes braves gens qui dénonçaient avec tant de zèle mon séducteur se sont détournés de moi dès qu'ils eurent appris que je ne voulais rien entreprendre contre le père de mon enfant !

Elle se pencha vers Danko pour l'embrasser avec fougue. Le petit devait connaître l'histoire de sa naissance car il s'abstenait de poser des questions, mais écoutait sa mère avec une gravité inhabituelle chez un enfant de son âge.

— Je comprends ton attitude, approuva Artem. Pourtant, il n'y aurait rien eu de déshonorant à accepter une contribution à l'éducation de ton fils. Ainsi que le stipule la loi, tu aurais pu trouver un arrangement...

— Avec qui ? l'interrompit la jeune femme d'un ton amer. C'est Olaf qui a toujours tenu les cordons de la bourse dans cette famille ! En vérité, j'ignore comment ses enfants — surtout ses fils — parviennent à supporter la vie humiliante qu'il leur fait mener ! Pourtant, Procope, paix à son âme, n'a jamais été un pleutre, pas plus que Stépan ; ils ont tous deux prouvé leur vaillance lors des expéditions militaires contre les nomades. Il paraît que leur cadet n'est pas lui non plus un lâche... Enfin, cela ne me regarde pas, souligna Varvara. Ce n'est pas la frayeur mais le dégoût qui m'a empêchée d'affronter ce misérable despote d'Olaf. Connaissant sa pingrerie légendaire, je n'avais aucune envie de traiter avec lui ! En outre, la moindre requête de ma part aurait augmenté son courroux contre Stépan, et je n'avais pas le cœur...

Les mots moururent sur ses lèvres. Comme Varvara exhalait un soupir, le droujinnik remarqua doucement :

— Le jour où Olaf disparaîtra, ses enfants seront libres et hériteront de tous ses biens. N'as-tu point songé à faire reconnaître Danko par son père ? En tant que mâle et le premier-né des petits-enfants d'Olaf, il peut prétendre à une part considérable de l'immense fortune du vieux boyard.

Varvara lui jeta un coup d'œil perçant avant de se détourner, et Artem eut la certitude que cette idée avait déjà traversé l'esprit de la jeune femme.

— À l'époque, Stépan ne me l'a point proposé, répondit-elle sans regarder le droujinnik. Il lui était difficile de penser à l'avenir de son enfant ; il n'avait même pas l'air de réaliser qu'il était devenu père ! Deux étés plus tard, il épousait une demoiselle de Tchernigov, héritière d'un richissime marchand, mais la malheureuse mourut en couches huit lunes après en mettant au monde un enfant mort-né. Devant ce malheur, comment aurais-je osé rappeler à Stépan l'existence de notre fils ? D'autant que j'ai toujours tenu à ne rien lui demander, ajouta-t-elle en se mordant la lèvre d'un air têtu.

Le droujinnik caressa les cheveux du petit rouquin qui s'était approché de lui et le dévisageait avec gravité.

— Danko connaît-il son père ? L'a-t-il déjà rencontré ?

La jeune femme secoua la tête en signe de dénégation.

— Mais je n'ai pas envie de le rencontrer ! déclara soudain Danko avec conviction. Les pères, ils sont tous pareils : ils n'arrêtent pas de boire et de taper leurs gosses. Tous les camarades avec qui je joue disent ça. Même qu'ils m'ont montré leurs bleus !

— Ton père n'est pas comme ça, mon chéri, lui assura Varvara en souriant avant d'ajouter à l'adresse d'Artem : Qui sait ? Peut-être un jour Stépan voudra-t-il savoir à quoi ressemble son rejeton... Mais à ce qu'il paraît, il a beaucoup changé, surtout depuis la mort de sa jeune épouse et de leur bébé. On dit qu'il ne s'intéresse plus qu'à l'argent, aux bénéfices, aux opérations lucratives... Ce n'est plus le joyeux luron au charme irrésistible dont je suis tombée amoureuse il y a sept étés !

— Ne l'as-tu pas revu une seule fois depuis tout ce temps ? demanda le droujinnik, incrédule.

— Jamais ! lança Varvara. C'est ce qui fut convenu au moment de notre séparation. Nous avons pris cette décision ensemble et, pour ma part, je ne l'ai jamais regrettée. À quoi bon souffrir en vain?

— Mais tu l'aimes toujours, n'est-ce pas? ne put s'empêcher de demander Artem.

Il fut surpris de constater que ses lèvres s'étaient soudain desséchées et que son cœur cognait furieusement dans sa poitrine, comme si son sort dépendait de la réponse de la belle drapière. Celle-ci lança d'abord un regard circonspect vers Danko. L'enfant s'amusait à tirer des brindilles de la couche de paille qui recouvrait le sol pour les jeter au feu; absorbé par son jeu, il ne semblait plus écouter sa mère et le droujinnik.

— La vérité, boyard, dit enfin Varvara en baissant la voix, c'est que j'ignore si j'ai jamais réellement aimé cet homme... bien que j'aie été folle de lui! Vois-tu, à la différence de l'amour, la passion n'est pas un état de grâce mais une malédiction, une terrible maladie; plus vite on en est délivré, mieux on se porte.

— J'ai toujours pensé que la passion est la plus belle fleur qu'il nous est donné de cueillir dans la vie, murmura le droujinnik.

— Oh! une fleur vénéneuse, alors! Certes, nous la cueillons avec volupté, mais elle empoisonne le cœur, obscurcit l'esprit et paralyse la volonté. Par bonheur, le plus souvent, elle ne dure que ce que durent les fleurs! Tel fut notre cas, à Stépan et à moi. Mon cœur est à nouveau libre et léger comme l'oiseau échappé de sa cage!

Varvara leva vers lui son regard étincelant et Artem eut l'impression de se noyer dans la profondeur de ses prunelles vertes. Obéissant à une soudaine impulsion, il abandonna son fauteuil pour s'approcher de la jeune femme et mit un genou à terre comme il le faisait devant la princesse Guita, l'épouse de Vladimir. Un étrange sourire effleura les lèvres de la drapière, un sourire qui recelait autant de promesses que de mystères. Elle se pencha vers le droujinnik et il inspira avidement le parfum enivrant qui émanait de ses boucles rousses. Pris de vertige, Artem fut envahi par une vague de chaleur qui naissait au creux de son estomac et se répandait dans tout son corps. Oubliant la présence de l'enfant, il saisit Varvara par les épaules et l'attira plus près de lui.

Le bruit de la porte qui s'ouvrait les fit tressaillir tous les deux. D'un bond, Artem se releva et croisa le regard étonné de Philippos, qui s'était arrêté sur le seuil de la grand-salle. À l'évidence, le garçon se demandait ce que le droujinnik pouvait bien faire à genoux entre Danko accroupi près de l'âtre et Varvara assise dans son fauteuil.

— Merci, boyard, dit alors cette dernière en se levant à son tour. Si tu n'avais pas aperçu cette fibule sous mon siège, je l'aurais cherchée pendant des heures !

Le droujinnik lui répondit par un bref hochement de tête. Heureusement, songea-t-il, il avait perdu la capacité de rougir une bonne vingtaine d'étés auparavant — car il se sentait honteux comme un gamin pris en flagrant délit de voler un baiser à une belle qui n'avait aucune chance de passer pour sa promise ! Quelle force inexplicable avait-elle failli le pousser dans les bras de Varvara ? En tout cas, sans la présence d'esprit de cette dernière, il se serait ridiculisé aux yeux de Philippos ! Cette idée le rendit encore plus furieux contre lui-même. Étouffant un juron, il bougonna à l'adresse du garçon :

— Tu tombes à pic, j'allais vous faire appeler, les Varlets et toi. C'est le moment de récapituler ce que nous avons appris sur l'affaire qui nous occupe. Va prévenir Mitko et Vassili, et venez me rejoindre tous les trois ici, dans la grand-salle.

Le visage de Philippos s'illumina.

— Formidable ! s'écria-t-il, tout excité. Il est grand temps de faire le point de la situation !

Comme il sortait en courant, la drapière s'inclina en silence devant Artem et, conduisant Danko par la main, quitta la pièce à son tour. Rien dans son attitude n'indiquait qu'elle avait perçu le trouble du droujinnik.

L'instant d'après, Philippos revenait dans la grand-salle, les Varlets sur ses talons. Alors qu'ils s'installaient près du feu, la vieille servante Dounia entra dans la pièce et disposa sur une table basse quatre coupes, ainsi que des cruches contenant du kvas, de l'hydromel et du vin chaud parfumé aux épices. Artem la remercia, attendit que la porte se referme sur elle et que s'éloigne le bruit de son pas traînant, puis déclara :

— Vous avez entendu les conclusions de Titos, mes amis. Procope a été assassiné au moyen d'un violent poison administré de deux façons : d'une part, on lui en a fait absorber une forte dose dans un mets ou une boisson ; d'autre part, le sang du boyard a été contaminé par le poignard empoisonné. Que faut-il en déduire ?

— Voilà qui est clair : le meurtrier tenait à s'assurer que sa victime passe de vie à trépas ! lança Mitko de sa voix sonore. Il devait craindre que, mêlée à des aliments, la substance qu'il avait concoctée ne suffise pas à provoquer la mort de Procope.

— Cela me paraît assez improbable, objecta Artem. À en croire le médecin, la dose d'aconit contenue dans ce mélange était suffisante pour tuer Procope en quelques heures. Je suis persuadé que c'est en connaissance de cause que l'assassin a pris toutes les précautions nécessaires pour que son projet aboutisse.

— Justement, le coquin a pris *trop* de précautions ! souligna Mitko. Je veux dire que, n'étant pas certain que Procope ait absorbé la nourriture empoisonnée, il a voulu lui porter le coup fatal de ses propres mains.

Philippos, qui venait de servir trois coupes d'hydromel pour ses compagnons et un gobelet de kvas pour lui-même, intervint :

— Cela revient au même : le meurtrier a frappé deux fois plutôt qu'une pour plus de sûreté ! Remarquez, j'ai dit « meurtrier », mais il s'agit peut-être d'une meurtrière... Que penses-tu, boyard, de l'allusion de Titos à Natalia préparant un plat empoisonné pour son époux ?

— Je pense que, en décochant ses flèches, notre esculape se trompe souvent de cible, grommela Artem.

Prenant la coupe que lui tendait Philippos, il but une gorgée de liquide parfumé avant de poursuivre :

— Certes, à ce stade de l'enquête, on peut suspecter tout le monde... Mais Natalia est bien celle qui a le plus à perdre dans l'histoire. Procope disparu, que lui reste-t-il, hormis l'espoir de vivre de la charité de sa belle-famille ? Olaf et ses enfants ont chacun le droit de la chasser sans autre forme de procès, et aucun d'entre eux n'est ni indulgent ni facile à vivre. Même la charmante Alia a son petit caractère !

À l'évocation de la fille cadette du boyard, Philippos s'empourpra.

— Je n'accuse ni ne défends personne, marmonna-t-il avant d'ajouter avec conviction : N'importe comment, Titos ne fait que brouiller les pistes, et pour cause : il n'a jamais enquêté sur une affaire criminelle ! Comment imaginer la gracile Natalia — ou d'ailleurs toute autre femme — manier la hache pour trancher la main du boyard ? Ou encore, accomplir un geste aussi barbare que lui crever les yeux ?

— Oui, autant cette pratique est courante à Byzance, autant elle reste exceptionnelle chez nous, acquiesça le droujinnik en tirant sur sa longue moustache d'un air songeur. D'un autre côté, il y a ces Drégoves avec leurs rituels sanglants... Vous savez que je n'ai point l'habitude de me fier aux apparences. Mais, dans le cas présent, il est possible que les païens soient bel et bien impliqués dans ce meurtre.

En proie à une vive émotion, Philippos et les Varlets intervinrent en même temps.

— Ainsi, tu soupçonnes les Drégoves de ce crime atroce ! s'exclama Mitko. Et pourtant, tu as dit que l'affaire est bien plus compliquée que ne le croient Olaf et ses enfants !

— Impliqués ? répéta Philippos en appuyant sur ce mot. Tu supposes donc qu'ils étaient de connivence avec quelqu'un ? J'ai compris ! s'écria-t-il soudain. Il ne s'agit pas d'un seul et même assassin qui aurait frappé à deux reprises, mais de *deux* assassins dont chacun en voulait à la vie de Procope ! Si l'un d'entre eux est drégove, qu'en est-il de l'autre ? Comment imaginer un habitant de Kremni qui se ferait le complice des païens ?

Le garçon s'interrompit, dérouté. Vassili, le front plissé par la réflexion, fixait sa coupe d'hydromel. Mitko tirait avec impatience sur les boucles blondes de son collier de barbe ; il finit par s'adresser à Artem, une lueur d'amusement dans ses yeux bleus.

— Je crois que nous gagnerons du temps si tu nous expliques, boyard, comment tu vois les choses. Ce ne sont pas nos lumières, hélas, qui pourront apporter quelque clarté à cette ténébreuse affaire !

— Au contraire, chacune de vos suggestions permet de préciser les différents aspects du problème, protesta le droujinnik avec gentillesse. Si je crois que les Drégoves ont pu participer à ce meurtre, ce n'est pas uniquement en raison du traitement atroce infligé au corps de la victime. Songez au lieu du crime : les habitants de la ville évitent de s'aventurer jusqu'à la fourche du Diable ; seul Procope était assez insensé pour braver tous les dangers. La dague empoisonnée et la composition même du poison font également penser aux païens. Enfin, rappelez-vous la blessure à la poitrine : cette longue entaille peu profonde n'est pas sans évoquer le couteau drégove que Varvara nous a décrit. Une lame de forme presque triangulaire, pointue mais large à la base, doit provoquer ce type de blessure.

Le droujinnik fronça les sourcils et fit tourner sa coupe sur le guéridon.

— Oui, tout cela concorde, marmonna-t-il, mais l'énigme principale reste entière. Car on a administré à Procope une forte dose du même poison quelques heures avant qu'il se rende dans la forêt !

— Ce qui exclut les Drégoves, souligna Philippos.

Comme Artem confirmait d'un hochement de tête, Mitko s'exclama :

— Dans ce cas, le boyard a dû absorber cette drogue lors du dîner, au sein de sa famille ! Il y a aussi ce flacon d'alcool qu'il portait sur lui, mais s'il avait contenu du poison, l'assassin ne l'aurait pas abandonné sur place sans l'avoir vidé. En ce qui concerne cette eau-de-vie, le médecin Titos nous dira ce qu'il en est.

— Quoi qu'il en soit, Procope était déjà condamné, voire mourant au moment où il a croisé les païens, ponctua Philippos.

Le droujinnik acquiesça en silence. Ses yeux gris semblèrent se perdre dans le vide, comme s'il envisageait une hypothèse connue de lui seul.

— Il est tout aussi possible qu'il n'ait croisé personne, murmura-t-il. Je pense justement à ce flacon qu'on a retrouvé dans la neige... Procope adorait faire la fête, il aimait à vider un tonnelet de vin en compagnie d'un ami ou du premier venu. Mais un homme qui s'adonne à la boisson aime tout autant à s'isoler, il accomplit certains gestes en solitaire. C'est ainsi que le boyard avait l'habitude de se revigorer au moyen de cette eau-de-vie qu'il affectionnait tant... Voilà pourquoi je suis certain à présent que Procope était seul — ou plutôt qu'il *se croyait* seul — juste avant de mourir et peut-être au moment même de s'effondrer.

— L'assassin le guettait à son insu ! s'exclama Mitko.

— En effet. Parvenu à la fourche du Diable, Procope a dû tirer ce flacon de sa poche, espérant sans doute que quelques gorgées de sa boisson favorite allaient dissiper son malaise... Mais le malheureux est déjà à l'agonie. Et c'est lorsqu'il tombe inanimé que surgit de l'ombre le sinistre personnage qui l'observait en cachette. Il s'agit peut-être d'un Drégove qui ignore que le boyard a déjà absorbé la drogue mortelle ; il le frappe donc avec son poignard puis accomplit le rituel macabre réservé au corps de l'ennemi terrassé. D'un autre côté...

— Et s'il ne s'agissait pas d'un Drégove mais de quelqu'un qui veut se faire passer pour tel ? intervint Philippos d'une voix qui vibrait d'excitation.

— J'allais le suggérer, répliqua le droujinnik avec un sourire approbateur. La blessure portée par le poignard païen n'est probablement qu'une ruse du meurtrier ! Et voici ce qui compte le plus pour notre enquête : l'individu qui frappe Procope avec la dague empoisonnée avant de mutiler son corps peut être drégove, tout comme il peut être aussi bon chrétien que vous et moi ; mais dans les deux cas, seul un habitant de la ville a pu administrer le poison à Procope bien avant la terrible scène qui allait se dérouler à la fourche du Diable !

Artem s'interrompit et chacun resta silencieux quelques instants.

— Mais enfin, comment expliquer ce crime atroce ? s'enquit Mitko, perplexe. Si on avait assassiné Olaf, ç'aurait été plus compréhensible, que Dieu me pardonne de raisonner ainsi ! Ce vieux despote ne manque pas d'ennemis, puisque même ses enfants ont du mal à le supporter. Mais pourquoi s'en prendre à Procope ? Qui parmi les habitants de la ville avait intérêt à l'expédier dans l'autre monde ?

— Tout ce que nous savons pour l'heure, c'est que le boyard était nerveux et inquiet, sans doute tourmenté par un incident arrivé peu avant sa mort, rappela le droujinnik. Voilà une bien trop maigre information pour tenter de deviner le mobile du crime ! Mais je parie que l'appréhension de Procope n'avait rien à voir avec les futures noces de son père. Si je devais me fier à mon intuition, je dirais qu'il craignait quelqu'un ou quelque chose.

— Moi, je pense que l'histoire de sa première fiancée, Pélagie, se trouve au cœur de l'énigme ! intervint Vassili, sortant de son mutisme. Procope était à la fois attiré et terrifié par le fantôme de la belle... mais aussi par le liéchy, ce perfide esprit de la forêt. Qui sait, c'est peut-être lui qui guettait le boyard mourant.

Devant la mine consternée d'Artem, le Varlet se troubla. Il consulta Mitko du regard. Celui-ci hocha vigoureusement la tête pour approuver la suggestion de son camarade.

— Voyons, ce n'est tout de même pas à cette fable absurde que vous faites allusion ! s'exclama Artem. Vous plaisantez !

— On ne plaisante pas avec le maître des bois et des forêts, boyard, répliqua Mitko d'une voix sépulcrale. Le liéchy n'est pas comme certains esprits subalternes. Il est aussi malin que le Diable lui-même. Ce ne serait pas la première fois qu'il aurait emberlificoté de bons orthodoxes.

— Et c'est pour cela qu'il aurait mis en scène le rituel qui fait penser aux païens ? Aurait-il ressenti le besoin de se disculper ? railla le droujinnik. Honte à vous ! Ce n'est point Procope mais vous qui tremblez de peur à la moindre évocation des esprits ou du liéchy. Mais vous avez intérêt à oublier vos craintes insensées avant que nous allions interroger le Passeur, cet individu louche qu'on dit sorcier. Je ne veux pas vous voir agir comme des poules mouillées s'il cherche à nous impressionner par un de ses tours de magie !

Mitko et Vassili échangèrent un coup d'œil angoissé avant de s'absorber dans la contemplation de leurs coupes. Philippos, lui, connaissait aussi bien qu'Artem l'extraordinaire timidité qui s'emparait des braves Varlets à l'idée d'affronter un sorcier ou un fantôme. Le garçon se mordait les lèvres pour se retenir de rire. Voyant que le droujinnik l'observait, il se hâta de saisir son gobelet de kvas et feignit de se concentrer sur sa boisson.

— Et toi, mon grand, ne te crois surtout pas plus malin que les autres ! lui lança Artem. Au lieu de ricaner, raconte-nous ce que tu sais sur cette plante vénéneuse, le principal composant du poison administré à Procope. Puisque le mobile du crime nous échappe, essayons de réfléchir à la manière dont le boyard a été tué ; cela peut nous fournir un renseignement précieux sur le meurtrier.

Ravi à l'idée que son savoir allait se révéler utile, Philippos pensa avec émotion à sa défunte mère. Apothicaire, celle-ci lui avait enseigné l'art de cueillir et de conserver les plantes médicinales, ainsi que celui de préparer certains remèdes. Le garçon fronça les sourcils d'un air important puis déclara :

— Il s'agit de l'aconit, qu'on appelle plus souvent « capuche-de-moine » à cause de la forme de sa fleur. La beauté de ses fleurs bleues et de ses feuilles d'un vert brillant est telle que les gens cultivent cette plante dans leurs jardins, sans se douter le moins du monde de ses propriétés dangereuses.

— Est-ce qu'on la rencontre souvent dans la nature ? s'enquit le droujinnik. Je voudrais savoir s'il est aisé de s'en procurer, s'il faut posséder des connaissances spéciales pour en extraire du poison — enfin, tout ce qui peut m'aider à constituer notre première liste de suspects.

— Celle-ci risque d'être longue ! L'aconit est une plante très courante qui pousse facilement. On en trouve partout, et elle est connue depuis des centaines d'étés. Déjà, les Grecs païens s'en servaient pour torturer et exécuter les condamnés. Il existe une légende selon laquelle...

— Je sais que tu aimes évoquer tes ancêtres, l'interrompit Artem en souriant dans sa moustache, mais ce qui nous intéresse, c'est ce qui se passe ici et maintenant.

— D'accord, d'accord. Si la plupart des gens cultivent l'aconit comme plante d'agrément, les apothicaires et les médecins le font à cause de ses vertus médicinales. On utilise les feuilles fraîches et les racines pour soigner les maladies des nerfs, l'asthme et les maux de gorge. C'est également le meilleur remède contre la toux et les enrouements. Ma mère disait que les racines sont particulièrement efficaces ; elle les récoltait à la fin de l'hiver, et les feuilles au mois de juin... Quoi d'autre ? Ma mère m'a raconté qu'à Byzance les chanteurs raffolent de l'aconit et s'en servent pour améliorer leur voix. Bien sûr, les accidents ne sont pas rares, car il faut savoir doser les préparations. À part ça, n'importe qui peut préparer une décoction d'aconit, c'est simple comme bonjour !

— J'espérais le contraire, bougonna Artem.

— Si seulement on savait qui cultive cette satanée plante chez soi ! s'exclama Mitko. Mais le moyen d'inspecter les jardins ? Ils sont enfouis sous une couche de neige épaisse de trois coudées !

— N'oubliez pas que l'aconit pousse un peu partout, rappela le droujinnik. Mais cela ne veut pas dire que notre homme peut être le premier venu ! Le dosage, l'efficacité des racines, les périodes de la récolte... L'assassin devait être bien informé pour concocter sa drogue mortelle. Il y a aussi le goût et l'odeur du poison ; il faut savoir à quels aliments on peut le mélanger pour en masquer la présence... n'est-ce pas, Philippos ? s'enquit-il et, comme celui-ci acquiesçait, Artem ajouta : Il faut partir du principe que les individus qui s'y connaissent en plantes médicinales sont les premiers suspects.

— Les médecins, donc, ponctua Mitko. Il n'y en a qu'un seul à Kremni : Titos. Mais je vois mal ce petit homme ventripotent et débonnaire méditer la perte de son prochain ! Par ailleurs, il y a ceux qui, sans être médecins, se mêlent de soigner les gens ou d'embellir leur apparence...

— À l'exemple de notre aimable hôtesse, Varvara, enchaîna Vassili comme son ami laissait sa phrase en suspens.

— Oui, c'est à elle que je pensais, avoua ce dernier. Seulement, elle n'a rien à voir avec Procope, ni avec le reste de la famille d'Olaf. Autant soupçonner tous les guérisseurs et apothicaires de la ville !

Il y eut un silence. Artem se leva pour ranimer les flammes dans l'âtre en songeant aux propos du Varlet. Il se serait bien passé de révéler à ses compagnons le lien qui existait entre la belle drapière et Stépan... Bien que cette réticence fût ridicule ! Certes, il n'y avait aucun rapport entre Varvara et le meurtre de Procope, mais il n'avait pas le droit de cacher la moindre information à ses camarades. Il reposa le tisonnier et se tourna vers les Varlets et Philippos.

— À propos de la famille d'Olaf, remarqua-t-il en regagnant son siège, le petit Danko en fait partie d'une certaine manière. Le beau Stépan n'a pas toujours été l'homme raisonnable et prudent que nous avons rencontré aujourd'hui...

Alors que les Varlets écarquillaient les yeux, le droujinnik résuma ce que Varvara lui avait appris un peu plus tôt, sans oublier de mentionner la mort de la jeune épouse et de l'enfant légitime de Stépan. Il se servit une nouvelle coupe d'hydromel et but quelques gorgées avant de conclure :

— Inutile de rappeler ses anciennes amours à la drapière. Elle est bien revenue de son erreur de jeunesse et ne tient pas à l'évoquer.

— Mais elle s'y connaît en plantes médicinales, souligna Philippos. Nous devons donc la considérer comme suspecte, ainsi que tu l'as dit toi-même.

— Ni plus ni moins que Titos, répliqua le droujinnik en haussant les épaules. Malgré son air inoffensif, le médecin m'intrigue à plus d'un titre. Entre autres, quelles sont les raisons qui ont amené un homme de sa compétence à s'enterrer dans cette petite bourgade ? Je l'ai interrogé à ce sujet, mais il a éludé mes questions. J'ai toutefois une petite idée là-dessus... Il est possible que Titos, aidé par son assistant muet, se livre à certaines pratiques interdites par l'Église, telles que la profanation des tombes et l'exhumation des cadavres... Mais cela n'a pas de rapport direct avec notre enquête et je ne tiens pas Titos pour suspect.

— Ne pourrait-il pas nous intéresser comme témoin ? s'enquit Philippos. En tant que Grec, il a dû bien connaître la première fiancée de Procope, Pélagie.

— Très juste, approuva Artem. Il est toujours utile de se renseigner sur une ancienne affaire, elle peut contenir des éléments précieux pour l'enquête en cours. Quoi qu'en dise Natalia, je doute que Pélagie partageât ses secrets les plus intimes avec sa sœur adoptive ; je suis persuadé qu'elle ne lui racontait pas tout, surtout en ce qui concernait ses relations avec son fiancé. Quant à la mort tragique de la malheureuse...

Le droujinnik s'interrompit, tirant sur sa moustache d'un air sombre. Mitko et Vassili l'observèrent quelques instants avec inquiétude. Après avoir échangé un coup d'œil avec son camarade, ce dernier déclara :

— Si tu penses à nos craintes à propos du maître des bois et des forêts, oublie-les, boyard ! Il était stupide de notre part d'imaginer que le liéchy puisse simuler le rituel macabre des Drégoves. Quant à Pélagie, elle a péri victime de sa propre imprudence. C'était un accident. Et sache que, même si Mitko et moi redoutons certains esprits malveillants, il n'en est pas de même pour les êtres humains ! Tu peux compter sur nous pour affronter le Passeur ou n'importe quel autre individu de chair et de sang, sorcier ou pas.

Ayant terminé une des plus longues tirades que le silencieux Varlet ait jamais prononcées, il fixa gravement Artem de ses étroits yeux sombres.

— Tes paroles me vont droit au cœur, brave Vassili ! s'exclama le droujinnik. Je sais que je peux compter sur vous. J'étais en train de réfléchir à autre chose. Serait-il possible que la mort de Pélagie ne fût pas un accident... mais un meurtre rituel semblable à celui de Procope ?

Comme les Varlets et Philippos, interdits, s'apprêtaient à intervenir, Artem les arrêta d'un geste et poursuivit :

— Nous n'avons aucun moyen d'élucider aujourd'hui cette énigme vieille de trois étés. Mais j'ai la ferme intention d'en apprendre davantage sur ces païens vindicatifs tapis dans la forêt, ainsi que sur cette funeste clairière, la fourche du Diable. Car, maudite ou pas, il s'y passe des choses étranges ! Quant à notre liste de suspects, il y a une personne que je placerais volontiers en tête : l'individu qui s'y connaît en plantes, qui fréquente sans crainte cette forêt de malheur et qui s'intéresse aux poisons concoctés par les Drégoves... le Passeur ! Dès demain, nous nous donnerons les moyens de le soumettre à un interrogatoire serré.

Après une nuit de sommeil réparateur, Artem et ses compagnons se levèrent alors que les premières lueurs de l'aube hivernale coloraient le ciel limpide, promettant une journée froide et ensoleillée. Ils partagèrent une collation frugale avec leur hôtesse et son fils, puis les Varlets partirent pour le marché au bétail où ils espéraient trouver des montures dignes de ce nom. Pendant ce temps, le droujinnik et Philippos décidèrent de rendre l'inévitable visite de politesse au gouverneur.

Le boyard Grigori habitait le quartier résidentiel voisin de celui d'Olaf, près de la porte nord; pour l'atteindre, Artem et le garçon durent traverser toute la ville en passant par la place de l'Église. Il avait neigé pendant la nuit, et un tapis étincelant de blancheur recouvrait les toits des maisons, les jardins aux arbres figés par le gel et les hautes congères bordant les palissades. Mais dans les rues la couche de neige fraîche avait déjà été piétinée par des dizaines de bottes de feutre ou de cuir. Malgré le froid, commerçants et clients emplissaient le marché dont les bruits et les odeurs parvenaient jusqu'à la grand-rue que longeaient le droujinnik et Philippos. Celle-ci grouillait d'activité; les artisans installaient devant leurs modestes ateliers des étals présentant les produits de leur fabrication ; les marchands ambulants, leur plateau juché sur la tête ou suspendu au cou, vantaient leur camelote d'une voix de stentor, et les ménagères bousculées échangeaient avec eux des injures truculentes.

Non loin de la porte nord, Artem et Philippos tournèrent à gauche, quittant la grand-rue. Au premier carrefour, une bande de gamins dépenaillés essayaient de chevaucher une truie qui, sans leur prêter la moindre attention, fouillait les détritus répandus dans la neige sale au bas des palissades. L'un des enfants s'empara avidement de la piécette de cuivre qu'Artem lui tendait et les conduisit jusqu'à la demeure du gouverneur, reconnaissable à l'énorme hache au manche rouge qui décorait le portail.

Une jolie servante à la frimousse rieuse leur ouvrit. Tandis qu'elle les menait vers la maison, Cyrille, le fils du gouverneur, descendit du perron pour les saluer. L'instant d'après, le boyard Grigori apparut en haut des marches.

Grand, corpulent et encore bien musclé, il avait dû être fort comme un lutteur de foire dans ses jeunes années. Aujourd'hui il comptait une bonne quarantaine d'étés, et un ventre proéminent alourdissait son corps d'athlète.

— Boyard, quel honneur ! Quel plaisir ! vociféra-t-il en ouvrant grands les bras, prêt à gratifier le droujinnik d'une accolade qui n'aurait pas déshonoré un ours.

Esquivant cette étreinte un peu trop rude à son goût, Artem s'empressa de s'incliner courtoisement. Le gouverneur baissa les bras d'un air déçu mais finit par l'imiter. Les salutations terminées, ils pénétrèrent dans la maison et s'installèrent dans la grand-salle, vaste pièce meublée et décorée avec un luxe ostentatoire. Artem refusa les boissons et les zakouski que Grigori proposait avec insistance et s'apprêtait à échanger avec lui les banalités d'usage lorsque celui-ci déclara de but en blanc :

— Je suppose que je n'apprendrai rien à Ta Seigneurie

en disant que la coupe est pleine et que mes concitoyens crient vengeance ! Pour quand as-tu prévu l'expédition punitive contre ces maudits chiens de Drégoves ?

— Elle n'est point prévue pour l'heure, rétorqua le droujinnik avec froideur. Mais dis-moi, boyard, est-il fréquent de voir les païens s'attaquer non pas aux soldats du prince ou aux popes envoyés par l'évêque, mais aux habitants de votre ville — à un homme seul et désarmé, de surcroît ? Est-ce que cela est souvent arrivé par le passé ?

Ses yeux globuleux rivés sur Artem, le gouverneur ouvrit la bouche puis la referma. Son teint vira lentement au pourpre.

— Tu te moques de moi, boyard ! gronda-t-il. La façon même dont tu poses ta question indique que tu connais fort bien la réponse. Et d'ailleurs, qu'est-ce qu'elle prouve, hein ? Il y a un début à tout. Si maintenant les Drégoves commencent à s'en prendre à leurs voisins orthodoxes, pacifiques et sans défense, où est-ce qu'on va ? C'est cela qui devrait t'inquiéter !

— Puisque tu sembles connaître mes pensées, continue donc à t'inquiéter à ma place ! riposta le droujinnik d'un ton acide. Je ne te remercie pas d'avoir répondu à ma question car tu l'as fait bien malgré toi. Mais je ne me suis pas trompé : les païens les plus hostiles ne sont pas assez bêtes pour s'attaquer à leurs voisins. Je suis persuadé que l'assassin se cache parmi les habitants de ta ville, boyard. Libre à toi de m'aider à le démasquer ou pas. Mais une fois mon enquête terminée, tu peux compter sur moi pour informer tes concitoyens et le prince de l'attitude que tu auras adoptée. Et si par hasard je trouve que tu manques de zèle, je doute que tu obtiennes le soutien nécessaire pour conserver ta place de gouverneur.

Artem se tut. Grigori lui lança un regard haineux, mais il avait pâli et la crainte se lisait sur ses traits grossiers.

Philippos jubilait en silence comme à chaque fois que le droujinnik remettait à sa place un individu qui lui manquait d'égards. Quant au jeune Cyrille, il dévisageait Artem d'un air suppliant, si bien que celui-ci eut pitié de lui. Au lieu de prendre congé sur-le-champ comme il en avait l'intention, il décida de prolonger la conversation.

— Je sais que tu as été l'associé de Stépan, le frère de la victime. Parle-moi de votre commerce. Est-ce vrai que tu lui dois de l'argent ?

— Mais qu'est-ce que ça peut bien... commença Grigori d'une voix hargneuse puis, comme Artem haussait les sourcils avec un air hautain, il grommela : C'est vrai qu'autrefois nous étions en affaires. Nous revendions au marché de Tchernigov les peaux et fourrures achetées aux chasseurs de la région. Je dois toujours à Stépan une somme, euh... assez importante pour le travail des tanneurs que nous avons engagés ensemble. Mais je le rembourse régulièrement, selon les échéances qu'il a lui-même fixées. De toute façon...

Grigori toussota, jeta un coup d'œil vers son fils, puis haussa les épaules.

— Je n'ai pas envie de le crier sur les toits, mais puisque tu tiens à fouiller dans notre vie privée, autant t'en informer tout de suite : Cyrille va demander la main d'Alia, la cadette d'Olaf. Une fois nos deux familles unies par les liens sacrés du mariage, Stépan et moi deviendrons proches parents. Alors, adieu les dettes !

Le gouverneur eut un ricanement avant d'ajouter d'un air mystérieux :

— J'ai par ailleurs d'autres projets que je ne peux révéler pour l'heure... Mais crois-moi, mon ancien associé va bientôt non seulement oublier ce que je lui dois mais encore m'ouvrir un crédit illimité !

— Stépan prétend que tu le rembourses grâce à ton commerce avec les païens.

— C'est faux ! rugit Grigori. Ce coquin ment ! J'ai

entendu dire que c'est lui qui achète des fourrures aux païens grâce à l'entremise du Passeur, pour les revendre à Tchernigov et à Kiev. Si ce n'est pas une honte, trafiquer avec les assassins de son frère !

— Il me sera facile d'établir la vérité dès que je m'entretiendrai avec le Passeur, remarqua le droujinnik. Et je vais le faire aujourd'hui même.

À ces mots, le gouverneur écarquilla les yeux et fixa le droujinnik de l'air d'un parfait idiot. Réprimant un brusque accès de rire, Artem dit :

— Pourquoi cette mine consternée ? Devrais-je demander une audience à cet important personnage avant de me rendre chez lui ?

— Personne n'y va comme ça... je veux dire, sans être invité, bredouilla Grigori. Mais bien sûr, Ta Seigneurie, c'est différent, ajouta-t-il d'un air aussi obséquieux qu'hypocrite.

— Voilà qui est mieux ! Je vois que nous commençons à nous comprendre, persifla le droujinnik en se levant. Je vais prendre congé sur cette note optimiste... Une dernière chose : mes assistants vont bientôt te convoquer pour une déposition ; il serait bon que tu viennes avec les deux chasseurs qui ont découvert le corps de Procope. Nous demeurons chez Varvara la drapière, dans le quartier sud...

— Chez Varvara ! s'écria le gouverneur. La sorcière, la renarde !

— Ah, boyard, tu veux tout gâcher ! dit Artem en fronçant les sourcils. Pour notre bonne entente, retiens donc ceci : sous peine de me contrarier, il faut que tu traites dame Varvara avec les égards qu'on doit à une honnête et très estimable veuve de marchand.

Inclinant la tête en guise d'adieu, Artem fit signe à Philippos de le suivre et se dirigea vers la porte. Au dernier moment, le garçon adressa un pied de nez à Cyrille en catimini puis sortit sur les pas du droujinnik avec beaucoup de dignité.

Lorsque le portail se fut refermé derrière eux, ils éclatèrent tous deux de rire.

— Quel insupportable bonhomme ! s'exclama Artem. Enfin, cela a au moins un avantage : notre visite n'aura pas duré une demi-heure.

— Il est bête comme un dindon et arrogant comme un paon, renchérit Philippos avant de soupirer : Quand je pense que son fils va épouser la belle Alia ! Quelle injustice !

— Cyrille semble de loin plus intelligent et plus sympathique que son père... si cela peut te consoler.

— C'est ça, moque-toi de moi ! maugréa le garçon. Pourquoi Alia ne fait-elle pas attention à moi ? Qu'est-ce que Cyrille a de plus que moi ?

— Deux étés, mon grand... Mais rappelle-toi, ce sont nos qualités qui nous font grandir aux yeux des autres ! ajouta le droujinnik.

— Ah oui ? Quelles qualités, en particulier ? demanda Philippos d'un ton méfiant.

— Ton bagout, par exemple... Non, pitié ! s'écria-t-il tandis que le garçon lui lançait furieusement une boule de neige après l'autre.

Un peu plus tard, la trêve conclue, ils traversèrent la ville en sens inverse, se dirigeant vers la taverne de la grand-rue où les Varlets devaient les rejoindre pour le déjeuner. Ils avaient une légère avance sur leur rendez-vous, aussi s'arrêtèrent-ils pour admirer les comédiens ambulants et commenter la beauté des premiers masques du carnaval qui apparaissaient déjà parmi les passants.

Artem feignait de partager l'enthousiasme de Philippos, mais en réalité il s'efforçait de dominer la sourde angoisse qui l'avait envahi. Il avait la bouche sèche, les paumes moites et son cœur battait à grands coups désordonnés. Appréhendait-il la visite chez l'énigmatique Passeur ? Absurde ! Ce n'était tout de même pas la peur superstitieuse du gouverneur qui l'avait contaminé ; pas plus que les craintes des Varlets ! Et pourtant, il avait la sensation qu'une menace impalpable mais réelle imprégnait jusqu'à l'air qu'il respirait. Certes, il savait que, dès l'instant où cette menace se préciserait, il ne manquerait ni de courage ni de sang-froid pour l'affronter. Mais en attendant...

— Je me demande ce que le gouverneur entend par ces fameux projets qui doivent le rapprocher de la famille d'Olaf encore plus que les noces de Cyrille et d'Alia, dit Philippos, arrachant Artem à sa réflexion.

— Je donne ma langue au chat, fit le droujinnik, soulagé de penser à autre chose. Tu as une idée ?

— Peut-être a-t-il une sœur qu'il veut donner en mariage à Stépan ? Je ne vois rien d'autre... Regarde ! Les Varlets sont arrivés avant nous !

Le droujinnik aperçut Mitko et Vassili qui se tenaient de l'autre côté de la rue, à l'entrée de la taverne *Au Cheval ailé*, tout en leur adressant de grands gestes à travers le flot des passants.

— On a trouvé quatre superbes montures, elles nous attendent à l'écurie de cette gargote, annonça Mitko tandis qu'Artem et Philippos s'approchaient d'eux. C'est bien ce nom, le *Cheval ailé*, qui nous a porté chance ! Maintenant, on va pouvoir tenir tête au sorcier... que dis-je, à tous les sorciers, fantômes ou païens belliqueux qu'abrite cette forêt de malheur !

C'est en écoutant le bavardage de Mitko qu'Artem parvint finalement à chasser son indéfinissable angoisse.

Tandis que le droujinnik et ses compagnons se restauraient à la taverne au nom porte-bonheur, les enfants du boyard Olaf se levaient de table après un repas abondant mais morne, expédié dans un silence lugubre. Chacun d'entre eux avait ses propres raisons pour se sentir contrarié, mais l'humeur de tous s'expliquait d'abord et surtout par l'absence du chef de famille. Celui-ci les avait prévenus qu'il déjeunerait plus tard, après avoir examiné le grenier à foin de la grange ; il tenait à s'assurer que le poids de la neige n'avait pas endommagé les combles et que le toit ne fuyait pas.

Mais personne n'ignorait ce que ces inspections signifiaient en réalité ! Le toit du grenier était parfaitement solide et étanche, et Olaf ne ressentait le besoin de le vérifier que lorsqu'il voulait s'isoler une petite heure avec une des servantes de la maisonnée...

Oui, songea le vieux boyard en s'étirant dans le foin aux côtés de la jolie Maroussia. Oui, il osait donner libre cours à toutes ses passions ! À son âge, il ne se gênait pas pour satisfaire ses appétits charnels au nez et à la barbe de ses enfants ! Cette bande d'hypocrites refusaient de comprendre les choses les plus naturelles : il est si doux de mettre un peu de jeunesse dans son lit lorsque le miroir ne t'en renvoie plus ! Il est si rassurant de tenir dans tes bras un corps ferme et frais alors que le tien propre est près de te lâcher pour de bon ! Et les futures épousailles d'Olaf n'y changeaient rien, au contraire. En effet, qu'y a-t-il de commun entre le besoin de prendre femme et celui de se permettre de petites espiègleries de temps à autre ?

Olaf jeta un coup d'œil satisfait vers Maroussia qui finissait de rajuster sa toilette. L'intendant l'avait engagée aux cuisines trois semaines auparavant, Olaf l'avait repérée l'avant-veille, et ils venaient de visiter le grenier pour la première fois. Une perle ! s'extasia le vieux boyard en caressant du regard les formes appétissantes de la jeune fille que moulait sa robe modeste. Et pas farouche pour un sou...

— Allez, file ! dit-il à haute voix en se soulevant pour donner une tape sur les fesses rebondies de Maroussia. Reviens ici après-demain, à la même heure ; tu auras alors ton quart de grivna. Chose promise, chose due !

La jeune servante lui adressa un sourire radieux. Dans

la pénombre, ses petites dents luisaient telle une rangée de perles de rivière et ses yeux étincelaient comme deux saphirs. Elle pencha la tête en sortant par la porte basse qui donnait sur l'extérieur et, agile comme un écureuil, se mit à descendre la longue échelle appuyée contre le mur de la haute grange.

Olaf continuait à se prélasser dans le foin. Ses enfants étaient furieux contre lui, songea-t-il, et, bien sûr, ils considéraient comme une provocation sa plaisanterie à propos des combles à examiner à l'heure du déjeuner. En fait, il s'agissait de tout autre chose : c'est en début d'après-midi et à jeun qu'il se sentait le plus vigoureux, le mieux disposé à honorer une femme...

Soudain, il tendit l'oreille. L'échelle ne venait-elle pas de craquer ? Il se souleva sur son coude et écouta. Que ferait-il si un de ces hypocrites osait monter ici lui faire la morale ? Non, impensable ! Aucun d'entre eux n'en aurait l'audace.

De fait, personne ne surgit dans l'encadrement de la porte. Hormis le lointain bruit du bois qu'on fendait quelque part sur sa propriété, tout était silencieux.

Ses pensées prirent un cours différent. Dès qu'il serait à nouveau marié, il ferait refaire son testament par un clerc des archives municipales. Procope avait rendu son âme à Dieu, il ne laissait pas d'enfant, et Natalia ne comptait plus puisqu'elle n'avait pas procréé. Il était donc nécessaire de modifier la part de chacun des héritiers qui restaient. Et le plus tôt serait le mieux ; on ne sait jamais quand la mort vient vous cueillir ! soupira-t-il intérieurement. Dire que son fils aîné était passé de vie à trépas avant lui !

Se rappelant la visite du droujinnik, le vieux boyard réfléchit à nouveau à une des questions d'Artem. Qu'est-ce qui tourmentait donc Procope peu avant sa mort ? Peut-être Natalia parviendrait-elle à se souvenir de quelque chose qui aiderait le droujinnik à comprendre ce qui s'était passé...

Exhalant un nouveau soupir, Olaf se releva et se mit à rajuster ses vêtements. Il ferait mieux de rentrer et de se restaurer, il commençait à avoir froid. À propos de Natalia, songea-t-il distraitement, bien qu'elle ne lui ait pas donné de petit-fils, il devrait penser à elle dans son testament. Lui laisser un peu d'argent... Et, pourquoi pas, lui permettre de rester sur ses terres, décida-t-il. Bientôt, sa jeune épouse viendrait habiter dans son domaine, et ce n'est pas Natalia qui risquait alors de créer des problèmes, mais Alia ! Olaf avait toujours considéré sa cadette comme une petite oie, mais depuis quelque temps elle l'inquiétait. Oui, Alia avait beaucoup changé...

Le vieux boyard s'assura que les boucles de ses bottes étaient bien fermées, lissa les pans de son caftan puis s'approcha de la porte basse du fenil et l'ouvrit. L'énorme grange mesurait une trentaine de coudées de hauteur, et le grenier à foin dominait la vaste cour de l'autre côté de laquelle se dressaient le bâtiment principal, les cuisines et les dépendances. Le soir était tombé. Les étoiles scintillaient doucement, et leur pâle lueur contrastait avec la lumière chaude que les bougies allumées à l'intérieur de la maison répandaient à travers les carreaux de mica.

Immobile sur le seuil, Olaf inspira l'air glacial à pleins poumons. Son regard glissa le long de l'échelle jusqu'au sol dur comme la glace, recouvert de neige gelée. Il nota machinalement que la cour était déserte. Tandis qu'il contemplait la maison et les dépendances, il lui sembla entendre la voix de Natalia quereller quelqu'un à l'entrée des cuisines, puis celle de Stépan, plus distincte, qui provenait du perron. Apparemment, il venait de sortir et parlait à un moujik. Où étaient les deux cadets ? Où était Alia ? Il revit en pensée les traits de sa fille. Oui, Alia était tout le portrait de sa mère, aussi belle qu'elle...

— Mais tellement plus dure ! bougonna le vieux boyard dans sa moustache.

Il ne lui restait plus qu'à verrouiller le grenier à foin. Il tourna le dos à la cour et posa un pied sur le degré supérieur de l'échelle, fouillant dans la poche de son caftan à la recherche de la clé.

Soudain, il sentit l'échelle se dérober sous lui. L'horrible sensation de vide au creux de son ventre se confondit avec l'abîme qui s'ouvrait sous ses pieds. Il réalisa qu'il faisait une chute d'une hauteur de trente coudées, et qu'il n'avait aucune chance de survivre à un tel accident. Olaf poussa un hurlement de terreur.

Il n'entendit pas son propre cri. Il eut une brève vision de l'échelle qui continuait de glisser sous lui en tombant, celle du sol qui se rapprochait à une vitesse irréelle. Au moment du choc, le beau visage d'Alia surgit dans sa mémoire, sa fille semblait l'apostropher d'un air narquois... Puis tout disparut ; il sombra dans les ténèbres.

Son corps heurta la terre gelée avec un bruit mat. S'il avait pu voir son propre cadavre désarticulé, aplati sur le sol, il se serait rappelé comme il aimait à écraser les mouches en claquant dans ses paumes, répétant à chaque fois : « Voilà, il n'en reste plus qu'une petite tache humide. »

CHAPITRE VI

Après une légère collation au *Cheval ailé*, Artem décida qu'ils allaient retourner chez Varvara s'armer de leurs épées avant de se rendre chez le Passeur. Il regrettait d'ailleurs de ne pas pouvoir afficher une tenue de combat complète, qui n'aurait pas manqué d'impressionner le sorcier. Par précaution, il ordonna aux Varlets de revêtir leurs légères cottes de mailles et en passa également une sous son caftan. Malgré les supplications de Philippos, il refusa d'emmener le garçon. Dépité, celui-ci s'écria :

— Je ne veux pas rester les bras croisés ! Tu as d'ailleurs dit que l'empoisonneur doit être recherché parmi les habitants de la ville. Alors, je vais mener ma propre enquête !

— Soit, concéda avec diplomatie le droujinnik, mais à une condition : tu le feras en compagnie d'Alia. Voilà une belle occasion de lui prouver que ton jeune âge ne t'empêche pas de te charger...

— Ne crois pas que je sois dupe de ton manège ! l'interrompit le garçon, furieux. Tu sais très bien que je n'aurai pas le courage de dire non — mais tu sais aussi que je ne pourrai prendre la moindre initiative avec un tel boulet à la jambe !

— Une jolie fille n'est jamais un boulet ; je pensais

que tu étais en âge de le comprendre, le taquina Artem tandis qu'il accrochait son épée à sa large ceinture de cuir.

— J'en connais un qui considère toute femme comme un boulet, marmonna le garçon en pointant un doigt accusateur vers le droujinnik.

Laissant Philippos à sa bouderie, Artem rejoignit ses assistants qui l'attendaient au-dehors. Mitko montait un robuste cheval gris pommelé et Vassili une jument baie, trapue et nerveuse comme les chevaux sauvages de la steppe. Pour leur chef, les Varlets avaient choisi un beau destrier noir aux jambes fines. Le superbe animal se laissa caresser par le droujinnik d'un air condescendant puis, lorsque Artem sauta en selle, il dut sentir un cavalier expert et dès cet instant obéit à la moindre pression de son genou.

Ils suivirent la grand-rue pour gagner la porte nord de la ville puis, après avoir dépassé l'étang gelé que les habitants de la ville avaient transformé en patinoire et le chemin qui menait vers la rivière, ils s'engagèrent sur la route de Tchernigov. Au premier croisement, ils bifurquèrent sur leur droite en contournant le monticule d'où le Passeur les avait observés alors qu'ils approchaient de Kremni. Le droujinnik se souvint de l'air narquois du sorcier. Personne n'avait pu le prévenir de leur arrivée, et pourtant, on aurait dit qu'il s'attendait à cette rencontre ! L'homme avait toisé le droujinnik comme s'il avait voulu lui lancer un défi.

S'efforçant de secouer son angoisse, Artem regarda autour de lui. La belle journée d'hiver touchait à sa fin, mais le soleil éclairait encore la plaine éblouissante de blancheur qui s'étendait de part et d'autre de la route. Quelques pins isolés annonçaient la proximité de la forêt. Les rayons obliques faisaient scintiller les glaçons qui pendaient aux branches saupoudrées de neige, et les arbres semblaient parés de myriades de diamants, comme les personnages des anciennes légendes varègues qui évoquaient le royaume de l'hiver éternel. Mais, envahi par ses inquiétantes pensées, Artem avait l'impression que la masse sombre et menaçante de la forêt ternissait la beauté du paysage.

Quittant la route, ils mirent leurs chevaux au pas et avancèrent dans la neige profonde à la lisière de la forêt où régnaient l'ombre et le silence. Ce fut Vassili qui aperçut le premier la cabane du Passeur entourée par une palissade délabrée. Comme ils en approchaient, ils remarquèrent dans la cour un poulailler et un hangar à la porte entrebâillée, tous deux vides. De près, l'isba semblait plus grande et en meilleur état qu'on ne l'aurait supposé. Artem désigna en silence le mince filet de fumée qui s'échappait par le toit recouvert d'une chapka de neige : le maître de maison était là.

Ils mirent pied à terre. La nuit n'allait pas tarder à tomber, et le droujinnik décida d'abriter leurs montures dans le hangar, mais les chevaux refusèrent de s'y laisser conduire : ils hennissaient et se cabraient comme s'ils avaient flairé un danger. Artem examina la bâtisse vide, haussa les épaules d'un air consterné et finit par ordonner aux Varlets d'attacher les bêtes à la palissade. Puis il frappa de son poing ganté à la porte basse de la cabane. Personne ne vint leur ouvrir. Après une brève hésitation, le droujinnik poussa le battant et pénétra à l'intérieur, suivi de ses assistants. Un courant d'air fit claquer la porte derrière eux avec un bruit sinistre.

La main sur la garde de son épée, Artem scruta la vaste pièce plongée dans la pénombre. Il distingua une table, un banc et quelques coffres, dont le plus gros était recouvert d'une peau d'ours. Au milieu du sol en terre battue, près de l'âtre où brûlait un petit feu, se tenait une silhouette d'homme. Vêtu d'une veste ouatinée et d'un pantalon informe rentré dans des bottes de feutre, l'individu tournait le dos à l'entrée. Sans prêter la moindre attention aux visiteurs, penché sur le chaudron qui fumait au-dessus du feu, il touillait de temps à autre sa mystérieuse préparation à l'aide d'une longue baguette de bois. Bizarrement, il faisait plus froid dans la pièce qu'à l'extérieur, tellement froid qu'Artem sentit un frisson glacé lui parcourir le dos.

Il ouvrit la bouche pour interpeller l'homme, mais celui-ci parla le premier.

— De quel droit les soldats du prince violent-ils ma demeure ? demanda-t-il d'une voix monocorde, dénuée d'expression. Selon vos lois, je n'ai commis aucun forfait. Je ne suis ni assassin, ni voleur, ni même receleur, vous pouvez le vérifier. Que me reproche-t-on ?

— Pour commencer, je te reproche de te moquer des fonctionnaires du Tribunal, riposta Artem. Tu sais fort bien qui nous sommes et ce qui nous amène.

— Non, je l'ignore, dit le Passeur en se retournant vers le droujinnik. Mais je n'ai pas besoin de vous pour l'apprendre, ajouta-t-il avec un rictus. En attendant, installez-vous, puisque vous êtes là.

Du bout de sa baguette, le Passeur désigna le banc qui courait le long du mur face à l'âtre. Sans quitter le sorcier des yeux, Artem y prit place et fit signe aux Varlets de l'imiter. Maintenant qu'il se trouvait devant cet homme énigmatique, son appréhension s'était dissipée mais il se sentait intrigué. Ce n'était pas ainsi qu'il s'était imaginé le Passeur ! Il avait des traits réguliers, presque agréables ; sa peau mate ne portait aucune ride, et ses dents saines étaient celles d'un homme jeune. Mais ses yeux fuyants, sa bouche torve et toute son expression sournoise le faisaient paraître plus âgé qu'on ne l'aurait cru au premier coup d'œil. Il y avait aussi chez lui quelque chose d'insaisissable qui le vieillissait en dépit des mouvements souples et lestes de son corps... Oui, c'était ça : l'empreinte du vice sur son visage !

Cependant, après avoir attisé le feu, le Passeur se pencha de nouveau vers son chaudron. Il y plongea sa longue baguette et se remit à touiller l'épais liquide en mâchonnant quelque racine brunâtre. Artem se souvint que l'homme s'intéressait aux plantes de la forêt ; il devait être en train de préparer quelque mixture à base d'herbes médicinales. Petit à petit, l'air glacial de la pièce se chargea d'effluves qui rappelèrent au droujinnik certains parfums d'encens exotiques que vendaient les marchands étrangers. Le Passeur scruta la surface du liquide avec autant d'intensité que s'il avait espéré y lire des informations vitales. Quelle ne fut pas la surprise du droujinnik lorsque le sorcier déclara :

— Eh bien, Artem, fils de Norrvan, je sais à présent ce qui vous amène, toi et tes hommes de main. Ne t'en déplaise, tu perds ton temps ! J'ignore tout sur ce meurtre à la fourche du Diable même si, d'une certaine manière, j'y ai participé... Oh ! pas comme tu l'entends, détrompe-toi. Je ne suis complice de l'assassin que dans la mesure où j'encourage, toujours et partout, les plus mauvais penchants des hommes. Je suis solidaire de leurs plus noirs desseins... Ne t'étonne pas, je sers le Mal, telle est ma mission en ce bas monde ; au demeurant, elle est moins absurde que la tienne.

— Je ne m'étonne pas, sorcier, car le Mal a laissé son empreinte sur ton visage, rétorqua Artem. Pourtant, quelles que soient les vilenies que ton esprit vicieux est capable d'imaginer, quels que soient tes fantasmes et tes élucubrations, seuls tes actes m'intéressent. À présent, réponds-moi : es-tu responsable de la mort de Procope ? As-tu participé à ce meurtre ?

— Comment te répondre puisque nous ne parlons pas le même langage ? répliqua le Passeur dont le droujinnik s'efforçait en vain de capter le regard. Sans l'ombre, la lumière n'existerait point, mais l'ombre en est-elle responsable ?

Perdant patience, Artem se leva d'un bond, la main sur la garde de son épée.

— Il suffit, sorcier ! tonna-t-il. Je ne suis pas venu écouter tes sophismes ! Si tu refuses de raconter tout ce que tu sais sur ce crime, nous allons t'emmener...

Le Passeur leva la main d'un geste conciliant. Au même instant, un courant d'air glacial sembla parcourir la pièce, ôtant la parole au droujinnik, le figeant sur place. Étrange ! Rêvait-il ? Était-il malade ? Sans doute... oui, il avait dû attraper froid. L'essentiel, songea-t-il, c'était de dissimuler son malaise au Passeur. Les membres gourds, il recula d'un pas et se laissa retomber sur le banc aux côtés des Varlets. Tandis qu'il essayait de se ressaisir, le sorcier le scrutait d'un air impénétrable en jouant avec sa baguette de bois. Ses mâchoires remuaient comme s'il continuait à mastiquer. Enfin, il déclara :

— En vérité, boyard, tu n'es pas venu m'entendre évoquer la découverte du corps de la victime ! Les deux chasseurs que j'ai accompagnés ce jour-là te fourniront les détails dont tu as besoin. Quant à la façon dont ce malheureux est passé de vie à trépas, je ne saurais raconter ce que j'ignore. À moins que... Soit ! je vais donc te le *montrer* !

Le sorcier se moquait-il à nouveau du droujinnik ? Ne sachant trop quelle contenance adopter, Artem jeta aux Varlets un coup d'œil à la dérobée. Les yeux ronds comme des soucoupes, Mitko fixait le Passeur avec une expression de stupeur mêlée de crainte. Quant à Vassili, fidèle à lui-même, il gardait un masque imperturbable, mais un léger tremblement agitait le coin de sa bouche, traduisant une extrême tension nerveuse.

Cependant, bien qu'Artem gardât toute sa lucidité, l'étrange engourdissement qui l'avait envahi ne passait pas, et il évitait de faire le moindre mouvement par crainte de trahir sa faiblesse. Sans la présence de ses camarades, il se serait cru en train de vivre un rêve éveillé.

Par chance, absorbé par les préparatifs de sa mystérieuse démonstration, le Passeur ne semblait pas s'apercevoir du désarroi des trois guerriers. Il alla chercher deux petits pots en terre cuite sur les rayonnages qui tapissaient les murs de l'isba et jeta leur contenu dans le chaudron, avant de reposer les récipients à leur place. Armé de sa longue baguette de bois, il se remit à touiller le mélange. L'épaisse vapeur qui s'en dégageait emplit rapidement la pièce.

La sensation de froid qui avait submergé Artem devenait de plus en plus intense. Il lui semblait qu'un brouillard glacial et visqueux l'avait enveloppé. Il ne distinguait plus ni le Passeur ni même le feu. À mesure que l'étrange brume s'épaississait, l'air devenait irrespirable. Artem chercha à tâtons l'épaule de Mitko, assis à sa droite, mais sa main ne rencontra que le vide. Où était donc passé le Varlet ? En proie à la panique, le droujinnik s'efforça de se lever, mais ses membres transis refusaient de lui obéir.

C'est alors qu'il eut l'impression que le brouillard prenait de la consistance, du relief, et laissait apparaître des formes distinctes. Déjà se dessinaient les contours de grands arbres aux branches recouvertes de neige ; ils entouraient une clairière au milieu de laquelle se dressait un énorme chêne au tronc fendu. Surgi dans le clair de lune fantomatique, une silhouette d'homme avançait en titubant vers le chêne. Le droujinnik savait que l'homme allait mourir, que son agonie serait terrible, mais c'est en vain qu'il cherchait à détourner le regard de cet affreux spectacle...

Lorsque le malheureux s'affaissa enfin dans la neige, Artem aperçut une deuxième silhouette qui se détachait de la masse sombre des arbres et s'approchait du cadavre. Le droujinnik n'avait qu'un pas à faire pour distinguer le visage de l'assassin... mais, immobile, figé comme une statue de glace, il demeurait prisonnier de sa torpeur.

Soudain, les deux silhouettes s'évanouirent dans le

brouillard ; une tempête de neige éclata, effaçant les contours, brouillant les repères, emportant le meurtrier et sa victime dans un tourbillon blanc ; en un clin d'œil, tout disparut. La brume commença à se dissiper et, lentement, une forme sombre se profila devant Artem. Il reconnut le Passeur. Au même instant, il sentit un peu de chaleur revenir dans son corps.

— L'assassin de Procope... laisse-moi voir son visage ! articula-t-il avec peine.

Le sorcier eut un ricanement.

— Le Mal a-t-il un visage ? Si tu le regardes en face, que verras-tu ? Un vide, un blanc ! Ou encore, tu distingueras le visage d'un ami... et peut-être apercevras-tu ton fils... à moins que tu ne te reconnaisses toi-même. Souviens-toi : mon nom est légion !

Artem fixa le Passeur et, cette fois, ce dernier ne chercha pas à détourner le regard. Ses yeux n'avaient aucune expression ; c'étaient deux fentes noires et vides, deux crevasses qui s'ouvraient sur le néant. Le droujinnik eut le vertige comme s'il contemplait un abîme sans fond. Il sentit ses cheveux se dresser sur sa tête. Si la mort avait un visage, c'est maintenant qu'elle le montrait, mieux qu'elle n'avait su le faire au cours de toutes les batailles sans merci et de tous les duels sanglants auxquels il avait participé. Au prix d'un effort surhumain, Artem parvint à se détacher du gouffre qui l'attirait. Quand il baissa la tête, la voix neutre, impersonnelle du Passeur s'éleva de nouveau :

— Comment espères-tu combattre le Mal — puisque c'est ainsi que tu définis ta mission — si tu es incapable de vaincre tes propres démons ? Pourquoi défendre la veuve et l'orphelin, toi qui n'as pas su défendre les tiens ? À quoi bon protéger le premier venu, puisque tu n'as pu sauver ceux que tu chérissais ? Sache que les démons qui habitent en chacun de vous sont infiniment plus puissants que vos rares élans de générosité et d'amour qui vous donnent bonne conscience et vous permettent de rêver d'un au-delà ! Les plus courageux des hommes ne se font aucune illusion sur l'âme humaine : c'est un enfer personnel dont surgissent les pires des démons... Mais au lieu de subir ces démons, certains hommes savent les soumettre à leur volonté ! Ils sont au-dessus des lois créées par leurs semblables. Alors, gare aux misérables créatures qui se mettent en travers de leur chemin : elles sont vouées à disparaître ! Sache, boyard, qu'il y aura d'autres morts...

Les oreilles d'Artem bourdonnaient ; une atroce migraine lui vrillait les tempes ; la voix du Passeur n'était plus qu'un lointain murmure. Mais les propos qu'il avait entendus résonnaient en lui, l'emplissant d'un terrible sentiment de solitude et de désespoir. Comment le sorcier avait-il pu deviner les drames les plus intimes que le droujinnik avait vécus, les plus secrètes angoisses qui le tourmentaient ? Sa jeune épouse morte en couches, mettant au monde un enfant mort-né... La mère de Philippos, cette femme unique qu'il n'avait pas su aimer comme elle le méritait, et qu'il n'avait pas même été capable de sauver... Et Philippos à qui il portait un amour farouche, mais qu'il protégeait souvent si mal contre les dangers suscités par son métier !

La gorge nouée par l'anxiété, il avait la sensation d'étouffer. Il parvint à déboutonner le haut de sa pelisse avec des doigts encore gauches et posa la main sur sa poitrine. C'est alors que, à travers le tissu de son caftan, il sentit un objet dur et plat, dissimulé dans la poche de sa cotte. C'était son talisman, une ancienne relique varègue, la pierre ornée d'un étrange dessin gravé que ses ancêtres avaient nommée la « Force du Ciel ». Sans croire à ses propriétés magiques, le droujinnik y était attaché et avait l'habitude d'en caresser la surface lorsqu'il méditait sur quelque problème délicat.

Le contact de la pierre lui procura un certain apaisement. Si seulement il n'avait pas eu aussi mal à la tête ! Surmontant la douleur aiguë qui l'élançait telle une aiguille d'acier enfoncée dans la tempe, il tenta d'éclaircir ses idées en se remémorant le dessin gravé. Celui-ci représentait une coupe au pied fourchu qui symbolisait l'homme à l'esprit ouvert et tourné vers le ciel, capable de recevoir ce que les initiés appelaient les « Eaux Supérieures », que figuraient deux lignes ondulantes représentées au-dessus de la coupe.

Des images confuses, des idées sans suite se mirent à défiler dans l'esprit du droujinnik. La coupe... l'esprit vibrant au diapason de la nature... son propre crâne endolori qui résonnait comme un chaudron de fonte... le chaudron du sorcier... Soudain, à travers un voile de souffrance, Artem entrevit la vérité. Le Passeur les avait drogués ! Il leur avait fait respirer les effluves pernicieux qui se dégageaient de sa mystérieuse préparation — laquelle devait comporter des herbes hallucinogènes ! À l'évidence, il s'attendait à leur visite, et il avait lui-même absorbé un contrepoison avant leur arrivée.

Un terrible accès de rage submergea Artem. Le coquin les empoisonnait à petit feu — et eux, trois droujinniks aguerris, se laissaient faire comme des blancs-becs ! Il sentit le sang pulser à ses tempes tandis que son cœur battait à tout rompre. Sa colère eut pour effet de calmer un peu sa migraine. Surtout, il avait l'impression que son corps lui obéissait de nouveau ! Même son ancienne blessure au genou s'était réveillée et lui donnait des élancements. Voilà qui ne l'empêcherait pas d'administrer au Passeur la correction qu'il méritait !

Pendant que ce dernier continuait de discourir, Artem remua les jambes puis, lentement, porta la main à son épée. Attentif à la moindre inflexion de la voix du sorcier, il attendit que celle-ci se fasse plus sourde pour lui jeter un rapide coup d'œil. Le magicien ne le regardait pas ; il se tenait de l'autre côté de l'âtre en fixant le chaudron d'un air songeur, et un sourire mauvais flottait sur ses lèvres.

Sans perdre une seconde, Artem se leva d'un bond et, l'épée en avant, se rua sur l'homme. Ce dernier sursauta et eut un mouvement de recul ; l'instant d'après, il s'était ressaisi. Les traits déformés par la fureur, il brandit sa longue baguette d'un geste menaçant et la croisa avec l'épée d'Artem. À sa surprise, le boyard entendit un cliquetis métallique, comme s'il s'était agi de deux lames ! Alors que le sorcier passait à l'attaque, Artem esquiva l'étrange baguette puis, d'un grand coup de pied, renversa le chaudron sur son adversaire. Il entendit un cri de douleur. Au même instant, le feu s'éteignit en chuintant et une noire fumée âcre se répandit dans la pièce.

Le droujinnik s'immobilisa, l'oreille tendue, mais ne perçut aucun bruit. Toussant comme un damné, il s'avança à tâtons vers la porte, l'ouvrit à la volée et sortit en titubant. Dehors, la lune permettait de voir comme en plein jour. Avalant l'air frais à grandes goulées, Artem atteignit l'unique fenêtre de la cabane et fit sauter son cadre branlant. Quand il retourna à l'intérieur, la fumée s'était un peu dissipée. Le clair de lune illuminait l'âtre éteint, le chaudron renversé et une forme sombre étendue sur le sol. Le Passeur était sans doute mort ou gravement blessé, mais où étaient les Varlets ?

Comme ses yeux s'habituaient à l'obscurité, Artem fit le tour de la pièce. Il trouva Mitko et Vassili écroulés entre le banc et le mur, inconscients mais indemnes. Le droujinnik parvint à traîner ses amis au-dehors et entreprit de leur frotter le front et les tempes avec de la neige. Quelques instants plus tard, Mitko se mit à tousser et ouvrit les yeux ; puis ce fut au tour de Vassili de reprendre connaissance. Tandis qu'ils se relevaient en grognant et en gémissant, Artem rentra dans l'isba et s'approcha de l'âtre.

La masse sombre qu'il avait prise pour le corps du

Passeur n'était rien d'autre que ses vêtements, une veste matelassée et un pantalon informe. Un peu plus loin, le droujinnik découvrit sur le sol la baguette du sorcier : taillée dans un bois dur, elle ressemblait davantage à une canne qu'à une épée. Artem l'appuya contre son genou : la baguette se cassa. Laissant tomber les morceaux, il inspecta la pièce. Nulle trace du Passeur ! Comment ce maudit charlatan avait-il réussi à s'enfuir ? Perplexe, le droujinnik haussa les épaules et sortit car ses camarades l'appelaient.

— Par le Christ, boyard, comment ce coquin a-t-il fait pour nous avoir ? s'écria Mitko tout en avalant une poignée de neige. J'ai une soif d'enfer et j'ai mal partout !

— J'ai l'impression d'avoir été roué de coups, renchérit Vassili. La dernière chose que je me rappelle, c'est la trogne du sorcier en train de ricaner. Il a tenté de nous empoisonner, mais tu l'en as empêché, boyard !

— De justesse, grommela Artem.

Il raconta ses étranges visions, expliquant qu'il s'agissait d'hallucinations suscitées par une drogue. Suspendus à ses lèvres, les Varlets ponctuaient son récit d'exclamations de surprise ou de colère. Mais lorsque le droujinnik décrivit son bref combat avec le Passeur et la mystérieuse disparition de celui-ci, Mitko et Vassili échangèrent un coup d'œil entendu puis déclarèrent que, sans les propriétés merveilleuses du talisman d'Artem, la « Force du Ciel », le sorcier les aurait fait périr de malemort. C'est en vain que le droujinnik s'efforçait de les convaincre que le Passeur n'était qu'un charlatan. Sans contredire leur chef, les Varlets le dévisageaient avec indulgence, secouant la tête et levant les yeux au ciel d'un air plein de sous-entendus. Artem finit par se fâcher et sombra dans un silence lugubre.

Ils tombèrent cependant d'accord sur une chose : ils se devaient de capturer le Passeur, mais son arrestation pouvait attendre le lendemain. Que le sorcier ait disparu grâce à un tour de magie comme le prétendaient les Varlets ou qu'il ait tout bonnement filé ainsi que l'affirmait Artem, les trois guerriers se sentaient trop mal en point pour affronter sur-le-champ ce dangereux coquin. Ce fut avec soulagement qu'ils retrouvèrent leurs chevaux, le harnachement intact, attachés à la palissade devant l'isba. En repartant, ils durent s'avouer que, pour une fois, ils n'avaient pas fière allure en dépit de leurs redoutables épées et de leurs belles montures !

Alors qu'ils chevauchaient en direction de la ville, ils convinrent de revenir à la cabane dès le lendemain matin. S'ils parvenaient à mettre la main sur le Passeur, ils l'arrêteraient, l'emmèneraient à Kremni et le soumettraient à un interrogatoire musclé. Cette fois, le prisonnier ne saurait esquiver les questions sur son rôle dans l'assassinat de Procope, ainsi que sur ses relations avec les païens.

En franchissant l'enceinte de la ville, Artem consulta les étoiles : il n'était pas tard, l'heure du souper approchait. Le droujinnik décida de se rendre aux bains, se disant que c'était la meilleure thérapie contre les miasmes maléfiques qu'il avait inhalés dans l'antre du sorcier. Alors qu'il annonçait son intention aux Varlets, Mitko s'exclama :

— Le meilleur remède, c'est une carafe d'eau-de-vie accompagnée de quelques mets revigorants ! Refuseras-tu de les partager avec Vassili et moi, boyard ?

— Certes non, j'apprécie comme vous cette panacée, répondit le droujinnik en esquissant un sourire pour la première fois de la soirée. Allez chercher Philippos et commencez à dîner sans moi. Je vous rejoindrai dès que la vapeur aura chassé ma migraine.

Ils convinrent de se réunir au *Coq d'or*, la meilleure taverne de Kremni, située non loin de l'établissement de bains qu'Artem avait repéré dans la grand-rue. Sautant à terre, le droujinnik confia aux Varlets son épée et sa monture. Soudain, Vassili lui toucha l'épaule.

— Tiens, tiens, murmura-t-il en se penchant vers Artem du haut de son cheval. D'après toi, boyard, Varvara refuse de revoir le père de son enfant. Et pourtant...

Artem regarda dans la direction que le Varlet désignait discrètement. À l'écart de la foule bigarrée qui emplissait la rue, devant l'échoppe d'une mercière, il aperçut deux silhouettes familières. Les torches fixées à l'entrée des boutiques et des maisons donnaient assez de lumière pour qu'il puisse reconnaître le beau visage de Stépan, ainsi que le profil délicat de Varvara et les boucles rousses qui s'échappaient de sous son châle. L'air grave, presque soucieux, ils discutaient avec animation.

À cet instant, un groupe de musiciens qui défilaient au milieu de la rue arrivèrent à leur hauteur. Le flûtiste, petit homme souple déguisé en bouc, s'approcha de Varvara et entama des couplets comiques, cherchant à attirer son attention. Mais la jeune femme ne daigna même pas tourner la tête, tant elle était absorbée par sa conversation avec Stépan, et le musicien dépité s'en alla rejoindre ses camarades. Enfin, le couple se sépara. Varvara regarda le jeune boyard s'éloigner et disparaître dans la foule puis, à son tour, elle pivota sur ses talons et se mêla aux passants.

— Curieux, fit Artem en échangeant un regard intrigué avec Mitko et Vassili. Je suis sûr qu'elle ne m'a pas menti hier ! À la première occasion, je lui demanderai ce qui l'a décidée à rencontrer Stépan.

Sur ces mots, le droujinnik prit congé de ses amis, se dirigeant vers les bains publics. En quelques minutes, il gagna le bâtiment trapu en bois de sapin dont l'entrée s'ornait d'une enseigne en fer forgé représentant un bouquet de branches feuillues. Il se déshabilla dans l'antichambre, enleva la croix qu'il portait autour du cou et roula en boule sa cotte afin d'y dissimuler son précieux talisman. Il confia ses vêtements au surveillant qui gardait déjà les effets personnels de cinq ou six hommes.

Entièrement nu, il pénétra dans la salle d'eau. À l'intérieur, près de l'entrée, un énorme balai composé de plusieurs jeunes bouleaux représentait symboliquement le « bonhomme des bains », maître et protecteur de ce lieu. Artem jeta un coup d'œil au fond de la pièce, où quelques clients se prélassaient sur les banquettes de sapin. Ils étaient trop absorbés par leur conversation pour lui prêter attention. Sinon, ils lui auraient sans doute cherché querelle parce qu'il s'était bien gardé de s'incliner devant le génie des lieux ! Le droujinnik ne faisait qu'une seule concession pour éviter les accrochages avec les ignorants : il ne venait jamais aux bains publics avec sa croix suspendue au cou.

Il aperçut un garçon de bains, les reins ceints d'un chiffon mouillé, et l'appela d'un geste de la main. S'emparant d'un baquet, ce dernier alla le remplir d'eau froide à l'une des barriques près de la porte, avant de le vider sur les grosses pierres chauffées à blanc dans la fosse à feu. Comme celles-ci dégageaient d'épaisses bouffées de vapeur, Artem s'arma du faisceau de branches de bouleau apporté par le garçon et se mit à s'en frapper vigoureusement le dos et les flancs. Un peu plus tard, soupirant d'aise, il gagna une des larges banquettes qui semblaient flotter dans les nuages de vapeur et s'y étendit. C'est alors qu'une voix familière retentit tout près de lui :

— Dire que mes très sensuels compatriotes ignorent le plus voluptueux des plaisirs ! Ils en ont entendu parler mais, dans leur ignorance, ils traitent de fous ces Russes qui non seulement ne craignent pas de se faire fouetter, mais qui paient pour cela. Qui est fou dans l'histoire, boyard ?

S'appuyant sur son coude, Artem se tourna vers la

banquette voisine et rencontra le regard pétillant de malice du médecin Titos.

— Les Grecs, sans aucun doute ! Ils sont pourtant moins fous que les Latins, qui pensent que se laver trop souvent finit par miner la santé.

Titos approuva en riant.

— En vérité, ce bon peuple russe a mille fois raison de n'écouter ni mes arrogants compatriotes ni ces ignorants de Latins. Comment dites-vous, déjà ? « La vapeur l'os ne casse mais le mal chasse. »

Alors qu'il acquiesçait d'un signe de tête, Artem eut l'idée de profiter de cette rencontre pour interroger le médecin sur Pélagie, la jeune Grecque morte trois étés auparavant alors qu'elle allait épouser Procope. Dès ses premières questions, il lui sembla qu'une ombre passait sur le visage de Titos, comme si le sujet le contrariait. Mais le médecin recouvra sa bonne humeur presque sur-le-champ, et c'est d'un ton amusé qu'il se mit à évoquer sa compatriote.

— Pélagie était d'une beauté à couper le souffle : des yeux étincelants comme des astres, des cheveux noirs comme le ciel à minuit, un visage d'ange et un corps à damner un saint... Mais aussi, hélas, une cervelle d'oiseau ! Il est vrai qu'on ne demande pas à une femme d'être intelligente ; certains hommes souhaitent même le contraire... Sur ce plan, Pélagie aurait satisfait les plus exigeants !

— Tu es bien sévère envers cette malheureuse fille, observa Artem.

Le médecin éclata de rire.

— Et elle me le rendait bien ! Cette belle poupée sans cervelle et sans cœur — cela va souvent de pair, tu as remarqué ? — ne m'appréciait guère.

— Pélagie n'avait donc pas de cœur ?

— Si, un cœur d'artichaut ! Mais je doute que ses soupirants aient été conscients de ses défauts...

Tout en l'écoutant, le droujinnik jeta un coup d'œil vers l'entrée. Un nouveau client venait de pénétrer dans la salle d'eau et s'inclinait cérémonieusement devant l'énorme balai de jeunes bouleaux. Curieux de voir qui témoignait d'un tel respect envers le « bonhomme des bains », Artem se souleva sur son coude. À cet instant, l'homme versa un baquet d'eau froide sur les pierres brûlantes et disparut dans d'épais nuages de vapeur.

— Et Procope ? Lui arrivait-il de critiquer sa fiancée ? demanda Artem à Titos.

— Penses-tu ! Il faisait partie du cortège des amoureux transis qui regardaient Pélagie avec des yeux de veau et s'empressaient de satisfaire ses moindres caprices. En fait, rien ne le distinguait des autres prétendants hormis le prestige et la richesse de sa famille. Oh, j'oublie ses beuveries et sa vie de débauche ! On ne peut pas dire que les fils d'Olaf brillent par leurs mérites, et ce pauvre bougre de Procope n'était pas le pire. Le cadet, ce garnement, est une nature mesquine et vicieuse. Quant à l'ignoble Stépan...

Titos s'interrompit pour reprendre haleine. Artem écoutait sa diatribe avec amusement, mais il commençait à soupçonner que ce petit homme aux allures de bon vivant recelait en réalité beaucoup d'amertume et de rancœur. Intrigué, il continua d'examiner le visage lunaire du médecin : il n'exprimait qu'une haine froide et implacable.

C'est alors que, comme si le ciel s'était ouvert, une voix tonna au-dessus d'eux :

— Tu viens de prononcer mon nom, misérable ! Tel que je te connais, c'est pour nous calomnier, mes proches et moi-même, que tu parles de nous !

Dans les nuages de vapeur, surplombant les banquettes d'un air menaçant, se profilait une silhouette nue armée de branches de bouleau. Artem reconnut Stépan. Ce dernier salua le droujinnik avec beaucoup de dignité en dépit de sa tenue avant d'aboyer à l'adresse de Titos :

— Tu ne vas pas t'en tirer comme ça, coquin! Demain j'irai voir le receveur des plaintes. Comme tu ne pourras pas fournir les sept témoignages sous serment requis par la loi pour étayer tes propos diffamatoires, tu seras condamné à payer une belle amende!

— C'est toi qui devras prouver que ton accusation n'est pas un mensonge! grommela le médecin sans se démonter.

— Ce sera un plaisir, rétorqua Stépan, et j'ajouterai à ta charge le fait que tu donnes de fausses informations à un haut fonctionnaire du Tribunal!

— Un instant, intervint le droujinnik en s'asseyant sur son séant. Il n'appartient qu'à moi de juger si ces informations...

— Tu as toi-même souligné que tout renseignement est utile à l'enquête — à condition qu'il soit véridique! l'interrompit Stépan. Et comment peux-tu te garantir du mensonge?

— Tôt ou tard, la vérité finit toujours par transparaître, dit sèchement Artem.

— Certes, et je cherche seulement à t'épargner la peine de la chercher, insista le jeune homme. Tu me diras que je n'ai pu entendre que des bribes de votre conversation. Qu'importe! Tout ce que le médecin peut te raconter sur Procope ou sur moi-même est faux, car c'est la jalousie, la frustration et le dépit qui parlent par sa bouche!

— Tais-toi, imbécile! s'écria Titos, furieux. Si au moins tu savais le sens des mots que tu prononces!

Il se releva d'un bond en toisant Stépan. Celui-ci avança d'un pas et serra les poings. Les deux hommes se foudroyaient du regard mais aucun n'osait passer à l'action le premier.

— Il suffit! Assez d'injures et de menaces, sinon, vous allez l'un comme l'autre payer une belle amende! tonna Artem, et à l'adresse de Stépan : Explique-toi.

— Titos haïssait mon frère aîné et il déteste jusqu'à son souvenir. La rancune est tenace quand il s'agit d'amour-propre blessé ! Sache, boyard, que Procope était l'heureux rival de Titos. Avant de rompre le fromage avec mon frère, Pélagie avait une foule de soupirants, et notre vénérable esculape était du nombre. Une fois éconduit, il eut encore l'audace de poursuivre la belle, l'accablant de reproches et lui faisant des scènes de jalousie. Il se montra si violent que Pélagie finit par se plaindre à mon frère. C'est de lui que je tiens cette histoire.

Haussant les sourcils, Artem se tourna vers le médecin.

— Voilà qui explique la sévérité des propos que tu as tenus sur cette malheureuse jeune fille, observa-t-il, glacial. Par contre, j'ai du mal à comprendre la raison de ton mensonge. Pourquoi m'avoir caché la véritable nature de tes relations avec la défunte ?

— J'ignorais que tu mènes une enquête sur sa mort ! Aurais-tu des doutes en ce qui concerne cet accident ?

— Certes non, lança le droujinnik avec agacement tandis que Stépan écarquillait déjà les yeux. Ni moi ni personne ne songe à rouvrir cette enquête, ce qui serait d'ailleurs impossible étant donné l'ancienneté de l'affaire. Mais ne cherche pas à éluder ma question ! Pourquoi faire un mystère de tes relations avec Pélagie ?

— Pas par jalousie ou je ne sais quel sentiment absurde que me prête cet individu ! répondit Titos en désignant Stépan du menton. Après tout, Dieu n'a-t-il pas décidé que Pélagie n'appartiendrait ni à Procope ni à moi ? C'est un peu par honte que j'évite d'évoquer aujourd'hui cet épisode de ma vie. J'étais alors fou amoureux et violent... Et je n'ai aucune envie de déterrer l'histoire de cette passion simplement parce que Procope vient de rejoindre Pélagie dans un monde meilleur !

Le médecin s'interrompit. Il essuya la sueur qui coulait sur son visage puis, fixant Stépan d'un regard haineux, poursuivit :

— Mais je n'ai rien à me reprocher, moi ! Je ne suis pas un infâme, capable de séduire une jeune femme honnête, d'autant plus vulnérable qu'elle vient de perdre son époux ! Et si d'aventure cela arrivait, je ne l'abandonnerais pas, après lui avoir fait un enfant et l'avoir ainsi exposée à la cruauté des hommes !

Stupéfait, Artem se demanda comment Titos avait pu apprendre le secret de la belle drapière. Avant qu'il pût l'interroger, Stépan s'écria :

— Tes révélations n'impressionnent personne ! Chacun a le droit de se tromper, pourvu qu'on ne s'obstine pas dans l'erreur. Le boyard Artem connaît mes erreurs de jeunesse, qui sont aussi celles de dame Varvara. Mais il ignore que toi, misérable, tu n'as pas retenu la leçon du passé ! Tu oses ennuyer Varvara avec tes assiduités, tu as l'audace de lui conter fleurette, et tu refuses de voir que ton insistance l'exaspère !

Cette fois, Stépan avait fait mouche. Titos devint pâle comme un linge, son menton et ses joues se mirent à trembler. On aurait dit qu'il avait d'un seul coup vieilli de dix étés. Sans regarder ni son adversaire ni le droujinnik, il se dirigea vers la sortie d'un pas lourd. Artem ne chercha pas à le retenir. Il se sentit soudain envahi par une immense lassitude mêlée de dégoût, et il fut consterné par sa propre réaction. Eh quoi ? ce n'était pas la première fois qu'il surprenait un témoin ou un suspect en train de lui mentir comme un arracheur de dents ! Il n'attachait d'ailleurs pas grande importance au fait que Titos avait aimé cette jeune fille morte dans des circonstances tragiques. Mais l'idée que le médecin puisse nouer des liens intimes avec Varvara lui était insupportable !

Comme Stépan s'allongeait sur la banquette laissée libre par Titos, le droujinnik hésita à le questionner sur la drapière puis se ravisa. Dire que, en venant aux bains, il avait espéré se détendre après l'éprouvante visite chez le

Passeur ! Toute cette scène entre trois hommes nus en train de se quereller en ce lieu de repos et de récréation était grotesque ; il en aurait ri s'il avait été moins épuisé.

Il s'apprêtait à partir quand le garçon de bains entra en courant dans la salle d'eau. Ses sandales à semelle de bois claquant sur le sol, il se précipita vers Stépan.

— Boyard, boyard ! Ton frère t'attend à la porte. Il dit que tu dois rentrer avec lui.

L'air ahuri, Stépan s'assit sur son séant.

— Comment ça ? C'est à peine si j'ai eu le temps de m'asperger d'eau ! Tu dois me confondre avec un autre, l'ami.

— Ton frère s'appelle Ipate, non ? C'est lui qui m'envoie, boyard. Il dit qu'un malheur est arrivé. Votre père... On vient de le trouver mort !

CHAPITRE VII

Stépan quitta aussitôt les bains en priant Artem de le rejoindre dès que possible. Sorti sur les pas du jeune boyard, le droujinnik se rendit d'abord à la taverne *Au Coq d'or*. En attendant leur chef, ses compagnons avaient entamé leur repas du soir et dégustaient une montagne de blinis servis avec de l'esturgeon fumé.

Après leur avoir annoncé la funeste nouvelle, Artem commanda à son tour une assiette de blinis et du poisson. Sa faim assouvie, il décida de partir sur-le-champ pour le domaine d'Olaf. Pour ce premier examen des circonstances de l'accident, il n'avait pas besoin des Varlets. Mitko et Vassili regagnèrent donc la maison de Varvara, emmenant avec eux un Philippos boudeur.

En arrivant chez Olaf, Artem fut accueilli par Stépan dont le calme apparent dissimulait mal son trouble. Natalia, elle, faisait des efforts désespérés pour se retenir de pleurer, mais les larmes ne cessaient de ruisseler sur son visage blême et défait. Ipate et Alia paraissaient moins bouleversés qu'intimidés par la réaction de leurs aînés ; ils marchaient sur la pointe des pieds, s'efforçant de se rendre aussi discrets que possible. Quant aux domestiques, ils ne cherchaient pas à cacher leur chagrin, si bien que les gémissements et les lamentations des pleureuses résonnaient dans tous les coins de la propriété.

Le médecin rejoignit bientôt Artem. Ni Titos ni Stépan ne firent aucune allusion à leur altercation aux bains. Le jeune boyard conduisit le droujinnik et le médecin à la chapelle familiale où Olaf reposait dans un cercueil provisoire installé à côté de celui de Procope. À la lumière vacillante des bougies, Artem et Titos examinèrent le corps ensanglanté et désarticulé du vieil homme. Ils ne découvrirent rien de suspect : tous les traumatismes avaient été causés par la chute fatale de la victime. Ayant rédigé le constat officiel de décès, le médecin prit congé. Enfin, Stépan mena le droujinnik vers l'énorme grange dont le toit enneigé faisait une tache claire dans l'obscurité. Toussotant pour cacher son embarras, Stépan expliqua comment son père s'isolait au grenier en compagnie de quelque jeune servante sous prétexte de vérifier l'état des combles.

Artem s'abstint de tout commentaire et demanda au nouveau chef de la famille de réunir ses proches dans la grand-salle. Avant de les interroger, il voulut s'entretenir avec Maroussia, la dernière amourette du vieux boyard. Stépan envoya un domestique la chercher dans les cuisines et, quelques instants plus tard, elle rejoignit Artem dans la cour. À la différence des pleureuses, la jeune fille ne sanglotait pas, mais sa jolie frimousse exprimait un chagrin sincère. C'est en bavardant avec elle que, non sans surprise, le droujinnik se rendit compte qu'Olaf avait été respecté et aimé par ses gens, qui le trouvaient sévère mais juste.

Quant à l'accident qui avait coûté la vie à son maître, Maroussia souligna qu'elle-même avait eu une peur bleue en empruntant la longue échelle, la trouvant trop instable sous les rafales de vent. La servante affirma n'avoir rien remarqué de suspect en regagnant les cuisines. Elle avait quitté Olaf apaisé et heureux, en train de savourer un moment de repos.

Par acquit de conscience, Artem examina le grenier et l'échelle, avant de gagner la grand-salle où Stépan et sa famille l'attendaient près de l'âtre. À la demande d'Artem, ce dernier lut à haute voix la copie du testament que le vieux boyard conservait dans le coffre contenant ses titres de propriété. Personne ne manifesta la moindre surprise en prenant connaissance des dernières volontés d'Olaf. Chacun des enfants recevait sa part d'héritage prévue, désormais augmentée de celle de Procope. Natalia, elle, n'héritait que de dix grivnas d'argent et des effets personnels de son mari. La lecture finie, Stépan et Ipate eurent chacun un mot gentil pour la veuve, l'assurant qu'elle pourrait rester dans leur maison jusqu'à ce qu'elle trouve un nouvel époux. Seule Alia boudait : elle ne pouvait disposer de la partie la plus importante de son héritage car celle-ci constituait sa dot.

Après avoir interrogé tous les présents sur leurs faits et gestes de l'après-midi, Artem se dit qu'il ne pouvait rien entreprendre de plus pour éclaircir la mort d'Olaf. À l'évidence, c'était un stupide accident — mais, songea-t-il, tous les accidents ne nous paraissent-ils pas absurdes, à nous autres qui ignorons les desseins de Dieu ? Celui qui avait coûté la vie à Olaf ne faisait pas exception à la règle, mais au moins n'était-ce pas un crime prémédité !

Une fois rentré dans la demeure de la drapière, Artem découvrit Philippos et les Varlets en train de dormir à poings fermés. Dans la chambre qu'il partageait avec le garçon, le poêle éteint depuis peu chauffait agréablement l'air. Le droujinnik se coucha à son tour, savourant le parfum des herbes aromatiques que la maîtresse de maison avait mêlées à la paille recouvrant le sol. En dépit de son épuisement, le sommeil le fuyait, et il passa plus d'une heure à se tourner et à se retourner sous son édredon. Une idée confuse hantait son esprit sans qu'il parvînt à la saisir. Il lui semblait que cela avait un rapport avec l'accident du vieux boyard... Peu avant l'aube, Artem finit par sombrer dans un sommeil sans rêves.

Le lendemain, en rejoignant ses compagnons qui prenaient leur repas du matin, Artem commença par leur faire un récit détaillé des circonstances de la mort d'Olaf.

— Rien à dire, c'est un accident, conclut-il comme à regret.

— Quand un vieillard court la prétentaine, ça risque toujours de mal se terminer, déclara Mitko la bouche pleine. Mais il n'y a eu aucun témoin, pas vrai ?

— Pas de chance ! soupira le droujinnik. Personne n'a rien vu ni rien entendu.

— Et les autres membres de la famille ? Où se trouvaient-ils au moment de l'accident ? s'enquit Philippos.

— Aucun d'entre eux n'a su répondre à cette question avec précision, bougonna Artem, car on n'a découvert le corps du boyard que deux heures après la chute fatale ! Il paraît que Stépan s'apprêtait à se rendre aux bains, mais peut-être avait-il déjà quitté le domaine. Ipate était dans sa chambre, occupé à confectionner son nouveau masque pour le carnaval. Natalia surveillait le travail des servantes, elle allait et venait entre la buanderie, les cuisines et le bâtiment principal ; plusieurs domestiques se rappellent lui avoir parlé ou l'avoir vue passer. Quant à Alia, je compte sur toi pour m'apprendre ce qu'elle a fait hier après-midi !

— C'est vrai, je suis resté avec ses amis et elle jusqu'à l'heure du dîner, confirma Philippos. On est d'abord allés patiner sur l'étang près de la porte nord, puis on a flâné en ville jusqu'à la tombée du soir... Mais Alia est retournée chez elle à deux reprises. Je venais de la rejoindre quand elle s'est aperçue qu'elle avait oublié ses moufles ; je l'ai donc accompagnée chez elle. Ensuite, en fin de journée, Cyrille nous a invités chez lui car nous étions gelés. Comme on nous servait des boissons chaudes, le gouverneur est venu bavarder avec nous. À un moment, il a pris Alia à part et s'est mis à lui chuchoter quelque chose à l'oreille. Elle est alors partie en toute hâte... mais je l'ai rattrapée, et elle a accepté que je lui tienne compagnie. En fait, le père de Cyrille l'avait chargée de porter un billet à Natalia.

— Curieux... murmura Artem.

— Détrompe-toi ! Malgré les airs mystérieux du gouverneur, le message ne contenait rien d'extraordinaire, répliqua Philippos d'un air désabusé tandis qu'il repoussait l'assiette qu'il venait de vider. En bavardant avec Alia, j'ai essayé de lui tirer les vers du nez. Elle a fini par me confier que le boyard Grigori tenait à inviter Natalia à la fête qu'il donne aujourd'hui à l'heure du déjeuner. La moitié de la ville doit y assister, mais il craignait que la veuve y renonce à cause de son deuil récent. Alors, il a demandé à Alia d'insister auprès de sa belle-sœur.

— Tiens ! Le gouverneur aurait-il l'intention de courtiser Natalia ? commenta Artem avec un certain amusement.

— Voilà qui expliquerait comment il espère resserrer ses liens avec la famille de Stépan — hormis le projet de mariage de Cyrille et d'Alia, dit Philippos avant de s'exclamer tristement : Ah ! s'il pouvait se contenter de la veuve et oublier la jeune fille !

— Connaissant le tempérament d'Alia, je serais étonné qu'elle n'ait pas son mot à dire dans l'histoire, tenta de le rassurer le droujinnik. Pour en revenir à ma visite d'hier soir, Stépan a mentionné un détail intéressant. Il paraît qu'Olaf avait l'intention de questionner sa bru sur ce qui avait bien pu préoccuper Procope à la veille de son assassinat. Le vieil homme était persuadé que Natalia pourrait se remémorer un détail essentiel, dont elle-même ignore l'importance. Pour peu qu'on l'aide à trier ses souvenirs, on peut découvrit un indice capital !

— Qu'à cela ne tienne ! intervint Mitko qui entamait une troisième tranche de tourte aux champignons. Vassili et moi allons la soumettre à un interrogatoire en bonne et due forme aujourd'hui même !

— Je doute que nos questions soient utiles dans l'immédiat, objecta Artem. Olaf connaissait bien son fils et sa bru ; leur vie quotidienne n'avait pas de secret pour lui. C'est lui qui aurait pu aider Natalia à fouiller dans sa mémoire. Quant à nous, nous risquons de l'embrouiller... Non, notre meilleure chance consiste à l'encourager à réfléchir à la période qui précéda la mort de Procope. Si Natalia a réellement été témoin d'un mot ou d'un geste révélateurs de la part de son époux, elle finira par s'en souvenir... À propos de cette fête chez le gouverneur, je suppose que les autres membres de la famille s'y rendent aussi. Il ne serait pas mauvais de les tenir tous à l'œil ! Philippos, crois-tu que tu pourras partager ton attention entre Alia et ses proches ?

Comme le garçon acquiesçait, Mitko et Vassili échangèrent un coup d'œil interdit.

— Et nous, alors ? s'écrièrent-ils en chœur.

— Courage, mes amis, vous aurez à accomplir une tâche bien plus difficile et plus déplaisante ! Je vous charge de me ramener le Passeur !

Devant la grise mine que faisaient les Varlets, le droujinnik ajouta :

— Ne craignez rien, vous n'aurez à vous mesurer avec lui à aucun moment. Il s'agit de pénétrer dans sa cabane à l'improviste et de s'emparer de lui par surprise. Ce maudit sorcier a plus d'un atout dans sa manche, alors, ne lui laissez pas le temps de réagir ! Évitez d'écouter ses beaux discours ou de lui adresser la parole, fondez sur lui comme l'épervier fond sur sa proie !

Artem et ses collaborateurs discutèrent encore quelque temps de la meilleure façon de surprendre le Passeur et de le neutraliser. Le droujinnik aurait souhaité accompagner Mitko et Vassili, mais l'enquête piétinait, et il avait grand besoin de s'isoler et de réfléchir dans la solitude de son cabinet de travail.

À midi, alors que les Varlets quittaient la ville et prenaient le chemin de la forêt, Artem, installé devant le secrétaire près du poêle brûlant, noircissait de son écriture élégante les carrés d'écorce de bouleau apportés par Varvara, notant, triant et analysant ses observations. Au même moment, Philippos s'apprêtait à se rendre à la fête donnée par le gouverneur. Il avait revêtu sa tenue préférée qu'il avait apportée de Tchernigov : un caftan de soie rouge aux épaules brodées d'argent, un ample pantalon noir et des bottes de même couleur en cuir souple de Damas. À son large ceinturon pendait un poignard au manche orné d'émeraudes. Ainsi paré, il était sûr de mériter sinon l'admiration, du moins l'attention d'Alia.

En sortant, il fut tenté de passer par l'auberge du *Coq bleu* dont le propriétaire avait accepté de garder leurs montures le temps de leur séjour à Kremni. En tant que cavalier, Philippos n'avait pas son pareil et il le savait. Si seulement il pouvait accomplir un saut périlleux ou quelque autre prouesse à dos de cheval devant Alia ! Mais non, il se couvrirait de ridicule s'il prenait sa monture pour ne faire qu'un tout petit bout de chemin ! Il partit donc à pied, se retenant à peine de courir, tant il était impatient de retrouver la jeune fille.

Comme il atteignait le domaine du boyard Grigori, il fut devancé par un traîneau, une de ces troïkas modestes mais rapides que les habitants aisés avaient l'habitude de louer quand ils n'empruntaient pas leur propre équipage. Le traîneau s'arrêta devant le portail décoré d'une hache au manche rouge, symbole du pouvoir du gouverneur. Philippos vit descendre une belle dame vêtue d'une pelisse à la fourrure chatoyante. Elle venait de payer le cocher et s'apprêtait à frapper quand Philippos la rejoignit. C'est alors seulement qu'il reconnut Natalia. Une haute coiffe noir et argent cachait ses cheveux, affinant et embellissant son visage. Sa pelisse entrouverte découvrait une robe sobre rehaussée par un unique bijou, un petit flacon à parfum parsemé de pierres précieuses.

— En vérité, tu seras l'ornement de cette fête, boyarina ! dit le garçon en s'inclinant pour la saluer. Je comprends pourquoi le gouverneur tenait tant à t'inviter !

Natalia se retourna et leva vers lui des yeux surpris semblables à deux papillons noirs. Le reconnaissant à son tour, elle le remercia d'un timide sourire :

— Si j'avais écouté mon cœur, je serais restée dans notre malheureuse maison que le deuil vient de frapper à nouveau. Mais Stépan lui-même m'a rappelé qu'il ne sied pas d'accueillir dans la tristesse la Nativité de Notre-Seigneur...

Elle s'interrompit tandis qu'une servante les introduisait dans la cour pour les conduire vers la maison.

— N'aie aucune crainte, boyarina ! la rassura Philippos avec fougue tandis qu'il lui donnait galamment le bras. Même le pope n'y trouverait rien à redire !

La jeune veuve sembla amusée, non pas tant par les propos de Philippos que par ses manières de parfait courtisan. Ils pénétrèrent ensemble à l'intérieur de la maison où ils furent accueillis par le boyard Grigori et son fils Cyrille. Alia et ses frères étaient déjà là, ainsi que la plupart des invités qui emplissaient la grand-salle. Philippos demeura quelque temps à contempler la foule des jeunes gens parés de leurs plus beaux atours ; sur ce plan, ils auraient pu en remontrer à n'importe quel freluquet de la capitale !

Cependant, le gouverneur annonça qu'une collation était servie dans la pièce voisine. Avant que Philippos ait pu proposer à Alia de l'y accompagner, elle s'envola au bras de Cyrille. Il se hâta à son tour de gagner l'autre salle et de trouver une place à côté d'Alia. Mais Cyrille et son frère la flanquaient déjà. Dépité, Philippos s'installa sur le premier siège venu et se mit à examiner d'un œil distrait les zakouski disposés sur la table. C'est alors qu'une voix de femme l'interpella.

— Ne fais pas attention aux manèges de cette petite

coquette ! Elle adore torturer les garçons, et plus ils soupirent, plus elle s'efforce de les faire souffrir !

Philippos regarda sa voisine : c'était Natalia. Sa remarque l'apaisa un peu, mais il fut vexé qu'on puisse deviner aussi aisément ses pensées les plus intimes. Il leva la coupe qu'un serviteur venait de remplir d'hydromel avant de répliquer :

— Certes, tu connais ta belle-sœur mieux que moi. Mais toi, boyarina, pourquoi n'es-tu pas assise aux côtés du maître de maison ?

Natalia s'empourpra comme une jeune fille. Pour cacher son trouble, elle saisit sa coupe et but une gorgée de vin puis lança un regard circonspect vers leurs voisins de table.

— Chut ! murmura-t-elle. Le boyard Grigori semble oublier que je suis en deuil, mais les autres... Tu te doutes bien que je n'ai pu accepter de m'asseoir près de lui !

Ensemble, ils se tournèrent vers le haut bout de la table, mais le fauteuil du maître de maison était vide : le gouverneur venait de s'absenter, sans doute pour accueillir quelque convive. De fait, l'instant d'après, Grigori revint dans la salle accompagné des nouveaux arrivés. Philippos écarquilla les yeux : c'était Titos et Varvara !

Comment le gouverneur avait-il osé inviter le médecin et la belle rouquine en même temps que Stépan ? Peut-être n'était-il pas encore au courant de la querelle dont Artem avait été témoin dans l'établissement de bains, mais il ne pouvait ignorer la passion qui avait jadis lié le fils d'Olaf et la drapière. À l'époque, il n'était pas encore gouverneur, mais ce scandale avait fait le tour de la ville ! En outre, personne n'ignorait l'animosité de Titos envers les enfants d'Olaf... Pourquoi Grigori avait-il tenu à réunir trois personnes dont la rencontre ne pouvait que provoquer un éclat ?

Cependant, le gouverneur présenta Varvara aux plus jeunes des convives car, si tout le monde connaissait le médecin, il en allait autrement pour la belle drapière. Philippos ne s'interrogea pas longtemps sur les intentions de Grigori. Pendant que Titos et sa compagne dégustaient le vin qu'on venait de leur servir, le gouverneur lança un regard inquisiteur en direction de Stépan. Comme il constatait la pâleur du jeune homme et son embarras manifeste, une lueur de joie mauvaise s'alluma dans ses yeux. L'instant d'après, il savoura tout autant la confusion de Varvara et la colère de Titos, qui venaient de découvrir la présence de Stépan. Quel détestable bonhomme ! s'indigna Philippos en son for intérieur.

Écœuré, il se détourna pour fixer Alia. Bouche bée, celle-ci semblait se demander à quoi rimait cette scène énigmatique. À la fin, elle se leva de table en déclarant :

— Je propose que ceux qui n'ont plus faim commencent les jeux ! On est là pour s'amuser, pas vrai ? ajouta-t-elle à l'intention de Cyrille.

Le gouverneur voulut dire quelque chose, mais des cris d'approbation montèrent de la salle et lui coupèrent la parole. Plusieurs voix lancèrent en chœur :

— Assez mangé, allons nous dégourdir les jambes ! Si on jouait à chat ?

— Non, d'abord au « soldat et la sorcière » ! J'ai envie de rire un bon coup !

— Commençons par « les fiançailles du pope », c'est encore plus drôle... Mais attention, ce n'est pas moi qui fais le pope !

— On va tirer au sort !

Aussitôt, la plupart des jeunes gens se levèrent, repoussant bancs et sièges avec bruit et discutant avec animation. Le maître de maison ne réussit à se faire entendre que pour annoncer que les invités pourraient à nouveau se restaurer deux heures plus tard, car de nouveaux mets accompagnés de vin et d'hydromel seraient alors servis dans la même pièce.

Les convives se dirigèrent vers la grand-salle ; après

avoir discuté des préférences des uns et des autres, on décida de se répartir en groupes. Celui qui comprenait Alia allait jouer au jeu favori de Philippos : divisés en deux équipes, les participants y rivalisaient en gags et plaisanteries, inventant des situations comiques pour les principaux personnages des contes, le soldat malin et la rusée sorcière. Mais, se rappelant les consignes d'Artem, Philippos se dit qu'il passerait son temps d'une manière plus utile en épiant Titos.

Il chercha du regard le médecin et Varvara. En vain ! Ils avaient dû s'absenter, voire partir, contrariés par la présence de Stépan. Ce dernier semblait avoir au contraire surmonté sa gêne. Assis sur une banquette près de l'âtre, il discutait avec un jeune gaillard au visage rougi par la chaleur et le vin. Philippos se glissa discrètement vers eux. Constatant que les deux hommes négociaient le prix d'un lot de fourrures, il s'en éloigna, déçu.

Il se mit alors à flâner dans la salle en imitant la façon dont Artem s'y prenait quand il voulait observer une assemblée nombreuse et disparate. L'œil aux aguets, l'oreille tendue, il se faufilait d'un groupe à l'autre, étudiant les visages, captant des bribes de conversation, attentif à chaque mot et à chaque geste. Hélas, il ne découvrit rien qui fût digne de l'attention d'un fin limier !

Se sentant de plus en plus désœuvré, Philippos fut parmi les premiers à regagner la salle voisine où l'on venait de servir de nouveaux mets. Maintenant, il avait faim. Reprenant sa place à table, il se mit à dévorer à belles dents une tourte au poisson tout juste sortie du four. Quelques instants plus tard, Natalia le rejoignit. Les joues empourprées, elle avait l'air tout excitée et se mit à bavarder comme une pie, commentant les jeux, les costumes des invités, le train de maison du gouverneur... Courtois, le garçon répondait par monosyllabes, mais il s'ennuyait à mourir et se languissait d'Alia.

C'est alors que se produisit l'imprévisible événement qui lui fit oublier son humeur.

Il écoutait Natalia d'une oreille distraite quand elle s'interrompit pour reprendre son souffle et se désaltérer. Saisissant sa coupe, elle but une gorgée de vin. Soudain, son visage changea d'expression.

— Ah, qu'il est aigre, ce vin ! s'exclama-t-elle avec une grimace comme elle reposait sa coupe sur la table. Ce n'est pas le même que tout à l'heure. J'aimais mieux celui d'avant !

— Vraiment ? dit Philippos d'un ton poli.

Mais la réflexion de Natalia l'avait tiré de son état de morne apathie. Pourquoi avait-il l'impression que quelque chose ne collait pas dans les propos de la jeune femme ? Pourquoi se sentait-il envahi par une vague sensation de menace ?

Il se rappela alors le jeune couple qu'il avait remarqué tandis qu'il flânait parmi les invités. Le garçon avait un peu trop bu ; tandis que sa compagne le grondait, il lui répétait d'un air de défi :

— Et pourquoi je ne toucherais plus au vin ? Je ne risque pas de m'enivrer puisque je ne mélange pas ! Le gouverneur a acheté trente tonnelets de cet excellent vin grec exprès pour nous régaler...

C'était cela, songea Philippos : selon le garçon éméché, le maître de maison allait faire servir le *même* vin durant toute sa réception !

— J'aurais dû faire comme toi et demander de l'hydromel, reprit Natalia. Mais on a rempli ma coupe avant que je sois revenue à table. Tant pis, j'ai trop soif !

Elle était sur le point d'avaler une nouvelle gorgée lorsque Philippos l'arrêta d'un geste.

— Un instant, boyarina, intervint-il d'un ton résolu. Daigne goûter à mon hydromel en attendant qu'on te serve, mais ne touche plus à ce vin !

Surprise, Natalia le fixa de ses grands yeux noirs. Une lueur d'amusement s'alluma dans ses prunelles.

— Mais qu'est-ce que tu es en train d'inventer, Philippos, fils d'Artem ? murmura-t-elle. Tu imagines peut-être... Serait-ce le métier de ton père qui te donne des idées aussi saugrenues ? À moins que ce ne soit l'hydromel qui t'ait brouillé l'esprit !

— Moque-toi de moi si tu veux mais repose ta coupe, boyarina ! insista Philippos.

Il y avait tant de fermeté dans sa voix que Natalia s'exécuta. Elle s'apprêtait à dire quelque chose quand une expression de douleur tordit ses traits. Posant la main au creux de l'estomac, elle articula d'une voix tremblante :

— Tes allusions indues m'ont troublée au point que... Ah ! j'ai mal ! s'écria-t-elle.

Leurs voisins de table se retournèrent vers eux. Blême, les paupières fermées, Natalia se mit à glisser de son siège. Luttant contre la panique, Philippos tenta de la soutenir. Il vit Titos surgir comme par enchantement derrière le fauteuil de la jeune femme et se pencher vers elle.

— Je te croyais parti ! s'exclama le garçon, à la fois stupéfié et soulagé par l'apparition du médecin.

— Tu vois bien que je suis là, grommela celui-ci tandis qu'il appuyait le bout de ses doigts sur la tempe de Natalia pour prendre son pouls. Aide-moi à l'étendre sur le sol, commanda-t-il.

Cependant, d'autres convives se précipitèrent vers eux. Ensemble, ils allongèrent la jeune veuve sur le plancher, puis le médecin desserra le col de sa robe. L'instant d'après, Natalia ouvrit des yeux voilés par la souffrance.

— Titos ! Dieu soit loué... Que m'arrive-t-il ? articula-t-elle d'une voix blanche.

— Je l'ignore encore, boyarina. Peux-tu me dire ce que tu ressens ?

— Une douleur aiguë et un poids là, au creux de l'estomac. J'ai froid, et pourtant je transpire... J'ai aussi du mal à respirer, comme si on m'avait écrasé la poitrine !

Philippos sentit son sang se glacer : il venait de reconnaître les signes classiques d'un empoisonnement !

Les symptômes que décrivait Natalia lui rappelaient en outre ceux qu'avait évoqués Titos en commentant le meurtre de Procope.

Il lança un coup d'œil inquisiteur au médecin. Ce dernier répondit par un regard sombre, plein de sous-entendus, et Philippos fut certain que l'homme pensait à la même chose que lui. Quels que fussent les soupçons qui pesaient sur Titos, le garçon se sentit réconforté par le fait qu'il n'était pas le seul à réaliser la gravité de la situation.

— Tu étais assis à côté de dame Natalia pendant le repas; se serait-elle plainte d'un goût particulier ou d'une odeur étrange? lui demanda le médecin à voix basse.

Philippos acquiesça avant de se pencher vers Titos et de lui murmurer à l'oreille :

— C'est le vin, j'en suis sûr! Par chance, elle n'en a bu qu'une gorgée.

Le médecin hocha la tête en silence. Apercevant Stépan qui s'était agenouillé près de sa belle-sœur, il déclara :

— Il faut reconduire dame Natalia chez elle; elle doit avant tout se reposer.

— Je m'en charge, répliqua le boyard sans lever les yeux vers le médecin. De quoi souffre-t-elle?

— Elle a touché à la même gâterie que son époux il y a quelques jours, grinça Titos, s'abstenant lui aussi de regarder son ennemi juré. Je vais de ce pas préparer le remède qui pourra la soulager... c'est du moins ce que j'espère, ajouta-t-il d'un air lugubre en considérant la jeune femme.

De nouveau inconsciente, elle avait une respiration rauque et opprimée. Ses lèvres avaient bleui et son corps était agité par des frissons continuels. Philippos vit le gouverneur, le visage bouleversé, se concerter avec Stépan à mi-voix puis donner des ordres à ses domestiques. Ils apportèrent une peau d'ours et deux pieux afin de fabriquer une civière. Pendant ce temps, Stépan essayait de réchauffer les mains glacées de sa belle-sœur. Décidant qu'il pouvait laisser Natalia sous la surveillance du boyard, Philippos s'élança vers la sortie. Il rattrapa le médecin au moment où celui-ci s'enveloppait dans sa cape. En l'apercevant, Titos congédia d'un geste le domestique qui l'aidait.

— Titos, Titos ! chuchota le garçon. Je t'ai parlé de ce vin dont dame Natalia a bu une gorgée... Y a-t-il un moyen de s'assurer que c'est bien cette boisson qui a été empoisonnée ? Pourrais-tu donner quelques précisions sur la substance qu'on y a mêlée ?

— Le remède que je vais préparer pour la boyarina agira de toute façon... à moins qu'il ne soit trop tard.

— Je comprends, mais il faut que le boyard Artem sache de quel poison il s'agit. Pour les besoins de l'enquête !

Le médecin haussa les épaules.

— Je ne saurais répondre à tes questions avant d'avoir analysé le contenu de la coupe. Or je ne vois pas comment...

— Je m'en occupe ! l'interrompit Philippos en pivotant sur lui-même.

Il revint en courant dans la salle. Seuls quelques convives éméchés étaient restés à table. Les autres s'attroupaient autour de Stépan et d'Ipate qui, aidés par deux serviteurs, soulevaient la civière pour la porter vers la sortie. Philippos se fraya un chemin à travers la foule et s'installa à la place que Natalia occupait quelques instants auparavant. Personne ne semblait avoir touché à la coupe en argent ciselé presque pleine. Jetant un coup d'œil discret à la ronde, il recouvrit celle-ci de la serviette de lin laissée près d'une assiette. Puis, s'efforçant de maintenir la coupe bien droite, il s'empressa de se mêler aux derniers invités occupés à quitter la salle.

Comme il l'avait escompté, son larcin passa inaperçu dans l'agitation qui accompagnait le départ de la malade. Seul le domestique qui l'aida à enfiler son manteau fixa d'un air soupçonneux l'objet que Philippos portait avec mille précautions. Mais celui-ci prévint toutes les questions possibles en déclarant :

— Va donc informer le gouverneur que son généreux présent est parti rejoindre sa destination ! Dépêche-toi, l'ami, ton maître sera ravi de cette bonne nouvelle !

Une fois dehors, il prit la direction de la place du Marché. Au début, il avançait d'un pas précautionneux, craignant de renverser le vin. Mais il gelait à pierre fendre et, quelques minutes plus tard, ce n'était plus un liquide qu'il transportait, mais un véritable bloc de glace. Il se mit alors à courir aussi vite que ses jambes pouvaient le porter. Lorsque, hors d'haleine, il atteignit la maison du médecin, celui-ci lui ouvrit aussitôt car il venait d'arriver. Essoufflé, Philippos lui adressa un regard triomphant en désignant son trophée du menton. Titos hocha la tête d'un air mi-amusé mi-approbateur. Sur un signe de sa part, Hakim, son serviteur muet, prit la coupe gelée des mains de Philippos pour l'emporter dans la bibliothèque.

— Il faut d'abord que je prépare la thériaque, l'état de dame Natalia ne souffre aucun délai, dit le médecin. Ensuite je pourrai examiner ce vin suspect. Si tu souhaites attendre ici, suis-moi, je vais t'installer près du feu.

— Merci, je préfère aller de ce pas avertir le boyard Artem de ce qui vient de se passer, répliqua Philippos.

Il pria le médecin d'informer le droujinnik de ses conclusions dès que possible et partit. Le soleil pâle de décembre glissait derrière les toits des maisons ; il devait être cinq heures de l'après-midi. Philippos songea à Mitko et à Vassili : ils avaient déjà dû ramener le Passeur et étaient sans doute en train de l'interroger. À cette pensée, il s'élança de toutes ses forces vers le quartier sud de la ville et ne se remit à marcher que lorsqu'une douleur aiguë lui transperça le flanc.

Alors qu'il pénétrait dans la petite cour enneigée de Varvara, il rattrapa la belle rouquine qui, à l'évidence, revenait de chez le gouverneur. Philippos la salua au passage, se précipita à l'intérieur de la maison et courut vers la grand-salle. Ainsi qu'il l'avait supposé, Artem et ses assistants s'y trouvaient déjà, assis près du feu... mais il n'y avait nulle trace du sorcier! En scrutant les mines déconfites des Varlets, Philippos comprit qu'ils étaient revenus bredouilles. Ils étaient si absorbés par leur entretien avec Artem qu'ils s'aperçurent à peine de sa présence. Quant à ce dernier, il adressa à Philippos un petit geste de la main, à la fois pour le saluer et pour lui intimer le silence. Ôtant son manteau, le garçon alla s'asseoir discrètement au coin de l'âtre.

— Non, boyard, dit Mitko qui poursuivait son idée, n'essaie pas de nous convaincre! Il s'agit de magie et de rien d'autre, nous l'avons éprouvé dans nos corps!

— Mais enfin, le Passeur ne vous a pas transformés en crapauds, que je sache! lança le droujinnik.

Vassili et Mitko échangèrent un regard découragé, puis celui-ci reprit :

— N'ordonne pas de me châtier, mais ordonne de me pardonner, boyard... Pour une fois, c'est nous qui avons raison, daigne le reconnaître! Inutile de chercher à nous prouver le contraire, tu n'y réussiras pas. Comme dit le proverbe, la faux a rencontré la pierre!

Artem poussa un soupir exaspéré puis parvint à se maîtriser.

— Soit, je renonce à vous faire entendre raison, concéda-t-il. Racontez-moi par le menu ce qui vous est arrivé.

— Commence, vieux frère, fit Mitko en donnant un coup de coude à son camarade. Avec ce genre de mésaventures, je risque de devenir trop prolixe!

Le visage plus impénétrable que jamais, Vassili secoua la tête.

— Toi qui aimes les proverbes, tu connais celui que j'apprécie entre tous : la parole est d'argent, le silence est d'or. Je préfère rester fidèle à cette consigne... ce qui ne m'empêchera pas d'intervenir en cas de besoin !

Mitko inspira profondément. Fixant tour à tour Artem et Philippos, il roula des yeux épouvantés pour impressionner son auditoire avant de commencer :

— Le soleil était encore haut dans le ciel quand nous avons aperçu le repaire du Passeur, ce suppôt de Satan. Mais dès que nous avons pénétré dans l'ombre qui enveloppait son isba, on aurait dit que la nuit était tombée ! Aucune lumière ne filtrait entre les branches des arbres. On entendait les loups affamés hurler à la mort, et le liéchy riait et sifflait dans les broussailles, tandis que dans les rivières les ondines gémissaient, essayant en vain de briser leur prison de glace... C'est alors que l'isba elle-même nous montra son vrai visage : sous la neige, nous vîmes qu'elle était perchée sur des pattes de poule — comme toute maison de sorcier !

— Voilà un argument de poids, intervint Artem d'un ton acide. Mitko, si un jour tu dois abandonner ton métier de militaire, je te conseille d'essayer celui de conteur de foire ; tu remporteras un franc succès auprès des badauds. Mais aujourd'hui, je ne suis guère d'humeur à écouter les épopées héroïques. Comment se fait-il que vous ayez laissé filer le Passeur ?

Les joues du colosse s'empourprèrent. Confus, il se gratta le crâne en contemplant la pointe de ses bottes.

— J'ai honte, boyard, marmonna-t-il. Nous avons honte d'avoir échoué... Mais est-ce notre faute ? Dès que nous sommes entrés, nous avons tenté de prendre le maudit sorcier en tenailles. Comme hier, il était debout, de l'autre côté de l'âtre. Nous n'avons vu aucun chaudron, mais il avait allumé un grand feu et les flammes dansaient tels des serpents flamboyants. Alors, Vassili va à droite, moi à gauche, on se jette sur lui... et on se cogne l'un sur l'autre ! Quant au sorcier, il est planté exactement là où nous nous trouvions l'instant d'avant, et il se tord de rire, le coquin !

— Ma foi, il a sauté par-dessus le feu, constata le droujinnik en haussant les épaules.

— Non, boyard, il est passé *à travers* les flammes ! rectifia Mitko d'un air sinistre. Pourtant, c'était un véritable brasier, au point qu'on pouvait redouter un incendie... Mais bon, nous aussi, on a d'abord pensé comme toi. Alors, on fait demi-tour et on se rue de plus belle sur ce bouc puant. Rien à faire ! L'instant d'après, il était en face de nous, et le feu nous séparait comme avant ! Bref, on a continué à jouer à ce jeu quelque temps, tandis que le Passeur s'amusait comme un fou.

— Sans oublier que, hier, on gelait dans cette satanée isba, il y faisait froid comme dans un tombeau, mais aujourd'hui, c'était une vraie fournaise ! ajouta Vassili. À la fin, on était épuisés...

— Et c'est alors qu'il nous a adressé la parole, reprit le géant blond. Il a déclaré qu'il voulait satisfaire ta curiosité, boyard, en t'apprenant la recette du poison le plus foudroyant des Drégoves, celui dans lequel ils trempent leurs flèches, lames et javelots, mais qui peut également être mélangé à des aliments. Il ne doutait pas, a-t-il souligné, que tu connaissais déjà au moins un des éléments qui composent ce poison : l'aconit... Mais à quoi bon répéter tout ce que ce rat immonde a déversé par le trou d'égout qui lui sert de bouche ? Tu as raison, boyard, je dois abréger mon récit.

— Au contraire, continue ! Je suis curieux d'apprendre ce qu'il voulait me révéler, insista Artem.

Exhalant un soupir, Mitko poursuivit d'un ton morne :

— Hormis cette plante fort efficace, les Drégoves se servent de venin de vipère, ainsi que Titos l'a précisé. Or il importe de savoir que le venin le plus virulent s'obtient à partir d'une femelle portant des œufs. Après l'avoir capturée, les païens la font macérer quelques jours jusqu'à ce que la chair se décompose. Enfin, le troisième élément de ce poison, c'est le sang humain. On en prélève une certaine quantité et on le met dans une marmite couverte que l'on enfouit dans du fumier. Lorsque le sang est suffisamment corrompu, on recueille le liquide en surface, et c'est ce dernier qu'on mélange à la macération de vipère et à la décoction d'aconit... Qu'en dis-tu, boyard ? conclut Mitko, écœuré.

— Voilà une mixture fort appétissante, commenta Artem, serein. En outre, elle vous soulage en un rien de temps de toutes les peines de l'existence terrestre !

— Pour sûr, grommela Mitko. Et c'est bien cet élixir de longue vie que le Passeur s'amuse à offrir à ses « bonnes connaissances » en ville ! On a dressé l'oreille, Vassili et moi, mais tu penses bien que le coquin n'a fait aucune allusion à l'identité de ses bons amis !

— Il a mentionné que, en souvenir de leurs visites, il garde de menus objets appartenant à chacun d'entre eux, ajouta Vassili. Alors qu'il parlait, il a jeté un coup d'œil vers les rayonnages qui tapissent les murs de son isba. J'ai suivi son regard : au milieu des pots et des flacons se trouvaient en effet quelques babioles. À moins qu'il ne mente, ai-je pensé, voilà de précieux indices ! Mais le sorcier se moquait de nous car tous ces objets étaient tout à fait anodins : un canif au manche en os, une fibule en cuivre, une épingle, un mouchoir en méchant tissu, un bouton en bois...

Il s'interrompit, voyant Artem esquisser un geste découragé.

— Ensuite ? demanda celui-ci.

— Nous n'avons rien pu faire d'autre, soupira Mitko. Mais c'est bien notre départ qui s'est déroulé de la manière la plus extraordinaire ! Tout en parlant, le Passeur contourna le foyer et s'arrêta à quelques coudées seulement de nous. C'était le moment rêvé pour se jeter sur lui et le neutraliser... Hélas ! Un étrange engourdissement s'empara de nous. Nos bras pendaient mollement, nos jambes nous soutenaient à peine. Impossible d'esquisser le moindre pas vers le sorcier ! Lui aussi arborait un drôle d'air : sa voix n'était plus qu'un murmure indistinct, ses yeux étaient devenus glauques et son regard semblait perdu au loin derrière nous. Il leva le bras droit, la paume dressée à la verticale par rapport au sol. Puis ses doigts étendus pointèrent lentement vers moi...

Tandis que Vassili approuvait de la tête, Mitko imita le geste du Passeur avant de reprendre :

— Une terrible appréhension m'envahit. J'essayai de me secouer, de rester lucide : rien à faire ! Une force semblait s'opposer à ma volonté et m'interdire d'avoir les idées claires. Soudain, je réalisai que j'étais en train de pivoter sur mes talons et de me diriger vers la sortie. Sans trop savoir comment, je me retrouvai près de la clôture où nous avions attaché nos chevaux. L'instant d'après, Vassili me rejoignait. Inutile de préciser que son état ressemblait en tout point au mien ! C'est à peine si nous avons pu nous hisser sur nos selles... et nous n'avons recouvré l'usage de la parole qu'une fois arrivés en ville !

— Je comprends mieux à présent ce qui s'est passé, mes amis, déclara Artem en souriant. Il ne s'agit point de magie. Le Passeur vous a hypnotisés — aussi sûrement qu'il nous a drogués hier ! Les érudits de la Grèce païenne décrivent cet étrange phénomène...

— Boyard, si une seule fois dans ta vie on t'avait jeté un charme — que le Tout-Puissant t'en préserve — tu ne parlerais pas ainsi, l'interrompit Vassili d'un ton ferme. Inutile de nous disputer ! Écoute plutôt ceci : à un moment, ma volonté s'est montrée plus forte que les maléfices du sorcier.

Comme Mitko écarquillait les yeux de surprise, Vassili ajouta d'un air modeste :

— À vrai dire, il s'agit moins de volonté que de chance. Nous étions tous deux envoûtés, mais le Passeur a dû concentrer l'essentiel de sa puissance sur Mitko, me délaissant par la même occasion... Quoi qu'il en soit, au moment où mon camarade se dirigeait vers la porte, je me suis senti un peu moins engourdi. Je n'ai pas osé affronter seul le sorcier; par contre, pendant qu'il avait les yeux tournés, j'ai réussi à subtiliser quelque chose.

Vassili fouilla dans la poche de son manteau, puis en sortit une petite fiole et un morceau de ruban rouge brodé de perles de rivière.

— Ceci se trouvait parmi les colifichets que le Passeur garde en souvenir de ses visiteurs, expliqua-t-il en montrant le bout de ruban. Je l'ai pris car c'était l'objet le moins impersonnel; il pourra peut-être nous conduire à sa propriétaire. Quant au flacon, il était juste à côté; je l'ai saisi sans réfléchir.

— Alors là, vieux frère, tu m'épates! s'écria Mitko avec admiration. Il t'a fallu un sacré courage pour piquer ça au nez et à la barbe du sorcier!

— Mes amis, le Passeur est astucieux, mais moins fort qu'il en a l'air, et vous aurez l'occasion de vous en assurer, commenta Artem tandis que Vassili lui remettait son butin.

Il examina d'abord le morceau de ruban rouge, hochant la tête d'un air approbateur. Puis il déboucha le petit flacon en terre cuite. Celui-ci contenait un liquide au parfum agréable mais entêtant. Tout ce qu'il en pensait, c'est qu'une odeur de ce genre pouvait lui donner la migraine...

— On dirait une essence aromatique, bougonna-t-il. Ma foi, c'est mieux qu'un poison! Philippos, toi qui as le nez fin, qu'en penses-tu?

Il tendit la fiole au garçon qui la renifla à son tour avant de secouer la tête.

— C'est sans doute un luxueux parfum, mais il ne me rappelle aucune senteur précise. Il y a peut-être de la myrrhe là-dedans, ainsi que de l'ambre gris.

Comme il rendait le récipient au droujinnik, il enchaîna:

— Moi aussi, j'ai du nouveau. On a essayé d'empoisonner Natalia — et c'est moi qui lui ai sauvé la vie! Enfin... Titos espère la tirer d'affaire.

Il raconta ce qui venait de se passer chez le gouverneur. Les Varlets saluèrent ses exploits par des vivats. Artem se limita à lui donner une bourrade affectueuse, mais son cœur se gonflait de fierté. Philippos s'en doutait, bien sûr, et il était ravi. Soudain, son sourire heureux disparut, il redevint grave.

— À propos, cet incident m'a rappelé ce que j'avais oublié de vous dire en parlant de l'aconit, déclara-t-il. À cause du goût âpre de cette plante, l'assassin de Procope a forcément mêlé le poison à une boisson parfumée ou à un mets relevé. Quant à Natalia, je suis presque certain que c'est son vin qui contenait le poison. C'était un de ces vins grecs épicés capables de neutraliser la saveur âcre de l'aconit. L'analyse de Titos nous permettra d'en avoir le cœur net.

— Si on a essayé d'empoisonner Natalia, c'est qu'elle détient à son insu une information capitale à propos du meurtre de son époux, souligna Artem. Je tenterai de l'interroger dès qu'elle se sentira mieux.

— L'assassin se trouvait parmi les convives, n'est-ce pas? intervint Vassili. Nous pourrions peut-être constituer notre liste de suspects.

— J'y ai pensé — mais elle n'ajoute aucun nouveau nom à la précédente, celle qui comprend les suspects impliqués dans le meurtre de Procope. Elle n'en disculpe aucun non plus! La moitié de la ville était présente, y compris la famille d'Olaf, ainsi que nos connaisseurs en herbes médicinales, Titos et Varvara. En réalité, nous n'avons pas plus d'éléments qu'avant cette tentative de meurtre.

— La seule chose qui soit sûre, fit Mitko, c'est que, cette fois, les païens n'y sont pour rien!

— Ni le sorcier, ajouta Philippos.

— Assez parlé de ce sinistre individu! grommela

Artem. Nous passerons chez Titos demain matin s'il ne donne pas de ses nouvelles d'ici là. J'aimerais aussi m'assurer que son remède a produit son effet et que Natalia est hors du danger. Maintenant, je vous propose d'aller faire un tour et de dîner en ville, cela nous changera les idées.

Sa proposition fut accueillie avec enthousiasme. Pendant que Philippos et les Varlets se changeaient, le droujinnik resta près du foyer. Plus tôt dans l'après-midi, il avait pris quantité de notes sans avancer pour autant. Il se sentait dérouté. Cette affaire était la plus compliquée de toutes celles qu'il lui avait été donné de résoudre, et la présence du Passeur l'embrouillait encore davantage. Si les païens n'avaient joué qu'un rôle secondaire dans l'assassinat de Procope, le sorcier, lui, se trouvait au cœur de l'énigme. En outre, ses agissements constituaient une entrave à la bonne marche de l'enquête. Il fallait coûte que coûte l'arrêter avant que les Varlets ne soient complètement démoralisés ! C'est pour les distraire, ainsi que pour faire plaisir à Philippos, qu'Artem avait décidé qu'ils passeraient la soirée en ville, à regarder le carnaval. L'espace d'un instant, il fut tenté de proposer à la belle rouquine de les accompagner, puis il songea à Titos... Une bouffée de jalousie l'envahit à l'idée que la drapière accepte les assiduités du médecin. Furieux de ne pouvoir se débarrasser de ce sentiment ridicule, il résolut de chasser Varvara de son esprit.

Quelques minutes plus tard, ses compagnons le rejoignirent. Emmitouflés dans leurs pelisses, les chapkas enfoncées jusqu'aux yeux, ils descendirent du perron et traversèrent le petit jardin enseveli sous la neige. Alors qu'ils sortaient dans la rue, à leur surprise, ils aperçurent Danko, le fils de Varvara, près du portail. Les joues cramoisies, l'enfant trépignait de froid mais ne bougeait pas d'un pouce.

— Tu montes la garde, petit ? lui demanda Artem en

souriant. Nous allons te relever! Comme ça, tu pourras rentrer dîner avec ta maman.

— Maman n'est pas là, répliqua le gamin. Elle est rentrée puis elle est repartie. Je ne veux pas manger seul avec Dounia; d'ailleurs, je n'ai plus faim. Un ours noir m'a offert une énorme tranche de gâteau au miel tout à l'heure! Je sais que c'est un masque, il était drôlement gentil! Il m'a promis de revenir, alors, je l'attends.

— Tu reverras sans doute ton ours demain, dit Artem. Quant à ta maman, il vaut mieux que tu l'attendes bien au chaud.

Il continua de discuter avec l'enfant, et celui-ci finit par accepter de quitter son poste. Philippos le raccompagna dans la maison, secoua la vieille nourrice Dounia qui piquait du nez près du feu et lui confia Danko. Il rejoignit ses compagnons, et ils se dirigèrent vers le centre de Kremni.

Bravant le froid qui s'était encore accru avec la tombée de la nuit, les habitants de la ville remplissaient les rues éclairées par une multitude de torches fixées aux portails des maisons et aux perches plantées dans les congères. Vêtus de lourdes pelisses et de bottes de feutre, les passants flânaient en admirant les masques. D'autres, installés dans leurs traîneaux, les pieds enfouis sous une couche de paille, quittaient la cité pour aller se promener sur la route qui longeait la rivière. Les troïkas faisaient plaisir à voir : les crinières des chevaux s'ornaient de rubans, et les grelots attachés à leurs colliers faisaient entendre un tintement argenté.

Tandis que les quatre amis rejoignaient la place principale, le cortège du carnaval y déboucha, salué par des cris de joie. En tête, un traîneau décoré de rubans multicolores transportait, au milieu des barriques d'hydromel, deux poupées de paille qui représentaient Koliada, le dieu du soleil, et Lada, la déesse du printemps.

Artem et ses compagnons regardèrent la procession qui

contournait la place. Une douzaine de musiciens pinçaient les cordes des gousli[1] de leurs doigts engourdis et soufflaient dans leurs pipeaux. À leur suite, quelques saltimbanques faisaient des cabrioles et se tordaient en postures grotesques. Une bande de gamins gambadait alentour en grimaçant et en mimant les comédiens. Dans la foule, plusieurs personnes étaient affublées d'énormes masques peints en vives couleurs, surmontés de cornes ou de hautes coiffes. Certains représentaient les anciens dieux slaves, d'autres les animaux favoris des contes et légendes, tels le taureau aux yeux pourpres ou l'ours à la gueule féroce. Ce dernier était le préféré ; on pouvait se procurer au marché son masque grossièrement badigeonné et imiter sa fourrure en retournant sa touloupe ou sa pelisse.

En faisant le tour de la place, le boyard et ses amis tombèrent sur un petit homme perché sur un tonnelet vide. Il s'époumonait à inviter tous les « braves et preux » à participer aux épreuves de force qui se déroulaient à côté : entourés de spectateurs enthousiastes, des gaillards de tous âges s'y affrontaient en équipes ou seul à seul.

Cependant, Artem scruta les étoiles et vit qu'il avait encore le temps de rendre une brève visite à Natalia. Les Varlets se laissèrent tenter par les épreuves de force, et les quatre compagnons décidèrent de se retrouver plus tard à leur taverne favorite, *Le Coq d'or*. Aiguillonnés par le froid, le droujinnik et Philippos pressèrent le pas et, un quart d'heure plus tard, ils frappaient au portail de l'imposante demeure d'Olaf.

Un vieux moujik au visage ravagé par le chagrin leur ouvrit. Reconnaissant le domestique personnel du défunt

1. Ancien instrument de musique russe à cordes pincées, de même type que la cithare, qui servait d'accompagnement à la voix. On posait les gousli (le mot s'emploie toujours au pluriel) sur les genoux pour en jouer des deux mains.

boyard, Artem lui adressa quelques mots de sympathie. Le vieil homme le remercia d'un air digne.

— Depuis qu'elle est rentrée en fin d'après-midi, dame Natalia se repose dans sa chambre, annonça-t-il d'une voix chevrotante. Quant au boyard Stépan, il est monté dans ses appartements après le souper. Lui aussi a besoin de calme et de repos, il est très affecté par les malheurs qui nous accablent.

À la demande d'Artem, il conduisit les visiteurs au deuxième étage, vers les appartements de la veuve, avant de s'éloigner en traînant les pieds. Ils s'apprêtaient à frapper quand une jeune servante surgit devant eux.

— Ma maîtresse est souffrante, chuchota-t-elle. Elle vient de s'assoupir. Vos Seigneuries feraient mieux de revenir une autre fois.

— Comment se porte-t-elle à présent? S'est-elle remise de son malaise? demanda le droujinnik.

— La malheureuse était au plus mal ce soir. Elle tremblait de fièvre et se plaignait de violentes contractions et de douleurs au ventre. C'est pour ça que je préfère la laisser dormir.

— Le médecin lui a-t-il fait parvenir le remède qu'il avait préparé pour elle? s'enquit Artem.

— Le remède? répéta la suivante. C'est bien ce gros flacon rempli d'un liquide verdâtre? Le boyard Stépan m'a ordonné d'en donner une cuillerée à ma maîtresse toutes les deux heures. Mais maintenant, je suis obligée d'attendre qu'elle se réveille!

— Tu dois obéir à la consigne du boyard, même s'il faut interrompre le sommeil de la malade, déclara le droujinnik d'un ton péremptoire. Si par malheur son état s'aggravait, ce serait ta faute!

Il promit de repasser le lendemain matin puis entraîna Philippos vers la sortie.

— Elle n'est pas très futée, cette petite, maugréa-t-il en descendant les marches du perron. J'espère que Stépan veille sur Natalia.

Alors qu'ils se dirigeaient vers le portail, Philippos souhaita jeter un coup d'œil au grenier à foin d'où le boyard Olaf avait fait sa chute mortelle. Artem approuva l'idée de revoir le lieu de l'accident : il espérait que le souvenir vague qui le tourmentait se préciserait dans sa mémoire.

Traversant la cour, ils s'approchèrent de la grange. Le clair de lune illuminait comme en plein jour l'énorme bâtisse au toit enneigé. Les yeux rivés sur la porte du grenier, Artem s'efforça de se remémorer le détail insolite qui l'avait frappé. En vain ! Poussant un soupir, il se retourna vers Philippos. Celui-ci s'était éloigné d'une dizaine de coudées. Le droujinnik le regarda prendre son élan et essayer de glisser sur la neige durcie qui recouvrait le sol. Mais le garçon trébucha et faillit tomber.

— Tiens, c'est bizarre ! lança-t-il en recouvrant son équilibre de justesse. Hier, pendant que j'attendais Alia, il y avait une véritable patinoire à cet endroit ! La glace était recouverte d'un peu de neige, mais ça glissait terriblement ! J'ai même pensé que quelqu'un finirait par se casser la figure...

— Mais c'est moi ! s'écria soudain Artem en se frappant le front. C'est moi qui ai failli me casser la figure ici hier soir, juste après avoir examiné le grenier à foin. Et c'est bien le détail qui m'a troublé et qui m'est sorti de l'esprit par la suite. Si l'échelle que descendait Olaf s'appuyait sur cette patinoire, comme tu dis...

— Elle a dû glisser et entraîner le vieux boyard dans sa chute, enchaîna Philippos en ouvrant grands les yeux. Cela veut dire...

— ... Qu'il ne s'agit pas d'un accident mais d'un meurtre, conclut Artem d'une voix grave.

Il se hâta de rejoindre le garçon, et ils examinèrent ensemble le sol devant la grange. Ils finirent par découvrir une bande de glace longue de quelques coudées et dissimulée par la neige. À présent, la glace n'avait plus son aspect lisse mais portait les traces laissées par un instrument pointu, une sorte de pieu à l'extrémité de fer.

— Quelqu'un a bel et bien transformé cet espace en patinoire, constata Artem. Je suppose que l'échelle s'appuyait sur le sol juste à côté. Il a suffi à l'individu de déplacer celle-ci d'une coudée pour expédier Olaf dans l'autre monde ! On l'a fait peu après que la jeune servante eut quitté le boyard pour retourner dans la maison. Naturellement, personne n'a trouvé suspect le fait que, sous la neige, le sol gelé était plus glissant par endroits, d'autant que la nuit était tombée. C'est ainsi que le meurtre a été maquillé en accident !

— Et ensuite, enchaîna Philippos, l'assassin a parachevé son œuvre en dissimulant la seule trace qui pouvait témoigner de son crime : il a cassé la patinoire à coups de pieu ou de pioche et remis un peu de neige en surface.

Le droujinnik acquiesça avant de murmurer :

— Olaf a péri de la main de l'assassin de son fils, et la vie de Natalia est en danger. Mais je commence enfin à voir plus clair dans cette affaire ! Avec l'aide de Dieu, on pourra éviter de nouvelles victimes... Pour l'instant, pas un mot de notre découverte à cette charmante famille ! ajouta-t-il en pressant son index contre ses lèvres.

CHAPITRE VIII

Le lendemain matin, Artem et ses compagnons prenaient leur collation matinale dans la grand-salle quand Varvara entra d'un pas pressé.

— On a apporté deux messages pour toi, boyard, déclara-t-elle. Le premier garçon de courses est passé il y a environ une heure, pendant que j'étais au marché. Le deuxième vient de repartir.

Elle remit au droujinnik deux rouleaux d'écorce de bouleau qu'il déroula aussitôt et parcourut d'un œil attentif. Il attendit que Varvara s'inclinât et sortît avant d'annoncer d'un air soucieux :

— Il y a un billet de Natalia qui dit ceci : « Boyard, je suis inquiète pour mon beau-frère, au nom de Notre-Seigneur, viens dès que possible. » Le second mot est de Titos, il nous invite à venir découvrir la réponse à notre question en même temps que lui.

— Il veut sans doute tester le vin suspect en notre présence, suggéra Philippos.

Le droujinnik acquiesça.

— C'est moins urgent, nous irons chez lui plus tard, décréta-t-il. En revanche, je n'aime pas du tout le premier message. J'espère qu'il s'agit d'une fausse alerte ! Dépêchez-vous, je vous retrouve dehors.

Sur ces mots, laissant son assiette à laquelle il avait à

peine touché, il quitta la salle pour son cabinet de travail. Il fouilla dans les rouleaux qui encombraient son secrétaire, relut quelques notes prises la veille, puis redescendit au rez-de-chaussée et enfila sa pelisse.

Mitko et Philippos l'attendaient à la sortie du petit jardin de Varvara. Quelques instants plus tard, Vassili les rejoignit avec leurs montures qu'il avait récupérées à la taverne voisine. Artem sauta en selle et suivit Philippos qui, piquant des deux, lançait déjà son cheval le long de la grand-rue bordée de congères. La foule bariolée, composée de flâneurs, ménagères, marchands, mendiants, gamins, s'écartait sur le passage des quatre cavaliers en les abreuvant d'injures et en leur jetant détritus et boules de neige dans le dos. Ils durent ralentir l'allure pour traverser la cohue qui emplissait la place de l'Église ; puis, précédant ses compagnons, Mitko se mit à hurler : « Place ! Place aux droujinniks du prince ! » avant de fendre la foule. Un quart d'heure plus tard, ils pénétraient dans la demeure du défunt boyard. Après avoir confié leurs montures au palefrenier d'Olaf, ils se hâtèrent vers l'élégant perron au toit pointu. Ce fut Alia qui leur ouvrit.

— Oh, boyard, quel plaisir !... susurra-t-elle en reconnaissant le droujinnik.

Celui-ci lui expliqua qu'il souhaitait voir Natalia d'urgence, et la jeune fille les conduisit au deuxième étage, tout en lançant des œillades espiègles à Philippos. Elle frappa à la porte de la chambre de sa belle-sœur puis, n'entendant pas de réponse, pénétra à l'intérieur. L'instant d'après, elle ressortit en courant.

— Son lit est vide ! s'écria-t-elle. J'ignore où elle est passée !

— Natalia n'est pas là ? fit Artem, incrédule. Mais elle est souffrante !

— Sans doute son mal est-il moins grave qu'elle ne nous l'a fait croire, répliqua Alia d'un ton acide. En tout cas, il ne l'empêche pas d'aller et venir à sa guise ! Je vais demander à Ipate s'il l'a aperçue ce matin... sauf si ce paresseux est toujours au lit.

Elle envoya un domestique chercher son frère. Celui-ci apparut quelques minutes plus tard, le visage bouffi, les yeux gonflés de sommeil. Il salua les visiteurs puis répondit à la question d'Alia en levant les bras au ciel d'un air impuissant. La jeune fille chargea alors son frère d'accompagner leurs hôtes dans la grand-salle pendant qu'elle allait interroger les domestiques. Précédant Philippos et les Varlets, le droujinnik suivit Ipate dans la belle pièce avec ses fenêtres aux carreaux de mica. Malgré le feu qui crépitait dans l'âtre, il refusa d'ôter son manteau et se mit à faire les cent pas, le visage sombre. Alia les rejoignit peu après.

— Personne ne l'a aperçue ce matin, mais sa pelisse et son châle ne sont pas là ! déclara-t-elle avant de se tourner vers Ipate : Peut-être est-elle partie à la recherche de Stépan ?

— Au fait, où se trouve votre frère aîné ? s'enquit le droujinnik.

Alia et Ipate échangèrent un coup d'œil éloquent.

— On aimerait bien le savoir ! s'exclama le garçon en passant ses doigts dans ses cheveux emmêlés. Lui aussi a disparu ; seulement, c'est arrivé hier soir. Il est sorti en toute hâte et on ne l'a pas revu depuis, que je sache.

— On ne comprend rien à ce que tu racontes ! lança sa sœur. Hier soir, expliqua-t-elle à l'intention d'Artem, tout le monde sauf moi était déjà couché quand on a frappé à notre portail. Je suis allée voir : c'était un gamin en haillons. Il m'a fourré un rouleau d'écorce entre les mains en disant : « Pour dame Natalia ! », puis il s'est aussitôt enfui.

— Entre-temps, Stépan et moi étions descendus par curiosité, plaça Ipate.

— Stépan m'a pris la lettre pour la porter à Natalia, poursuivit Alia. Quelques minutes plus tard, il est ressorti de sa chambre, et il semblait dans tous ses états ! Il m'a interrogée sur le porteur du message, mais je n'ai pu lui en apprendre plus qu'à toi, boyard ; j'avais à peine aperçu le gamin. Alors, Stépan est retourné auprès de Natalia et ils ont passé un quart d'heure à discuter. Pendant ce temps, Ipate et moi, on attendait en bas, histoire de comprendre ce qui se passait. C'est ensuite que nous avons vu Stépan s'habiller et partir. Je lui ai bien demandé ce qu'il y avait dans cette mystérieuse missive, mais il a refusé de répondre et il m'a interdit d'aller déranger Natalia. Voilà !

— Pourrais-tu vérifier si la lettre n'est pas restée dans la chambre de ta belle-sœur ? demanda Artem.

Celle-ci acquiesça et se glissa au-dehors. Un silence oppressant tomba dans la pièce. Lorsque Alia revint, elle était accompagnée de la suivante de Natalia qu'Artem et Philippos avaient rencontrée la veille au soir. Alia avait empoigné la jeune fille par la natte et la traînait derrière elle, tandis que cette dernière pleurnichait et poussait des cris de douleur. Arrivée au milieu de la salle, Alia poussa la servante avec tant de vigueur que celle-ci s'étala de tout son long, avant de se mettre à genoux devant le droujinnik.

— Je n'ai pas trouvé la lettre, boyard, déclara Alia. Mais j'ai appris par hasard que cette idiote a aidé Natalia à s'habiller il y a moins de deux heures. Toute la maisonnée cherche sa maîtresse, tandis que cette gourde bavarde dans la cour avec d'autres paresseuses de son acabit ! Allez, parle ! Répète au boyard ce que tu viens de me dire.

— Je n'ai rien fait de mal ! gémit la servante en jetant un coup d'œil torve à Alia. Dame Natalia a reçu une visite ce matin... puis, d'un seul coup, elle a décidé de partir. Il l'a emmenée avec lui.

— Qui ? rugit Artem.

— Hein ? Mais lui, le gouverneur ! Le boyard Grigori !

Déconcerté, le droujinnik contempla en silence le visage rond et stupide de la fille avant de reprendre :

— Ont-ils indiqué où ils se rendaient ? L'un d'entre eux a-t-il mentionné un lieu quelconque ? Essaie de t'en souvenir.

— Pour ça, oui, ils en ont évoqué un ; même que le boyard a proposé à ma maîtresse de l'y amener. Mais ça m'étonnerait qu'elle ait été d'accord ! Elle a une peur bleue de la clairière maudite.

Artem sursauta.

— La clairière maudite ? La fourche du Diable ?

Comme la suivante hochait la tête en se signant, le droujinnik se tourna vers Alia et son frère.

— Il paraît que le gouverneur est un chasseur éprouvé. À votre avis, serait-il capable de retrouver l'arbre du liéchy ?

— Ma foi, il fait partie des rares habitants de la ville qui connaissent bien la forêt, répliqua Ipate. Les mauvaises langues prétendent qu'il accepte l'aide du Passeur uniquement parce qu'il a peur de lui !

Artem se rembrunit.

— Mitko, Vassili, vous allez partir sur-le-champ à la recherche de Natalia, commanda-t-il. Commencez par faire un tour dans la forêt, ratissez la clairière et ses environs, puis continuez votre enquête en ville. Moi-même, j'interrogerai à nouveau cette jeune personne, ajouta-t-il en désignant la servante. Je tâcherai aussi de retrouver le petit messager, tant que cette piste est chaude.

Le droujinnik s'installa dans un fauteuil en face de la servante qui n'arrêtait pas de se signer en le dévisageant avec effroi. Philippos, lui, après en avoir demandé la permission à Artem, alla discuter à voix basse avec Alia et Ipate. Quant aux Varlets, ils enfourchaient déjà leurs montures et quittaient le domaine d'Olaf.

L'idée de se rendre à la fourche du Diable les emplissait d'appréhension. Même s'ils savaient que les créatures de l'Enfer ne craignaient guère les instruments de combat, ils décidèrent qu'ils se sentiraient plus sûrs d'eux s'ils étaient armés. Ils firent donc un détour par la maison de Varvara afin de revêtir leurs cottes de mailles et de ceindre leurs épées.

La drapière était là, aidant la vieille Dounia à préparer la bouillie de blé aux raisins secs, noix et miel, plat traditionnel nommé *koutia* qu'on mangeait et qu'on offrait aux voisins pendant toute la période de Noël. Comme elle sortait de la cuisine, Mitko lui demanda de leur expliquer le chemin jusqu'à la fourche du Diable.

— Vous feriez mieux de chercher d'abord la cabane de Fédor le bûcheron, leur conseilla-t-elle. Il connaît tous les raccourcis qui mènent à la fourche du Diable. Sans ça, vous risquez de vous fourvoyer.

Mitko et Vassili échangèrent un regard angoissé.

— Nous aurons l'air fin si, au lieu de ramener Natalia, nous nous égarons nous-mêmes ! bougonna celui-ci.

Ils se consultèrent à mi-voix avant de supplier ensemble la belle rouquine de les accompagner jusqu'à la cabane du bûcheron. Elle eut un instant d'hésitation, puis leur adressa un sourire en signe d'assentiment. Ôtant son tablier orné de broderies, elle enfila sa veste matelassée, recouvrit sa chevelure flamboyante d'un châle de laine noir et descendit les marches du perron, les Varlets sur ses talons. Ces derniers sautèrent en selle puis Mitko hissa Varvara pour l'installer en croupe sur son robuste cheval gris pommelé.

Après avoir franchi la porte nord, ils s'engagèrent sur la grand-route, laissant derrière eux l'étang gelé où jeunes filles et garçons se pourchassaient sur leurs patins de bois. La neige se mit à tomber, mais il faisait aussi froid que la veille, et la route était bonne. Comme les Varlets approchaient de la forêt, ils furent envahis par le souvenir détestable de leur dernière visite chez le Passeur. Ils poussèrent un soupir de soulagement quand la drapière leur indiqua un raccourci qui devait les éloigner de l'isba du sorcier.

Ils se retrouvèrent bientôt sous le couvert des grands arbres, longeant l'étroit sentier où des traces d'animaux sauvages se mêlaient aux marques laissées par les bottes de feutre ou les patins de neige des chasseurs. Des pins et des chênes centenaires étendaient à travers la sente leurs branches immobiles recouvertes de neige, tandis que leurs hautes cimes semblaient vouloir transpercer les nuages. Impressionnés par la dense pénombre et le silence qui régnaient dans la forêt, Mitko et Vassili se taisaient, submergés par un irrépressible sentiment de crainte. La drapière, elle, ne semblait nullement intimidée. Enfin, elle fit signe à Mitko d'arrêter sa monture devant une minuscule isba en rondins écrasée par une chapka de neige.

Varvara se mit à crier à tue-tête le nom du bûcheron mais personne ne répondit à son appel. Alors, elle descendit et, s'enfonçant dans la neige, alla frapper à l'entrée avant de pousser la porte. Celle-ci n'était pas fermée ; la jeune femme se faufila à l'intérieur mais ressortit presque aussitôt.

— Fédor n'est pas là, déclara-t-elle à ses compagnons. Pas de chance !

Mitko et Vassili se dévisagèrent d'un air découragé. Varvara les observa quelques instants avant de s'exclamer, les poings sur les hanches :

— Regardez-moi ça ! Des guerriers du prince qui ressemblent à des gosses effrayés ! Si je vous laisse à présent, j'aurai l'impression d'avoir abandonné deux enfants en pleine forêt... Allez, en avant !

Les visages des Varlets s'illuminèrent de joie. Mitko

réinstalla la jeune femme derrière lui et dirigea sa monture le long du sentier, Vassili s'avançant à sa suite. Après un quart d'heure de chevauchée, Varvara dit à Mitko de quitter la sente et continua à le guider grâce à des repères qu'elle seule pouvait identifier. Enfin, les Varlets durent descendre et mener leurs montures par la bride, progressant à travers des fourrés qui paraissaient impénétrables. Soudain, Varvara s'arrêta.

— La fourche du Diable est à deux pas d'ici, juste derrière ce taillis, déclara-t-elle en baissant la voix. Vos chevaux ne pourront le traverser, attachez-les ici. Moi aussi, je préfère rester et vous attendre ici. J'ai un étrange pressentiment...

Elle s'interrompit et, levant ses mains gantées, se serra les tempes.

— Eh quoi, dame Varvara ? C'est pourtant toi qui te moquais de nous il n'y a pas si longtemps ! lança Mitko avec ardeur. Il ne faut pas douter de notre vaillance : nous craignons peut-être de nous égarer, mais nous ne redoutons point les mauvaises rencontres ! Jusqu'à notre dernier souffle, notre main ne faiblira pas ; jusqu'au dernier battement de notre cœur, notre épée restera au service de nos amis ! Viens avec nous, belle drapière, je te jure que nous saurons te protéger de toute la canaille de la terre, aussi bien que du Malin en personne !

La jeune femme eut un pâle sourire.

— En vérité, droujinnik, si tu es aussi brave que beau parleur, aucun de nous n'a rien à craindre... malgré ma mauvaise prémonition. Soit, je vais vous accompagner, rien que pour le plaisir de t'écouter !

Vassili jeta un coup d'œil amusé à son camarade. Grâce à son bagout, Mitko parvenait toujours à remonter le moral aux autres et à lui-même ! Les Varlets attachèrent donc leurs chevaux à un arbre avant de suivre Varvara qui se frayait un chemin à travers les broussailles.

Alors qu'ils débouchaient dans la clairière, celle-ci leur apparut comme voilée par les myriades de flocons de neige qui voltigeaient dans l'air. Elle était complètement déserte. Au milieu du tapis blanc qui la recouvrait, à une cinquantaine de coudées de distance, se profilait la silhouette solitaire d'un grand chêne au tronc fendu. C'était une clairière comme il y en a des dizaines dans n'importe quelle forêt; pourtant, pour une raison inconnue, elle inspirait un étrange sentiment de tristesse et de désolation. Mitko s'efforça de secouer le malaise qui l'avait envahi.

— Il n'a rien d'effrayant, ce lieu maudit! déclara-t-il d'une voix forte. Nous pourrons affirmer que nous n'y avons aperçu ni le Diable ni le liéchy.

— Pas plus que Natalia ou le gouverneur, releva Vassili. Ou bien ils sont repartis avant notre arrivée, ou bien ils ne sont jamais venus ici. D'ailleurs, je ne vois aucune trace de leur passage; or la neige n'aurait pu recouvrir leurs empreintes en si peu de temps.

— On peut accéder à cette clairière par un autre sentier, intervint Varvara. Assurez-vous qu'il n'y a pas de traces ailleurs.

— Moi, je suis sûr que cette idiote de suivante s'est trompée, grommela Mitko. Qu'est-ce que Natalia et le gouverneur auraient pu venir fabriquer ici?

Par acquit de conscience, ils décidèrent d'inspecter le fameux arbre du liéchy et, s'enfonçant dans la neige, marchèrent dans sa direction. De près, ils furent plus impressionnés encore par la taille du chêne séculaire, la puissance de son énorme tronc et de ses branches. Soudain, Vassili s'écria :

— Regardez! Quelqu'un est bel et bien venu ici!

Il désigna les marques profondes que la neige effaçait déjà; elles menaient vers l'arbre puis s'en éloignaient.

— Mais cette personne était seule, souligna Mitko. Qu'il s'agisse de Natalia ou de Grigori, l'un des deux est venu jeter un coup d'œil sur l'arbre du liéchy pendant que l'autre l'attendait à l'écart.

Les traces les conduisirent vers l'épais taillis qui entourait la clairière. Ainsi que Varvara l'avait précisé, il y avait là une percée qui donnait sur un sentier utilisé par les chasseurs et les bûcherons, semblable à celui qu'ils avaient suivi. Une fois sous le couvert des arbres, Vassili observa :

— Pour rejoindre cette clairière, le gouverneur a dû repasser chez lui prendre une paire de coursiers. Pourtant, je doute que Natalia ait pu faire tout ce chemin à cheval dans son état de faiblesse !

— Et moi, je pense qu'ils se sont servis d'une seule monture et qu'ils ont chevauché en amoureux, le boyard entourant sa compagne de ses bras, répliqua Mitko avec un clin d'œil. Quoi qu'il en soit, ils sont partis, et il est temps qu'on fasse de même. Il n'y a plus rien à faire ici !

Vassili acquiesça. Ils cherchèrent Varvara du regard : la belle rouquine s'était un peu éloignée et marchait lentement le long du sentier qui zigzaguait entre les grands arbres, protégé de la neige par leurs couronnes. Les Varlets s'apprêtaient à l'appeler... mais ils n'en eurent pas le temps.

Soudain, Varvara poussa un hurlement et fit un bond en arrière.

À l'endroit où elle se tenait, le sentier bifurquait à droite pour contourner une grosse souche, et les Varlets ne pouvaient voir ce qui avait terrorisé la jeune femme. Ils la rejoignirent en deux enjambées.

En travers de la sente, le cadavre d'un homme gisait face contre terre. Il baignait littéralement dans son sang, qui avait gelé et formait une croûte rouge sombre autour de son corps. Sa main droite avait été sectionnée au niveau du poignet, et la manche de son luxueux manteau laissait voir le moignon ensanglanté.

Avant même de le reconnaître, Vassili pressentit de qui il s'agissait. Il s'accroupit près de l'homme et souleva sa tête : l'horrible visage aux yeux crevés semblait le fixer de ses orbites vides et sanglantes. C'était Stépan.

Derrière Vassili, Mitko se pencha vers le corps et lâcha un juron. Il voulait courir vers la drapière pour l'empêcher de regarder le sinistre spectacle, mais en se retournant vers elle, il comprit que c'était inutile. Varvara avait bien sûr reconnu Stépan au premier coup d'œil. Blême, immobile comme une statue de sel, elle pressait son poing aux jointures blanchies contre sa poitrine. Mitko fut frappé par son expression sombre mais sereine, presque détachée. « Elle a l'air de tenir le coup », songea-t-il avec soulagement.

S'agenouillant près de Vassili, il l'aida à maintenir la tête du cadavre pendant qu'ils examinaient la longue et profonde entaille qui courait en travers de son cou. À l'évidence, son assassin lui avait tranché la gorge avant de lui crever les yeux et de couper sa main droite. La grosse souche au bord du sentier avait dû servir de billot, mais les armes utilisées par le meurtrier avaient disparu.

Tandis que Varvara, toujours immobile, semblait perdue dans ses pensées, les Varlets tinrent conseil. Ils savaient qu'Artem aurait souhaité étudier les lieux avant qu'on ait touché au corps, mais les loups risquaient de trouver celui-ci avant le droujinnik. Ils décidèrent alors d'emmener Stépan avec eux, sans oublier au préalable de passer l'endroit au peigne fin à la recherche d'indices, de marques suspectes et de tout autre détail susceptible d'intéresser leur chef. Mitko expliqua à Varvara pourquoi ils ne pouvaient repartir sur-le-champ. La jeune femme n'avait pas l'air de l'écouter mais elle acquiesça en silence.

Une heure plus tard, les Varlets avaient achevé leur

examen. Ils n'avaient découvert ni arme ni aucun autre objet digne d'intérêt. En revanche, ils se sentaient capables de fournir à Artem une description détaillée du lieu et même de reconstituer la façon dont Stépan avait été attaqué. Il fallait à présent penser à transporter le corps. Mitko sacrifia son ample cotte de lin en la déchirant en longues bandes qui allaient servir d'attaches. Ils disposèrent le cadavre sur le cheval de Mitko, bien plus robuste que la petite jument des steppes que montait Vassili. Quant à celui-ci, il allait devoir partager sa monture avec Varvara.

— Où est-elle donc passée? grommela Mitko en jetant un coup d'œil à la ronde. Il y a un instant, elle se tenait là-bas, près de ce grand sapin...

Comme il désignait l'arbre en question, il s'interrompit et écarquilla les yeux : entre les branches larges comme des éventails qui balayaient la neige se tenait un renard couleur de feu. C'était une belle bête de taille impressionnante, au poil fourni et brillant qui évoquait irrésistiblement la chevelure rousse de Varvara; elle contemplait Mitko sans ciller, d'un air narquois et arrogant, lui sembla-t-il. Incapable de parler, le Varlet continua de pointer son index vers l'animal tout en émettant des sons inarticulés. Alors que Vassili fixait la bête à son tour, celle-ci se retourna en montrant sa superbe queue, se faufila entre les branches et disparut. Les deux amis échangèrent un regard désemparé.

— Tu crois que ce renard...? fit Vassili.

— Cette renarde, tu veux dire! Aucun doute, c'est la drapière! souffla Mitko qui, d'émotion, avait baissé la voix. Les gens disent vrai, c'est une sorcière, une magicienne! D'ailleurs, j'ai tout vu — du coin de l'œil, mais ça m'a quand même donné la chair de poule. Elle s'est d'abord laissée tomber à quatre pattes...

— Allez, vieux frère, à d'autres! l'interrompit Vassili avec un sourire forcé. Va donc raconter ça à ces jeunes filles sans cervelle qui avalent les fables les plus folles telles des sucreries ! Si Varvara se trouvait ici il y a un instant, elle n'a pas pu aller bien loin. À mon avis, elle a regagné la fourche du Diable.

D'un geste, Vassili invita son camarade à le suivre et se dirigea vers la trouée dans le taillis. Il avait raison : en débouchant dans la clairière, ils aperçurent la belle rouquine qui se tenait à quelques coudées du chêne géant. Elle semblait s'adresser à un interlocuteur invisible, accompagnant son discours de gestes de supplication. En s'approchant, les Varlets purent saisir certains de ses propos prononcés sur un ton chantant et plaintif, telle une mélopée.

— Ô terre humide, ô mère nourricière, aie pitié de ta malheureuse fille ! Ouvre-toi, accueille en ton sein le corps d'une misérable pécheresse ! Laisse mon âme immortelle s'envoler vers le ciel telle une innocente colombe ! Mais si mon heure n'est pas encore venue, si ma tombe n'a pas encore été creusée, si l'herbe verte et les fleurs la recouvrent encore d'un tapis aux vives couleurs, alors, ne me laisse pas périr de malemort, protège-moi de la main de l'assassin ! Éloigne de moi son épée, brise son poignard, fais dévier la flèche qu'il a lancée, dénoue la corde qu'il a tressée pour mon cou, renverse la coupe où il a versé le poison !

Déconcertés, les Varlets écoutèrent quelques instants, puis Mitko lança d'une voix de stentor :

— Dame Varvara, que t'arrive-t-il ? Ne laisse pas le chagrin te troubler l'esprit ! Viens, nous allons rentrer !

La drapière s'interrompit et se tourna vers eux, le visage hagard.

— Stépan est mort, et je sais que je ne lui survivrai pas longtemps, déclara-t-elle d'une voix rauque. La main criminelle qui lui a ôté la vie se tend déjà vers moi, je le sens ! Mes prémonitions ne me trompent jamais. De même que, en arrivant ici, je me doutais que nous allions découvrir un nouveau désastre, de même je sais que l'assassin a résolu de me perdre.

— Eh bien, raison de plus pour quitter cet endroit sinistre et te mettre à l'abri ! répliqua Vassili avec bon sens.

Comme Varvara dévisageait les deux amis d'un air désemparé, Mitko l'enlaça par la taille, Vassili s'empara de sa main, et ils l'entraînèrent à travers la clairière, vers le sentier où ils avaient abandonné leurs montures. Un peu plus tard, Varvara à califourchon derrière Vassili, Mitko transportant son lugubre fardeau, ils purent enfin reprendre le chemin de la ville. Ils chevauchèrent jusqu'à la porte nord dans un silence morose.

L'enceinte de la ville franchie, ils firent halte dans la cour de la première taverne qu'ils avaient avisée. Après avoir allongé le cadavre sur le sol, ils convoquèrent le propriétaire puis, se réclamant du prince et du Tribunal, exigèrent qu'il leur fournisse un traîneau. Mais le tavernier, petit homme grincheux à la mine renfrognée, refusa d'obtempérer tant qu'on ne lui aurait pas expliqué de quoi il retournait. Les Varlets durent dégainer leurs épées et menacer d'embrocher le gargotier avant qu'il consente à leur prêter une haridelle, un traîneau à la peinture écaillée et un drap pour recouvrir le cadavre.

Pendant que Mitko et Vassili se chamaillaient avec l'intraitable bonhomme, une foule de curieux s'était rassemblée dans la cour de la taverne. Ce que les deux camarades redoutaient finit par arriver : un des badauds identifia le cadavre, et la nouvelle du meurtre de Stépan se répandit comme un incendie dans la steppe. Pour l'heure, les gens se contentaient de commenter l'événement en évoquant les païens d'un air apeuré, mais Mitko et Vassili savaient que les réactions d'une foule en proie à la panique sont imprévisibles.

Quand le corps fut disposé au fond du traîneau et dissimulé par un drap, Vassili s'empara des rênes, confiant à Mitko sa petite jument des steppes. Varvara prit place à côté de Vassili, et l'attelage quitta la cour de la taverne. Le traîneau s'engagea dans la rue, suivi par Mitko qui tirait la jument de Vassili par la bride. Une dizaine de badauds leur emboîtèrent le pas, tout en discutant du nouveau drame survenu à la fourche du Diable.

Comme le petit cortège longeait la grand-rue, des passants intrigués s'arrêtaient pour interroger ceux qui marchaient à sa suite. À mesure que le traîneau avançait, la foule des curieux grossissait. Soudain, quelqu'un lança :

— C'est la faute à la sorcière rousse !

Aussitôt, d'autres voix s'élevèrent :

— Stépan lui a fait un gosse et l'a laissée tomber ! Elle voulait se venger de lui !

— La renarde a porté la guigne à toute sa famille !

Les Varlets sentirent leur sang se glacer. La populace les pressait de toutes parts ; ils durent ralentir puis s'arrêter, la foule leur bloquant la route. C'est alors qu'une première boule de neige s'écrasa sur le siège de la jeune femme. Des dizaines d'autres la suivirent, lancées d'abord par des gamins puis par des moujiks et leurs compagnes. L'un des projectiles atteignit Varvara à la tempe, un autre à la nuque, d'autres encore se mirent à pleuvoir sur son dos et ses épaules. Son châle avait glissé, sa coiffure et sa veste étaient couvertes de neige. Tassée sur son siège, elle avait la tête baissée et tentait de protéger son visage avec ses mains.

— Va t'allonger à l'arrière ! lui ordonna Vassili. Vite, je te couvre !

Il se redressa, essayant de protéger la jeune femme de ses assaillants pendant qu'elle se déplaçait. Au lieu de s'étendre au fond du traîneau, elle s'assit à côté du corps ensanglanté de Stépan et se recroquevilla sur elle-même, cachant son visage dans ses paumes.

La pression de la foule augmentait. Pour empêcher les gens de se rapprocher, les Varlets faisaient de grands moulinets avec leurs épées, Mitko dressé sur ses étriers, Vassili debout près du siège du cocher. Mais ils se rendaient compte qu'ils ne résisteraient pas longtemps à la populace déchaînée qui continuait à lapider Varvara. On ne se contentait plus de lui lancer boules de neige et détritus ; à présent, on se servait aussi de pierres, de morceaux de bois et de ferraille, si bien que la drapière laissait échapper des cris de douleur. À moins d'intervenir sur-le-champ, les Varlets allaient se retrouver avec un nouveau cadavre sur les bras.

C'est alors que Vassili repéra un solide gaillard armé d'un bâton qui semblait particulièrement agressif. Il arborait le bonnet bordé de fourrure que portent d'habitude les artisans pauvres. Brandissant sa matraque, le moujik incitait la foule à se ruer sur les Varlets tout en vociférant :

— À mort la renarde ! À mort les chiens du Tribunal !

À peine avait-il fait un pas vers le traîneau que Vassili lança son épée dans sa direction. La lame à l'éclat bleuté fendit l'air et s'enfonça en vibrant dans le sol aux pieds du moujik. Celui-ci laissa échapper un cri de frayeur et recula à la hâte, lâchant un chapelet de jurons. En même temps, rapide comme l'éclair, Mitko dirigea son cheval vers l'épée et se pencha pour la saisir avec une souplesse étonnante pour un homme de sa corpulence. L'instant d'après, il rendait son arme à Vassili. Tout autour, les hurlements firent place au silence. Profitant de cette brève accalmie, Vassili s'écria de toute la force de ses poumons :

— Peuple de Kremni ! Sachez que nous représentons le Tribunal du prince ! C'est en son nom que nous proclamons : aucun forfait ne restera impuni, nul criminel n'échappera au châtiment qu'il mérite ! Soyez-en certains, justice sera faite ! Mais nous avons besoin de savoir ce que vous reprochez à cette femme. Que tout le monde se taise ; toi, parle ! commanda-t-il en désignant le moujik à la matraque.

— Eh quoi, vous n'êtes pas sourds ! Vous avez entendu ce que les gens disent : la renarde a jeté le mauvais œil à la famille du boyard Olaf ! s'exclama l'artisan qui avait recouvré son aplomb.

— Est-ce tout ? demanda froidement Vassili.

— Que non ! La maudite sorcière connaît les formules magiques qui peuvent gâter nos récoltes et répandre la maladie sur notre bétail. Quand elle va dans la forêt, c'est pas pour cueillir des herbes ! Elle y rencontre le liéchy, ils forniquent ensemble, puis il lui apprend différents tours de magie, par exemple comment déclencher de terribles tempêtes de neige... Et la nuit du Sabbat, elle s'envole sur son balai vers le mont Chauve, près de Kiev, où elle danse avec les autres sorcières ! Ça, elle le fait les nuits de la pleine lune, tout le monde le sait !

— En somme, tu l'accuses de sorcellerie, constata Vassili, imperturbable. Cette affaire relève de la compétence de l'Église. Il faut vous référer à l'évêque, c'est devant son Tribunal qu'on traduit mages et sorciers. Nous autres, droujinniks du prince, nous nous occupons de criminels coupables de vol, de meurtre...

— La drapière est bel et bien coupable du meurtre de Stépan ! s'écria le moujik sur un ton de triomphe. Si le boyard a péri de la main des Drégoves, c'est que la sorcière l'avait envoûté pour qu'il se jette dans la gueule du loup !

— Pourquoi aurait-elle envoyé à la mort le père de son enfant ?

— Pour laver l'affront qu'il lui a fait ! Stépan les a laissés tomber, son bâtard et elle. Alors, elle a voulu se venger de son séducteur !

Vassili approuva de la tête, balaya la foule du regard puis reprit :

— Oui, on peut imaginer une telle réaction de la part d'une femme déçue et pleine de rancune... Mais ce n'est pas le cas de dame Varvara ! Écoutez, bonnes gens : pris de remords, Stépan a reconnu son fils ! Il y a quelques jours, il s'est rendu aux archives municipales, et il a signé le document qui rectifie l'inscription portée sur le registre des naissances et des décès. Eh oui, devant la loi, le fils de la drapière est l'enfant légitime et l'héritier du noble Stépan. Ainsi, Varvara n'avait aucune raison de souhaiter se venger de lui et de préparer sa perte. Au contraire, profond est son chagrin ! Elle veut se couvrir la tête de cendres, elle gémit et se lamente, elle verse des larmes de désespoir — car la mort a ravi le père chéri que son enfant venait de retrouver...

Suspendus aux lèvres de Vassili, les gens semblaient abasourdis. Pourtant, rien ne pouvait égaler la stupéfaction de Mitko ! Non seulement il découvrait que son ami d'ordinaire si réservé était doué d'une faconde qui n'avait rien à envier à la sienne, mais surtout, il ne comprenait pas où Vassili avait puisé les informations qu'il venait de rendre publiques d'une façon si habile. Il lança un coup d'œil inquisiteur à son camarade, mais celui-ci se détourna d'un air préoccupé. De fait, il fallait se dépêcher de filer, profitant du désarroi dans lequel le discours de Vassili avait plongé la populace.

Ce dernier ajouta encore quelques mots au sujet du juste châtiment qui attendait l'assassin de Stépan, puis il se rassit à la place du cocher et claqua les rênes. Quand le traîneau s'avança le long de la grand-rue, personne, pas même l'artisan belliqueux armé de sa matraque, ne chercha à le retenir. Alors que les gens s'écartaient pour laisser passer le cortège, Vassili mit le cheval au trot. Cette fois, personne ne s'avisa de les suivre.

Par chance, cette rude épreuve n'avait laissé à Varvara que quelques éraflures et ecchymoses, mais elle se sentait épuisée. Ils atteignirent sans encombre sa maison, où Danko attendait sagement sa mère. Les larmes aux yeux, la jeune femme remercia Mitko et Vassili puis s'en alla soigner ses blessures, tandis que les Varlets se remettaient en route.

Comme ils chevauchaient en direction du domaine d'Olaf, ils songèrent à la réaction d'Artem quand, au lieu de lui ramener Natalia, ils allaient lui annoncer qu'ils avaient un nouveau cadavre sur les bras ! En ce qui concernait leur mission initiale — retrouver la veuve, de préférence saine et sauve —, ils ne savaient plus que penser ni où la chercher. Par acquit de conscience, ils décidèrent de passer chez le gouverneur, au cas où son fils Cyrille ou ses domestiques sauraient leur fournir quelques renseignements sur son escapade avec Natalia.

Mais ils eurent de la chance : le boyard Grigori en personne descendit les accueillir dans la grand-salle. En réponse aux Varlets qui le criblaient de questions à propos de la jeune veuve, il arbora une expression solennelle et se contenta de déclarer avec emphase :

— Elle n'a plus rien à craindre car, désormais, elle se trouve sous ma protection !

L'air plus suffisant que jamais, il conduisit les deux amis dans une des chambres situées au deuxième étage. Quelle ne fut pas leur surprise lorsqu'ils y découvrirent Natalia ! Étendue tout habillée sur un grand lit surmonté d'un dais, les pieds recouverts d'une peau de lynx, elle dormait paisiblement. Au moment où les Varlets pénétraient dans la pièce, elle ouvrit les yeux et s'assit sur son séant.

— J'ai dû m'assoupir, murmura-t-elle d'un air confus, puis, apercevant les Varlets, elle s'écria : Mon Dieu, vous êtes là ! Le boyard Artem est donc arrivé chez moi pendant mon absence... Ah ! je n'aurais pas dû m'attarder chez le gouverneur !

Avant que Mitko et Vassili puissent répondre, Natalia poursuivit d'un ton alarmé :

— J'ai prié votre chef de venir me voir parce que je me fais du souci pour mon beau-frère. Hier au soir, il s'est passé une chose étrange... enfin, je préfère tout raconter en détail au boyard Artem.

— Tu as intérêt à le faire, et vite, répliqua d'un air sombre Mitko. Par contre, inutile de t'inquiéter pour ton beau-frère. Là où il est, personne ne pourra plus lui causer d'ennuis.

Les yeux agrandis par l'appréhension, Natalia dévisagea tour à tour les deux camarades. Poussant un cri étouffé, elle se leva d'un bond, esquissa un pas mais vacilla et serait tombée si le gouverneur ne l'avait soutenue.

— Mais de quoi s'agit-il, à la fin ? s'exclama celui-ci avec exaspération. Évitez donc de parler par devinettes, et tout le monde s'en portera mieux !

— J'en connais un à qui ça ne ferait ni chaud ni froid, répliqua Mitko d'un ton sépulcral. Son corps est couché au fond de notre traîneau, et tout ce qu'on peut encore faire pour ce malheureux, c'est l'enterrer en bon chrétien qu'il était. C'est à la fourche du Diable qu'on l'a découvert...

— À la fourche du Diable ! s'écria Natalia. Je le savais, ô Christ miséricordieux, je le sentais ! Depuis hier soir l'angoisse me rongeait le cœur. J'ai pourtant bien essayé de retenir Stépan ! Il n'a pas voulu m'écouter... Ce matin, j'ai failli y aller... mais Grigori m'en a dissuadée...

Le reste de ses propos était incompréhensible, mais les Varlets décidèrent que la jeune femme aurait tout le loisir de s'expliquer devant Artem. Cachant son visage dans ses mains, Natalia éclata en sanglots désespérés. Le gouverneur s'empressa de l'installer dans un fauteuil puis, frappant dans ses mains, il ordonna au serviteur accouru d'apporter de l'eau glacée. S'approchant des Varlets, il déclara :

— Ainsi, Stépan est mort, trucidé par ces bons Drégoves avec qui il espérait réaliser des affaires en or. Ironie du destin !... Il n'empêche que vous auriez pu annoncer la nouvelle avec un peu plus de doigté, ajouta-t-il avec irritation.

Jugeant qu'il était inutile de polémiquer avec cet individu querelleur et borné, Mitko et Vassili s'abstinrent de tout commentaire. Dès que Natalia se fut un peu calmée, ils lui proposèrent de la ramener chez elle. Le gouverneur souhaita l'accompagner et lui offrit son traîneau mais, après un instant d'hésitation, la veuve refusa et son équipage et sa compagnie. Ils quittèrent Grigori alors qu'il pestait dans sa barbe contre les fonctionnaires du Tribunal qui rendaient la vie impossible aux honnêtes citoyens de Kremni.

CHAPITRE IX

En apercevant Natalia, Artem ne cacha pas sa joie. Mais dès les premiers mots des Varlets, son soulagement fit place à un découragement mêlé d'une rage impuissante. L'assassin continuait à le narguer, les meurtres se succédaient, et le droujinnik ne parvenait toujours pas à démasquer le coupable, ni même à protéger les victimes potentielles ! Après avoir écouté le rapport concis des Varlets qui, pour l'heure, se limitèrent à évoquer la découverte du cadavre et la visite chez le gouverneur, Artem s'enferma dans la grand-salle en tête à tête avec Natalia.

Dès qu'ils se furent installés auprès du feu, il lui demanda avec agacement ce qui l'avait poussée à s'absenter de chez elle malgré son état de faiblesse, d'autant qu'elle n'ignorait pas que l'on pouvait à nouveau attenter à sa vie.

— Cette fois, je ne courais aucun danger, protesta Natalia. Le boyard Grigori m'avait promis de veiller sur moi, et il ne m'a pour ainsi dire jamais laissée seule de toute la matinée. Mais il s'agit bien de moi ! Stépan... Stépan chéri, pourquoi nous as-tu quittés ? Pourquoi ? se lamenta-t-elle tandis que des larmes brûlantes se mettaient à couler le long de ses joues.

— J'espérais que, dans la mesure du possible, tu

allais répondre à cette question, boyarina, dit sèchement Artem. Je suis ici à ta demande ; j'attends tes explications.

Il se reprocha aussitôt ses paroles trop dures, mais si elles avaient heurté Natalia, elles avaient du même coup arrêté sa crise de larmes. La veuve se tapota les yeux avec son mouchoir de soie, porta à ses narines le petit flacon de parfum qu'elle portait autour du cou et prit une profonde inspiration.

— Tu as raison, il y a un temps pour pleurer et un temps pour réagir. Il faut que chacun t'aide de son mieux à démasquer le coupable ! Hier soir, c'est un véritable piège qu'il nous a tendu... et je ne saurais dire s'il m'était destiné à moi, ou bien à mon beau-frère, ou encore à nous deux.

La jeune veuve se leva pour fouiller dans les plis de sa robe. Elle en sortit un petit rouleau d'écorce de bouleau. Le déroulant avec précaution, elle le tendit au droujinnik avant de se rasseoir dans son fauteuil.

— Voici le billet qui nous est parvenu dans la soirée, expliqua-t-elle. Comme tu peux le constater, il m'est adressé ; en outre, selon Alia, le gamin qui l'a apporté a bien dit : « C'est pour dame Natalia. » D'un autre côté, celui qui l'a écrit pouvait se douter que Stépan n'allait pas me laisser agir seule.

Artem examina les caractères inégaux, griffonnés d'une main malhabile : « Si tu veux savoir qui a occis ton époux, viens ce soir seule à la fourche du Diable. » À première vue, le message avait été rédigé par une personne peu habituée à manier la plume, à moins que ce ne fût une ruse de l'assassin.

Par ailleurs, pendant l'absence des Varlets, le droujinnik et Philippos avaient interrogé les occupants des maisons voisines, espérant que quelqu'un pourrait décrire le jeune messager. En vain ! Personne ne l'avait aperçu, et il s'était volatilisé sans laisser de trace. Il s'agissait, bien sûr, d'un de ces gamins des rues qui traînent dehors à longueur de journée. Moyennant une ou deux piécettes de cuivre, l'assassin l'avait chargé de porter son billet à la propriété d'Olaf après la tombée du soir.

— Continue ! commanda le droujinnik. C'est bien Stépan qui t'a remis la missive ?

— Oui, il l'a montée dans ma chambre et nous l'avons parcourue ensemble. Stépan m'a tout de suite proposé d'aller au rendez-vous à ma place. J'aurais souhaité l'accompagner, mais je me sentais faible comme un chaton qui vient de naître ! La mixture de Titos a calmé les spasmes et apaisé les douleurs dont je souffrais, mais ce traitement m'a fatiguée ; je l'ai d'ailleurs arrêté cette nuit. Pour en revenir à mon beau-frère, je l'ai supplié de renoncer à son idée. Se rendre à la fourche du Diable aux alentours de minuit, quelle folie ! J'ai même pensé qu'il s'agissait d'une mystification, d'une farce de mauvais goût. Mais Stépan a pris le message très au sérieux, il a sauté sur l'occasion d'en savoir plus sur la mort de Procope. Il est parti en toute hâte... et je ne l'ai plus revu vivant !

La voix de Natalia se brisa ; elle réprima un sanglot mais parvint à se maîtriser.

— Comme Stépan n'était toujours pas rentré ce matin, j'ai appelé de ma fenêtre notre garçon d'écurie et l'ai chargé d'un message pour toi. Un peu plus tard, le gouverneur est arrivé ; il voulait avoir des nouvelles de ma santé. Je l'ai rassuré à ce propos, mais je lui ai confié la raison de mon inquiétude. Le boyard Grigori m'a alors assuré que Stépan avait passé la nuit à mener sa propre enquête et qu'il n'allait pas tarder à réapparaître.

— C'est donc ainsi qu'il est parvenu à te faire oublier toutes tes craintes et à te convaincre de l'accompagner chez lui ! Cet homme possède une force de persuasion extraordinaire ! observa le droujinnik d'un ton acide.

— Oh, ne crois pas cela, boyard ! protesta Natalia en

rougissant. Grigori m'a expliqué que Stépan et lui étaient convenus de se retrouver ce matin chez lui pour un rendez-vous d'affaires. Mon beau-frère est... était très ponctuel. S'il avait en effet passé la nuit à mener son enquête, il pouvait fort bien ensuite se rendre directement chez Grigori... C'est en espérant y trouver Stépan que j'ai consenti à accompagner le gouverneur chez lui.

— Mais ton beau-frère n'y était pas.

— Hélas... J'ai alors accepté d'attendre un peu avant de repartir, expliqua la veuve en s'empourprant de plus belle. Je me sentais encore très faible, j'avais des vertiges. Le boyard Grigori a insisté pour que je me repose quelque temps... Il est si bon pour moi, si prévenant ! Je venais de m'assoupir quand tes hommes sont arrivés.

— Je vois, fit Artem. On dirait que, en dépit des malheurs qui accablent votre famille, tes affaires personnelles sont en train de s'arranger ! Bien que je trouve le gouverneur insupportable, il représente sans doute un beau parti. Enfin, je suppose que tout est préférable au pénible statut de veuve.

À la surprise du droujinnik, Natalia ne chercha pas à biaiser. Elle approuva ses propos d'un signe de tête, puis ajouta avec conviction :

— Une femme n'est heureuse que lorsqu'elle est mariée. C'est pour ça que le proverbe dit : On s'abrite derrière son époux comme derrière un rempart de pierre. Nous autres femmes ne rêvons point d'un beau parti, mais simplement d'un lieu de refuge, d'un abri solide et durable.

— En d'autres mots, n'importe quel époux peut faire l'affaire, grinça Artem. Voilà qui n'est guère flatteur pour les hommes qui ont le courage de ceindre la couronne de mariage !

— Mais toi, tu n'es pas près de courir ce risque, n'est-ce pas ?

— Ta perspicacité m'étonne !

— Un jour, on pourra te surprendre !

Cet échange les fit sourire tous les deux et détendit un peu l'atmosphère. Pensive, la jeune veuve se mit à jouer avec le petit flacon orné de pierreries qu'elle portait en sautoir. Artem songea au parfum que Vassili avait dérobé au Passeur. Poussé par la curiosité, il demanda :

— Dame Natalia, quel est ce joli flacon que tu portes autour du cou ?

— Ce bijou m'a été offert par Procope, expliqua Natalia en ôtant la fine chaînette d'or à laquelle pendait le précieux récipient. Il contient un peu de mon parfum favori. Je l'ai d'ailleurs acheté à ta logeuse, Varvara. J'ignore si elle l'a fabriqué elle-même, mais elle m'a dit qu'il s'appelle « baume de la séduction ». Je me sers fort peu d'essences aromatiques, mais j'ai été séduite par cette fragrance !

Intrigué, le droujinnik déboucha le minuscule flacon et le porta à ses narines. Il reconnut l'odeur de la myrrhe mêlée à des senteurs qu'il était incapable d'identifier. N'importe comment, le parfum ne justifiait nullement le nom pompeux de « baume de la séduction », décida Artem.

Il rendit la fiole à Natalia puis fouilla dans la poche de son caftan et en sortit le second trophée rapporté par Vassili, le morceau de ruban rouge brodé de perles de rivière que le Passeur avait conservé en souvenir d'une de ses visiteuses.

— Et ce lambeau de tissu, que t'évoque-t-il ?

— Oh ! ce ruban devait décorer la coiffure d'une jolie femme, affirma Natalia en l'examinant. Il me rappelle aussi ces nœuds rehaussés de perles qui ornent les nattes des jeunes filles... Une coquette a dû le donner à un homme en gage d'amour. Quand je pense que certaines femmes n'hésitent pas à abîmer leurs coiffes précieuses, simplement pour offrir à leur galant une fleur en tissu ou un bout de ruban !... S'agirait-il d'un gage d'amour, là aussi ? s'enquit-elle avec curiosité.

— Pas tout à fait, marmonna Artem. La coiffe de la belle a été endommagée à son insu, et l'homme qui l'a fait n'a rien d'un galant !

Comme Natalia écarquillait les yeux, le droujinnik s'empressa de la remercier et de ranger le lambeau de soie dans sa poche. Rapprochant son fauteuil de celui de la veuve, il déclara d'un air grave :

— Parlons de toi, boyarina. Le médecin n'a pas encore confirmé que le vin dans ta coupe contenait du poison, mais tout comme moi, tu te doutes de sa réponse. Si on a voulu attenter à ta vie, c'est que tu connais quelque chose qui menace la sécurité de l'assassin... et qui pourrait contribuer à le démasquer. Tu le sais, n'est-ce pas ?

— J'y ai pensé, acquiesça Natalia. J'ai appris par Stépan que le boyard Olaf y croyait dur comme fer. Le vieil homme lui a confié que, si je parvenais à me rappeler la raison pour laquelle Procope se sentait inquiet, on tiendrait la clé de l'énigme ! Le problème, c'est que j'ai beau me creuser la cervelle, je ne vois pas de quoi il peut bien s'agir.

— Dommage qu'Olaf n'ait pas eu le temps de t'interroger ! Il t'aurait posé des questions pertinentes là où je ne peux que tâtonner... Mais nous allons procéder autrement : tu vas me raconter par le menu tous les événements survenus peu avant le drame.

Le regard rivé sur les flammes qui dansaient dans la cheminée, Natalia s'accorda quelques instants de réflexion puis se lança dans son récit. À mesure qu'elle parlait, Artem se représentait la vie des deux époux au jour le jour, cette existence paisible, harmonieuse et fort ennuyeuse... Mais lorsque la veuve eut terminé, il dut reconnaître qu'il n'était pas plus avancé qu'auparavant ! Un petit détail lui avait pourtant fait dresser l'oreille : Natalia venait alors de mentionner la réaction de Procope quand elle avait acheté à Varvara on ne sait quel produit de soins.

— Pourrais-tu me redire comment Procope a raillé la préparation que Varvara t'a vendue à un prix exorbitant ? demanda-t-il. J'aimerais que tu répètes ses propos exacts.

— Ah ! cette merveilleuse décoction destinée à purifier le teint ! On pouvait l'utiliser à la fois comme lotion et comme infusion buvable, précisa Natalia. Eh bien... Dès que j'en ai parlé à Procope, il a jeté un coup d'œil soupçonneux sur le flacon puis il a dit : « À ta place, je ne toucherais pas à cette mixture ! J'imagine Varvara penchée sur son chaudron, occupée à préparer ses remèdes miracle... Tu n'as pas idée de toutes les saletés qu'elle y jette ! Le miracle, c'est qu'on n'en meure pas ! » Et moi, j'ai rétorqué...

— Ce n'est pas ce que tu as dit tout à l'heure, l'interrompit le droujinnik. Je veux que tu me répètes mot à mot ses propos.

— Mais cela revient au même, protesta Natalia. Il a dit : « Quand je pense à Varvara penchée sur son chaudron, occupée à préparer ses remèdes miracle... Tu n'as pas idée de toutes les saletés qu'elle y jette, exactement comme le Passeur. Le miracle, c'est qu'on n'en meure pas ! »

Artem faillit sursauter. Bien sûr, c'était cela ! Cette phrase qu'il avait écoutée d'une oreille distraite mais qui l'avait frappé contenait en réalité une révélation capitale.

— Dame Natalia, dit-il d'une voix suave, pourquoi m'as-tu caché que ton époux connaissait le Passeur bien mieux que les autres chasseurs ? Car Procope fréquentait le sorcier ! C'est ainsi qu'il a pu l'observer, et en particulier le voir concocter ses écœurantes potions. Les propos que tu viens de citer en témoignent !

Natalia exhala un soupir résigné.

— Je... je n'ai plus l'intention de nier la vérité, murmura-t-elle d'une voix à peine audible.

— Merci de la grâce que tu me fais, grommela

Artem. Aurais-tu la bonté d'expliquer pourquoi tu as dissimulé ces faits essentiels ?

— J'ignorais que c'était important ! gémit la veuve avant de poursuivre avec empressement : C'est vrai, Procope s'est rendu plusieurs fois chez le Passeur, mais ces visites n'avaient aucun rapport avec cette étrange angoisse qui le tourmentait. Sinon, il m'en aurait parlé... et même sans cela, je l'aurais senti ! Le sorcier n'a rien à voir avec ce qui est arrivé à mon époux. Oh, ne croie pas que je défende ce monstre, boyard ! Je ne l'ai jamais rencontré, mais sa réputation le précède comme un chien galeux ! Pour tout te dire, je hais et je crains cet être maléfique. Et voilà pourquoi je ne souhaitais pas évoquer le lien qui existait entre Procope et lui : j'en avais honte !

La voix de Natalia se brisa. Elle s'essuya les yeux d'un geste délicat puis fixa en silence le feu qui se mourait dans l'âtre. Artem se leva pour y remettre quelques bûches et ranimer les flammes.

— Personne d'autre n'était au courant de leurs relations ? demanda-t-il en regagnant son siège.

— Pas même Stépan ! La famille, les amis de Procope, tous nos concitoyens pensent que mon époux n'a eu affaire au Passeur qu'en sa qualité de guide, lors de quelques parties de chasse.

— Et en réalité, pour quelle raison fréquentait-il cet individu ?

— Il n'a jamais voulu me le confier ! s'exclama la veuve avec dépit. Il esquivait mes questions, ou encore il se mettait en colère et m'interdisait de me mêler des affaires d'hommes. Qu'est-ce qui avait bien pu les rapprocher ? Quel secret inavouable partageaient-ils ? Aujourd'hui encore, je l'ignore.

— Et tu prétends que le Passeur n'est pour rien dans le meurtre de ton époux ! lança Artem. Je suis, moi, persuadé du contraire ; j'ai l'intime conviction que Procope redoutait ce dangereux malfaiteur et qu'il craignait pour sa vie !

Natalia baissa la tête et demeura quelques instants silencieuse. Lorsqu'elle leva les yeux vers le droujinnik, son visage reflétait toute une gamme d'émotions : l'embarras, l'appréhension, mais aussi une authentique souffrance.

— Je vais te dire la vérité, dit-elle d'une voix sourde. Loin de le craindre, Procope s'entendait à merveille avec le sorcier. Il appréciait sa compagnie et tenait à leurs rencontres. Certes, il n'en parlait jamais, mais je le voyais à l'humeur joyeuse et à l'air satisfait qu'il affichait en rentrant à la maison. Encore une fois, boyard, ne me demande pas d'expliquer ce que mon époux, homme bon et généreux, trouvait à ce sinistre mage. Sans doute Procope éprouvait-il une sorte de fascination pour cet être malfaisant et pervers... Je croyais connaître mon époux... L'idée que j'aie pu me tromper m'est insupportable !

Sur ces mots, Natalia se leva d'un air décidé, mais elle vacilla de faiblesse. Le droujinnik se précipita pour la soutenir. Il lui proposa de se rasseoir un instant mais la veuve refusa.

— Ce n'est rien, je me sens capable de marcher. Je vais appeler un domestique qui m'aidera à regagner ma chambre. Pourrais-tu m'accompagner dans le couloir ? D'ici, on ne m'entendra pas, ma voix n'est pas assez forte.

Le droujinnik s'empressa de lui donner le bras. Il n'avait pas l'intention de prolonger leur entretien car Natalia semblait épuisée. En outre, il avait le sentiment que la veuve lui avait avoué tout ce qu'elle savait. Maintenant il avait surtout besoin de réfléchir à ces nouvelles informations.

Il conduisit la jeune femme à travers la vaste salle, en direction de la sortie. Un peu essoufflée, Natalia avançait lentement. Soudain, le droujinnik se figea : il venait de remarquer que la lourde porte cloutée était entrouverte. Quelqu'un avait-il écouté leur conversation ?

D'un geste, Artem ordonna à Natalia de s'arrêter. Surprise, elle voulut dire quelque chose, mais le droujinnik pressa son index contre ses lèvres. Puis il se dirigea sur la pointe des pieds vers la porte. D'un mouvement brusque, il l'ouvrit à la volée : Alia et Ipate se tenaient de l'autre côté du seuil ! Le jeune homme bondit en arrière avant de se sauver le long du couloir comme s'il avait eu le Diable aux trousses. Quant à sa sœur, elle s'immobilisa et fit face au droujinnik. Une moue arrogante remplaça l'expression embarrassée qu'elle avait d'abord affichée. Avançant sa lèvre inférieure, elle déclara d'un ton sec :

— En tant qu'héritiers légitimes de cette propriété, Ipate et moi venons de prendre quelques décisions concernant la gestion du domaine. Nous voulions en informer Natalia ; c'est l'unique raison de notre présence ici... Inutile de me foudroyer du regard comme si j'étais une criminelle ! ajouta-t-elle avec irritation.

— Rassure-toi, boyarichna, ce n'est pas un crime que d'écouter aux portes, grinça Artem.

— En effet ; quant aux criminels, ils courent toujours ! souligna Alia. Puisque les envoyés du prince tardent à les arrêter, il ne nous reste qu'à prier Dieu qu'il n'y ait pas de nouvelles victimes !

Ayant lancé cette flèche, elle pivota sur ses talons et s'éloigna, l'air digne, le pas gracieux.

Natalia, qui avait contemplé la scène en silence depuis la grand-salle, rejoignit le droujinnik. Rouge de confusion, elle intervint en baissant la voix, comme si elle craignait qu'Alia ne l'entende :

— C'est du beau, c'est du propre ! Ils espionnent nos hôtes, maintenant ! Que vas-tu penser de notre famille, boyard ?

Artem quant à lui se sentait partagé entre la colère et

le rire. Quelle petite peste, cette Alia ! songea-t-il en secouant la tête. Ipate et elle avaient tous les deux entendu au moins une partie de sa conversation avec la veuve... Mais il dut reconnaître qu'Alia avait bien plus d'esprit et de sang-froid que son nigaud de frère !

— Quoi que je pense de votre famille, mon opinion est faite depuis longtemps, dame Natalia, déclara-t-il à haute voix. Inutile de t'inquiéter à propos de mes impressions, elles ne m'empêchent pas de faire mon travail.

Il attendit que la veuve appelle un domestique et se dirige vers ses appartements avant d'aller rejoindre Philippos et les Varlets. Il les retrouva dans la petite pièce bien chauffée près des cuisines où Stas, le vieux serviteur d'Olaf, leur avait servi un en-cas.

Avant de repartir, Artem voulut examiner le corps de Stépan. Stas les conduisit dans la chapelle familiale où la dépouille du jeune boyard reposait aux côtés de celles de Procope et d'Olaf. Ils y découvrirent également une demi-douzaine de vieilles femmes ratatinées, toutes de noir vêtues, qui gémissaient et récitaient des prières à la lueur des bougies. Pendant que Stas les accompagnait vers la sortie sans trop de ménagement, Artem pria Philippos de sauter en selle et de porter à Titos la funeste nouvelle : le médecin allait devoir procéder à un nouveau constat de décès. Le garçon devait ensuite rejoindre Artem, Mitko et Vassili dans le cabinet de travail du droujinnik, où ils tiendraient conseil.

L'examen du corps confirma les conclusions qui s'étaient déjà imposées avec la description fournie par les Varlets. Les terribles mutilations infligées au malheureux boyard correspondaient en tout point à celles que portait le corps de son frère. La seule différence consistait dans le fait que Stépan avait été égorgé ; mais la sueur et la salive profuses dont Mitko et Vassili avaient noté les traces, ainsi que l'hémorragie anormalement abondante, prouvaient que la lame avait été enduite du poison foudroyant des Drégoves. En outre, les lèvres écartées de la plaie semblaient indiquer que la lame meurtrière était large à la base, comme celle qui avait frappé Procope.

Le droujinnik finit par appeler le vieux serviteur Stas qui les reconduisit vers le portail. Tout en pleurant Olaf, le domestique n'arrêtait pas de se lamenter que leur nouveau maître, Ipate, était bien trop jeune et trop inexpérimenté pour gouverner le domaine. Comme les trois hommes enfourchaient leurs montures, il leur promit de s'occuper du cheval et du traîneau que les Varlets avaient empruntés à l'aubergiste grincheux ; le soir même, un garçon d'écurie ramènerait l'attelage à son propriétaire.

Un quart d'heure plus tard, ils avaient regagné la maison de Varvara. Prévoyant leur retour, la maîtresse de maison avait chauffé la pièce qui servait de cabinet de travail à Artem. Le droujinnik s'installa devant son secrétaire et se mit à compléter ses notes pendant que, assis près du poêle brûlant, Mitko et Vassili discutaient à voix basse. Enfin, Philippos entra en trombe dans la pièce, déclarant de but en blanc :

— J'ai appris à Titos la mort de Stépan... Sachant à quel point il haïssait le jeune boyard, j'ai admiré sa maîtrise de soi ! Il a arboré l'expression affligée de celui qui apprend le décès d'un proche, et il a poussé la duplicité jusqu'à dire qu'il déplorait ce nouveau deuil qui frappe la famille d'Olaf. Nous sommes sortis ensemble car il souhaitait examiner le corps sans tarder.

Artem écouta le garçon avec attention mais s'abstint de tout commentaire. Après avoir fait le point de la situation à l'aide de ses notes, il raconta ce que Natalia lui avait confié sur les étranges relations entre son époux et le Passeur.

Il finit par prier les Varlets de relater une nouvelle fois

la façon dont ils avaient découvert le corps de Stépan. Mitko lança un coup d'œil interrogateur à Vassili et, d'un geste, celui-ci l'encouragea à commencer. Le géant blond décrivit leur chevauchée à travers la forêt, puis évoqua l'impression sinistre que leur avait produite la fourche du Diable.

— En vérité, on y sent la présence du Mal, affirma-t-il. Je suis persuadé que le liéchy veille sur son arbre et qu'il rôde jour et nuit dans cette clairière, accompagné d'un long cortège d'elfes et de lutins. L'air était lourd, chargé du souffle impur de ces démons, et je percevais le froissement de leurs ailes et le bruit mat de leurs sabots...

— Vous avez donc aperçu des traces de sabots? demanda Artem.

— Que non, boyard, s'empressa d'intervenir Vassili, il n'y avait que les empreintes dont on t'a déjà parlé, celles de Stépan, qui menaient vers le chêne géant puis s'en éloignaient. Et d'ailleurs, poursuivit-il à l'adresse de son camarade, ces bruits bizarres dont tu parles, tu les as rêvés ou quoi? On n'a vu ni entendu personne...

— Sans blague! s'indigna le colosse blond. Oseras-tu prétendre que tu n'as pas vu cette femme-oiseau qui s'est posée à un moment sur une branche du chêne? Les Grecs les appellent sirènes; il paraît qu'elles ont une voix merveilleuse... Un jour, j'ai eu l'occasion de feuilleter un ancien manuscrit enluminé qui en reproduisait l'image. Alors, quand j'en vois une, je n'ai aucun mal à la reconnaître!

Tandis que Vassili haussait les épaules d'un air flegmatique, Artem leva les mains comme pour demander grâce.

— Reprends ton récit, dit-il d'une voix lasse. Vous m'avez assuré que vous avez passé au crible le lieu du crime; est-ce exact?

— Et comment! Nous avons recueilli les plus petits indices, étudié les traces les plus imperceptibles... Bref, sans exagérer, nous savons comment le drame s'est déroulé, et nous allons te le prouver, boyard ! Comme on dit, il vaut mieux voir quelque chose une fois plutôt qu'en entendre parler sept fois... C'est moi qui ai eu l'idée de te montrer tout ça en vrai — de reconstituer la scène, selon ton expression ! souligna Mitko avec fierté.

Il adressa un signe de tête à son camarade et ils se levèrent. Tandis qu'Artem se carrait dans son fauteuil et que Philippos rapprochait son tabouret du siège du droujinnik, Mitko poursuivit :

— Je vais jouer Stépan et Vassili, son agresseur. Ici, c'est la clairière, dit-il en désignant d'un geste circulaire le milieu de la pièce, et ce poêle, c'est l'arbre du liéchy. En pénétrant dans la forêt, Stépan a suivi les sentiers fréquentés par les chasseurs et les bûcherons. Selon Varvara, grâce à ces raccourcis, il lui a fallu moins d'une demi-heure pour arriver à la fourche du Diable. Le voilà donc qui débouche dans la clairière...

Tout en parlant, Mitko s'avança vers le poêle d'un air nonchalant, les mains dans les poches. Aurait-il siffloté, il n'aurait pas ressemblé davantage à un promeneur insouciant, songea Artem en se retenant de rire. Il lorgna vers Philippos : à l'évidence, le garçon avait le même problème, car il avait plaqué ses deux mains sur sa bouche et évitait de croiser le regard de Mitko. Cependant, celui-ci atteignit le poêle et en fit lentement le tour, tout en gesticulant pour exprimer sa stupéfaction devant l'arbre géant. Il entreprit ensuite de l'examiner avec minutie. Ce qu'il découvrit l'affecta au point qu'il bondit en arrière et se signa vigoureusement en roulant des yeux épouvantés. Enfin, il se tourna vers Artem pour commenter sa pantomime.

— En arrivant, Stépan s'est dirigé vers l'arbre du liéchy car il supposait que l'auteur du message attendait Natalia au pied du chêne. Bon, il y va mais il ne trouve personne. À tout hasard, il se met à inspecter l'arbre maudit... et c'est alors qu'il perçoit cette présence du Mal dont j'ai déjà parlé ! Les forces démoniaques se déchaînent autour de lui. Alors, la panique l'envahit : il se sent cerné par les créatures de l'Enfer, acculé, déjà condamné !

Comme le droujinnik lui adressait un regard lourd de sous-entendus, Mitko hocha docilement la tête avant de se tourner vers Vassili. Ce dernier attendait ses instructions, debout près d'une étagère qui supportait des flacons contenant on ne sait quelles mixtures préparées par leur hôtesse.

— Quant à l'assassin, reprit Mitko en pointant un doigt accusateur vers Vassili, il a bien repéré le sentier par lequel Stépan est arrivé au rendez-vous ! Pour que son plan réussisse, il doit attaquer sa victime par surprise, mais il lui faut aussi un peu de lumière. Il se poste donc près de l'endroit où le sentier débouche sur un espace découvert, illuminé par le clair de lune. Stépan se trouve encore au milieu de la clairière que le traître le guette déjà... Mais qu'est-ce que tu as, à rester les bras ballants ? s'écria-t-il à l'intention de Vassili. Tu es l'assassin, que Diable !

Celui-ci s'empressa de se frotter les mains avec un rictus féroce. Mitko sembla trouver sa grimace peu convaincante et il secoua la tête d'un air découragé, avant de se consacrer à sa propre prestation. Mimant un homme terrorisé, la tête rentrée dans les épaules, il avança en direction de l'étagère. Vassili se tenait aux aguets ; à peine Mitko était-il arrivé à sa hauteur qu'il bondit de derrière le meuble pour se ruer sur sa victime. Il était occupé à l'« égorger » quand l'imprévisible se produisit : d'un mouvement des épaules impérieux et puissant, la victime envoya valdinguer son agresseur en arrière aussi facilement que l'aurait fait un ours attaqué par un loup affamé. À l'évidence, Mitko avait agi sans penser à mal, de façon instinctive, mais la fureur de Vassili qui se relevait après un vol plané était bien compréhensible.

— Espèce d'histrion de malheur! hurla-t-il en se tâtant les côtes. Que le Diable t'emporte, misérable bouffon de foire! Je te déconseille de te montrer à un vrai public! Tu serais hué et tabassé même par les garnements et les jeunes filles, qui ne sont pourtant guère exigeants!

Il s'interrompit pour reprendre son souffle puis cracha :

— Lequel de nous deux est la victime, hein? Reconstitution, reconstitution... Attends que je t'en fasse une à ma manière, de reconstitution!

Impressionné par l'éloquence de son ami, Mitko écarta les bras d'un air atterré.

— Désolé, vieux frère... Quand tu m'as sauté sur le dos, euh... je me suis juste secoué un peu... c'était plus fort que moi! Je n'ai pas réfléchi...

— Tu devrais le faire de temps à autre, ce n'est pas une mauvaise habitude! répliqua Vassili d'un ton hargneux. Ça te changera de faire le pitre... ça nous changera aussi, nous autres qui subissons tes coups d'inspiration comme autant de coups de matraque!

Ulcéré, Mitko décida de se draper dans sa dignité, à défaut de trouver une riposte suffisamment virulente. C'est alors qu'Artem intervint :

— Il suffit! Le moment est mal choisi pour vous chamailler. J'ai d'ailleurs trouvé votre reconstitution fort édifiante; j'ai pu relever certains détails auxquels je n'aurais sans doute jamais prêté attention.

Les visages des Varlets s'illuminèrent de joie. Leur altercation oubliée, ils s'approchèrent du droujinnik en l'interrogeant du regard.

— Je vous en parlerai plus tard, promit celui-ci. En revanche, j'ai une question à vous poser tout de suite : de quelle façon votre pantomime se termine-t-elle?

Les deux amis échangèrent un regard embarrassé.

— Eh bien, l'artiste, explique ! murmura Vassili.

— Justement, on ne savait pas trop... fit Mitko, confus. D'après les traces de sang que nous avons relevées, Stépan égorgé a pu encore avancer de quelques pas avant de s'effondrer. Ça, c'est clair ; mais ensuite ? En principe, sa besogne terminée, l'assassin s'en va, et c'est alors que surgissent les Drégoves armés de leurs coutelas empoisonnés. Comme il se doit, ils vont procéder à leur rituel macabre : la main tranchée, les yeux crevés, tout ça. Seulement... je n'ai pas réussi à reconstituer cette partie de la scène, quelque chose me gênait. Je me suis dit : Mitko, tu manques d'imagination, et pour cause ; un chrétien ne peut pas se représenter pareilles saloperies ; un païen, un nomade, ou encore un Agarien, peut-être, mais un bon orthodoxe, jamais !

— Permets-moi de te féliciter, mon ami, s'exclama le droujinnik avec chaleur. Pour une fois, tu as réagi en excellent comédien : tu n'as pas réussi à mimer les païens pour la bonne raison que leur intervention *n'était pas vraisemblable* ! En d'autres termes, elle ne pouvait avoir lieu, et elle n'a jamais eu lieu, j'en suis convaincu !

— Pas autant que moi, boyard ! l'assura Mitko. J'ai alors proposé à Vassili de s'occuper lui-même du cadavre. Après tout, rien n'empêche de penser que le meurtrier avait sur lui un sac avec une hache et tout ce qu'il faut pour s'en charger... Mais Vassili a refusé, disant que ce n'était pas lui — je veux dire, pas notre assassin — qui avait mutilé le corps. Peut-être bien qu'il avait raison... Il n'empêche que ça a été fait ! Il fallait donc le montrer d'une façon ou d'une autre pendant notre reconstitution ; je devais trouver une solution qui tienne debout. Alors, ne voyant personne d'autre, j'ai imaginé Vassili s'armer d'une hache... et crac !

— Mon ami, nous avons eu tort de sous-estimer ton talent ! déclara Artem d'un air solennel. Désormais, je sollicitérai ton intuition artistique chaque fois qu'il me faudra trancher entre différentes solutions d'un problème épineux.

— Et en clair... tu penses quoi au juste ? s'enquit l'intéressé, plein d'espoir.

— En clair, je crois que c'est bien l'assassin qui s'est occupé de toute la besogne : estourbir Procope et Stépan puis infliger à leurs corps ces blessures rituelles qui allaient faire porter les soupçons sur les païens. C'est toi qui as vu juste en imaginant notre meurtrier accomplissant lui-même ces actes barbares ; de fait, *il n'y avait personne d'autre* qui aurait pu les exécuter !

— Tu entends : j'ai vu juste ! répéta Mitko à Vassili en se rengorgeant. Pendant qu'on y est, il y a une autre chose qui me tracasse. C'est à propos de la drapière.

— Ah, non ! tu ne vas pas raconter au boyard comment Varvara s'est transformée en renarde ! protesta Vassili. J'étais là et je n'ai rien vu, à part une innocente bestiole qui a eu l'imprudence de vouloir faire un tour dans la clairière !

— Bon, je me suis peut-être laissé emporter par mon imagination, reconnut Mitko, conciliant. Mais ce n'est pas de ça que je voulais parler. Depuis le moment où Varvara a découvert le corps, elle a eu un comportement étrange...

— Rien d'étonnant ! intervint le droujinnik. Découvrir le père de son enfant trucidé et découpé en petits morceaux, on serait bouleversé à moins !

— Justement, elle n'était pas bouleversée — ni surprise, du reste. On aurait dit qu'elle savait d'avance ce qui était arrivé à Stépan.

— Mais qu'est-ce que tu vas encore inventer ? s'exclama Artem avec irritation. Tantôt tu voulais faire passer Varvara pour un loup-garou...

— Une renarde, rectifia Mitko, tatillon.

— Cela revient au même. Et maintenant, tu insinues

qu'elle était au courant du crime, et peut-être complice de l'assassin... Eh bien, je vais te dire le fond de ma pensée. Pour commencer, si notre homme a un complice, c'est le Passeur ! Depuis le début de cette affaire, le coupable s'est donné beaucoup de mal pour faire porter le chapeau aux Drégoves. Le meurtre de Stépan devrait lui aussi nous convaincre que l'assassin a agi de concert avec les païens. Allons donc ! En réalité, c'est le Passeur, ce bonhomme pervers, malveillant et, hélas, plein de ressources, qui aide l'assassin — et sans doute par pur amour du Mal... Mais Varvara ? En quoi pourrait-elle assister notre homme ? Pour quelle raison celui-ci en aurait-il fait sa complice ?

— Ce n'est pas ce que je voulais dire, précisa Mitko d'un air têtu. Elle n'a pas arrêté de se comporter d'une façon bizarre... À un moment, elle a filé sans crier gare ; on l'a rattrapée au milieu de la clairière. Alors là, j'ai cru pour de bon que l'émotion lui avait troublé l'esprit ! Elle tournait comme une toupie, elle agitait les bras et se frappait la poitrine, elle parlait à notre Mère, la terre humide, et je ne sais plus à qui encore... Pourtant, il n'y avait là que Vassili et moi ; mais à nous, elle n'a pas adressé un mot ! Bref, c'était tout un barouf... Alors, quand certains me traitent d'histrion, ajouta-t-il avec un regard de reproche vers Vassili, quel mot faudrait-il inventer pour cette drôlesse ?

Comme Artem dévisageait Mitko d'un air incrédule, son camarade intervint :

— Ce n'est pas faux, ce que raconte Mitko. Varvara chantonnait, marmonnait des incantations et, par moments, on aurait cru qu'elle avait l'esprit dérangé. Mais notre ami n'a pas mentionné l'essentiel : cette femme était terrorisée ! Selon elle, l'assassin de Procope et de Stépan allait maintenant s'en prendre à elle ! Elle n'a pas su expliquer pourquoi — car je lui ai posé la question par la suite —, mais une chose est sûre : Varvara craint que le coupable puisse lui nuire et peut-être attenter à sa vie... C'est du moins l'impression qu'elle a voulu nous donner.

Haussant les épaules, Artem se renversa dans son fauteuil, s'empara de sa plume de roseau et se mit à jouer avec.

— C'est une femme étrange, dit-il après un silence. Il n'est pas aisé de comprendre ses réactions.

— Vous oubliez le plus important, tous autant que vous êtes ! s'exclama soudain Philippos. Avant de décider si la drapière est suspecte ou pas, il faut déterminer si elle a un mobile. Or, quel intérêt avait-elle à se débarrasser de Stépan ? Aucun ; et je ne parle pas de Procope ou d'Olaf.

Tandis que le droujinnik approuvait de la tête, les Varlets échangèrent un coup d'œil plein de sous-entendus.

— Les braves habitants de Kremni, eux, sont persuadés que Varvara avait tout intérêt à faire périr Stépan de malemort ! déclara Mitko. Ils ont failli la lapider aujourd'hui, et c'est nous qui l'avons tirée de ce mauvais pas.

Il raconta au droujinnik et à Philippos ce qu'ils ignoraient encore : comment la foule leur avait barré le chemin avant de s'acharner contre Varvara. Ensuite, Mitko résuma le discours que Vassili avait adressé à la populace déchaînée, et il ne tarit pas d'éloges envers son camarade.

— J'ai toujours cru qu'il fallait, comme on dit, lui arracher le moindre mot avec une pince... En réalité, pour ce qui est du bagout, Vassili peut damer le pion aux popes les plus bavards ! s'extasia le Varlet. Pourtant, question faconde, je ne connais personne d'aussi fort que notre diacre. Parfois, on l'écoute et on se dit : mais où va-t-il chercher ces histoires à dormir debout ? Certains de nos paroissiens l'appellent saint Jean Bouche d'Or. Moi aussi, je lui ai inventé un surnom...

Mitko s'interrompit pour lancer un regard prudent vers le droujinnik, qui venait de froncer les sourcils.

— Dommage que je l'aie oublié, ce surnom, reprit le Varlet en soupirant. Il évoquait un autre saint très respecté... Bref, quant à Vassili, je n'en reviens pas : il n'a pas son pareil pour poudrer la cervelle !

— Qu'est-ce encore que cette expression ? s'étonna Artem.

— Cela veut dire : raconter des mensonges ! expliqua Philippos, hilare.

— Oh, cette tournure n'est employée que par le menu peuple, précisa Mitko d'un ton d'excuse. Et toi, tu ferais mieux de l'oublier ! ajouta-t-il à l'adresse du garçon. Enfin, le plus beau de l'histoire, c'est quand Vassili a annoncé que Stépan avait reconnu le petit ! Moi-même, j'ignorais si c'était vrai ou faux, j'ai juste pensé que ça tombait à pic. Plus tard, Vassili m'a expliqué que c'était, comme qui dirait, un pieux mensonge.

— Cela m'est venu par hasard, d'un seul coup, commenta celui-ci d'un air modeste. C'était d'ailleurs amusant, j'essayais de protéger Varvara — et j'avais l'impression de bâtir une forteresse rien qu'avec des mots ! Puis je me suis dit : il faut inventer un argument de poids, sans ça, mon échafaudage va s'écrouler comme un château de cartes !

Il voulait poursuivre mais, à cet instant, la porte s'ouvrit et la drapière en personne fit son entrée dans la pièce. Elle avait soigné ses blessures et maquillé son visage de sorte que le terrible bleu qu'elle avait à la tempe se voyait à peine.

— Pardon de m'introduire ainsi, à l'improviste, mais je risque de m'absenter ce soir... et j'avais hâte de te parler, boyard ! déclara la belle rouquine en rajustant une mèche d'un geste plein de coquetterie. Aujourd'hui, les valeureux Varlets que voici m'ont sauvé la vie ! Aux yeux de la racaille, j'ai commis un triple péché : je me mêle de ce qu'ils prennent pour de la sorcellerie ; j'ai aimé un homme et donné naissance à son enfant en dehors des liens sacrés du mariage ; enfin, je suis née femme. Une seule de ces fautes suffit pour condamner à mort un être humain ; le monde est ainsi fait.

Le droujinnik ouvrit la bouche pour intervenir, mais Varvara l'arrêta d'un geste.

— N'importe comment, poursuivit-elle, mon ancien amant assassiné, je n'avais aucune chance d'en réchapper ! Maintenant, les passions vont se calmer ; ceux qui ont voulu me lapider ce matin prendront le temps de réfléchir. Et, dès lors qu'ils auront à composer avec leur conscience, leurs mains seront moins lestes. Oui, tes hommes m'ont évité un sort peu enviable... Soyez-en remerciés, braves Varlets, aussi vaillants qu'ingénieux, et toi, boyard, leur chef superbe et généreux !

Flattés, confus, les trois guerriers ne savaient trop quelle attitude adopter quand la jeune femme s'approcha d'Artem et posa devant lui une demi-grivna.

— Voici ce que j'ai reçu pour vous loger ; après ce qui s'est passé, je ne saurais accepter cet argent, expliqua-t-elle. Vous êtes mes hôtes, c'est à la fois un honneur et un plaisir pour mon fils et moi !

Gêné, Artem chercha à lui rendre la pièce, mais Varvara repoussa sa main.

— Au fait, dit-elle en se tournant vers Vassili, comment as-tu fait pour deviner mon secret ? Stépan et moi avions pris toutes les précautions afin que personne n'en soit informé. Nous nous sommes rendus séparément aux archives municipales et nous en sommes partis de la même façon. Pour ma part, je suis certaine de n'avoir été ni reconnue ni suivie. Je croyais d'ailleurs que personne n'était au courant du fait que nous nous étions revus, lui et moi ! Eh bien, astucieux Varlet, par quel tour de magie as-tu deviné la vérité ? Que je sache, tu es guerrier, pas sorcier !

Le silence tomba dans la pièce. Tandis que Varvara dévisageait Vassili avec une expression d'incrédulité joyeuse, les Varlets et Philippos avaient les yeux rivés sur Artem. Le droujinnik, lui, contempla les pointes de ses bottes quelques instants avant de lever la tête vers la jeune femme.

— Inutile de questionner Vassili, dame Varvara, car c'est moi seul qui porte la responsabilité de ce que je vais t'apprendre maintenant : oui, j'ai fait en sorte qu'on vous surveille, Stépan et toi. Je voulais savoir pourquoi tu m'avais menti en affirmant que tu n'avais jamais revu le père de ton enfant et que tu n'avais pas l'intention de chercher à le faire.

— Je ne t'ai point menti ! s'écria Varvara.

— Et moi, je ne t'ai point invitée à parler... pas encore, rétorqua le droujinnik d'un ton glacial. Ainsi, aucun d'entre nous n'ignorait que Stépan et toi vous étiez rendus aux archives de la ville et que Danko avait été reconnu par son père. Malheureusement, j'ai ensuite estimé que nous n'avions plus besoin de renseignements sur le jeune boyard ; je me doutais qu'il n'était pas coupable... et j'étais loin d'imaginer qu'il serait la prochaine victime ! Quant à toi, nous savons tout, ou presque tout sur toi ; et ce que nous savons te fait apparaître sous un jour bien défavorable aux yeux de la loi. Tu as donc intérêt à collaborer avec le Tribunal que nous représentons.

— Le Tribunal m'autorise-t-il à dire quelque chose pour ma défense ? Si je ne m'en charge pas, personne ne le fera ! dit Varvara avec une ironie amère.

Artem acquiesça en silence.

— Je répète que je ne t'ai point menti, boyard ! Le jour même où je t'ai confié l'histoire de mes amours, j'ai croisé Stépan par hasard, dans la grand-rue. Le soir venait de tomber, le carnaval battait son plein ; personne ne nous prêtait la moindre attention. Nous avons donc marché un peu ensemble en discutant. Il m'a avoué que, depuis qu'il avait perdu son épouse et son enfant, il pensait souvent à notre fils. Il ne songeait pas à se remarier, du moins pas encore, m'a-t-il dit; mais il souhaitait retrouver Danko, lui permettre de porter le nom de son père et participer à son éducation... C'est ainsi que la chose fut décidée, boyard. Tu m'as toi-même encouragée à réfléchir aux avantages que cette solution représentait pour l'avenir du petit. Comment pouvais-je imaginer que j'allais te contrarier en acceptant...

— Il ne s'agit ni de me contrarier ni de m'être agréable, mais de me fournir de plus amples informations sur tes rapports avec la victime, trancha Artem. Comme je te l'ai dit, nous savons tout dans l'ensemble mais nous avons besoin de détails. Je te déconseille de dissimuler quoi que ce soit! Que s'est-il passé après que Stépan eut pris sa décision?

— Je n'ai rien à cacher, rétorqua Varvara en relevant la tête tandis que ses yeux verts jetaient des éclairs. Le lendemain, nous sommes allés aux archives municipales voir le scribe qui s'occupe du registre des naissances et des décès. Le soir même, j'ai retrouvé Stépan dans la grand-rue, à l'endroit où je l'avais croisé par hasard. Il était heureux que notre fils puisse dormir sur ses deux oreilles, que son avenir soit assuré... Je n'ai revu le père de Danko que par hasard, chez le gouverneur, ajouta-t-elle. Ainsi, je n'ai rencontré Stépan que trois fois avant la terrible épreuve de ce matin! Serait-ce trop, de l'avis du Tribunal?

— Ne sois pas ironique, dame Varvara, répliqua le droujinnik d'un ton radouci. L'enquêteur que je suis est obligé de te parler durement et de ne songer qu'au but de l'interrogatoire. Mais je me réjouis avec toi pour ton enfant et déplore la perte que vous avez subie.

— C'est surtout à cause de Danko... soupira la belle drapière. Stépan a fait un geste généreux et je lui en saurai gré jusqu'à la fin de mes jours, mais il est vrai que rien ne nous liait plus hormis notre fils. Enfin... ce n'était pas un mauvais homme ! Qui a bien pu le haïr au point d'attenter à sa vie ?

— Il s'agit peut-être d'une sorte de méprise, répondit Mitko comme Artem se taisait. C'est dame Natalia qui a reçu un message l'invitant à se rendre à la fourche du Diable hier au soir. L'auteur promettait de lui révéler des informations concernant la mort de son époux. Stépan y est allé à sa place et a sans doute subi le sort qui avait été réservé à la veuve...

— Sottises ! lança Artem. Ne voyez-vous pas la tactique de l'assassin ? Il fait tout pour laisser des indices trompeurs et brouiller les pistes ; mais en l'occurrence, sa ruse est cousue de fil blanc ! Le piège qu'il a tendu était, bien sûr, destiné à Stépan ; d'ailleurs, Natalia a fini par le comprendre.

— Je t'en prie, boyard, explique-toi ! le supplia Varvara. Tu n'ignores pas que je n'ai rien à voir avec ce meurtre atroce. Par contre, j'ai le droit de savoir ce qui est arrivé au père de Danko !

— Que puis-je t'apprendre sinon le raisonnement que j'ai suivi ? répliqua le droujinnik en haussant les épaules. Je crois que, depuis le début, nous avons affaire à un seul et même assassin. Hier après-midi, il a assisté à la fête chez le gouverneur et, très probablement, a essayé d'empoisonner Natalia. Sa tentative échoue, mais il n'ignore pas que la veuve est souffrante pour avoir goûté à son vin. Par conséquent, au moment où il rédige son message, il sait que Natalia n'est pas en état de se rendre à la fourche du Diable, et qu'il y a de fortes chances que Stépan veuille y aller à sa place.

— Et si nous avons affaire à plusieurs criminels ? hasarda Mitko.

— Possible, acquiesça le droujinnik. Je pense surtout au Passeur, mais nous ne savons rien de précis sur le rôle qu'il a joué dans cette série de crimes. Par ailleurs, tant que le médecin n'a pas confirmé la présence de poison dans la coupe de la veuve, le malaise de celle-ci ne prouve pas qu'on a cherché à la supprimer. Pour toutes ces raisons, il faut éviter les conclusions hâtives... Pourtant, un détail indique que le piège mortel était bel et bien destiné à Stépan : l'heure du rendez-vous. L'assassin se doutait, bien sûr, que le jeune boyard ne laisserait pas sa belle-sœur s'aventurer dans la forêt aux alentours de minuit. Après avoir rédigé son billet, il a indiqué à son petit messager l'heure à laquelle il devait se présenter à la propriété d'Olaf, et il a payé le gamin en conséquence. Le meurtrier s'est donné beaucoup de mal pour que Natalia reçoive son message tard dans la soirée ; voilà qui prouve qu'en réalité il visait Stépan !

— Cela n'explique pas pourquoi il en voulait à sa vie, souligna Varvara.

— J'ai ma petite idée là-dessus, marmonna Artem.

— Mais tu n'es pas près de la partager, n'est-ce pas ? enchaîna la drapière.

Pour toute réponse, le droujinnik haussa les épaules. Rapprochant son fauteuil du secrétaire, il entreprit de fouiller parmi les rouleaux qui contenaient ses notes. Puis il déroula une des bandes d'écorce recouvertes de son écriture raffinée et se mit à la parcourir.

— Eh bien, je vais te laisser à ton travail, fit Varvara d'un ton hésitant.

Artem demeurait silencieux ; il semblait avoir oublié la présence du monde extérieur. Sans détacher les yeux de ses notes, il sortit de sa poche le bout de ruban de soie que Vassili avait dérobé au Passeur et le posa sur la table à côté des rouleaux.

À peine Varvara eut-elle aperçu le morceau de tissu rouge brodé de perles de rivière qu'elle se figea, écarquillant les yeux de stupeur. Elle le fixait toujours quand Artem leva la tête.

— Pourquoi regardes-tu ainsi ce morceau de soie ?

s'enquit-il, intrigué. Connais-tu la femme ou la jeune fille qui porte un ruban identique ?

— Ce n'est pas cela... On dirait un lambeau de mon ruban, celui dont j'aime parer certaines de mes coiffures !

— Que dis-tu ? s'écria le droujinnik. Es-tu certaine qu'il est à toi ?

Il le tendit à la jeune femme qui l'examina quelques instants.

— Aucun doute, déclara-t-elle enfin. Je me sers de ces jolis rubans brodés de perles quand je coiffe mes cheveux en torsade. Il s'agit bien d'un de mes rubans, et c'est cela qui est étrange ! J'en ai deux, un vert et un rouge ; un jour que je portais ce dernier, quelqu'un en a coupé l'extrémité à mon insu. Je ne m'en suis aperçue que le soir, en me coiffant pour la nuit. Qui a bien pu faire cela ? un galant éconduit ? un amoureux timide ? Je n'ai jamais su le fin mot de l'histoire... En vérité, c'est incompréhensible ! Où as-tu trouvé ce bout de tissu ?

— Chez un de tes bons amis, répliqua Artem. Le Passeur !

CHAPITRE X

Sans laisser Varvara s'expliquer, le droujinnik lui relata comment le Passeur avait évoqué les objets qu'il gardait en souvenir de ses « bons amis », ainsi que la façon dont Vassili avait subtilisé le morceau de ruban brodé de perles. Ensuite, il écouta en silence les protestations de la jeune femme qui prétendait n'entretenir aucun commerce avec le sorcier depuis plusieurs lunes.

— Dame Varvara, déclara-t-il enfin, j'ai apprécié la sincérité avec laquelle tu as avoué, lors de notre première rencontre, la curiosité que tu éprouves envers le mage. En revanche, les mensonges maladroits que tu débites en ce moment ne me disposent point en ta faveur. Je te le répète, nous sommes fort bien renseignés sur tes occupations...

Il s'interrompit pour scruter le visage de la drapière. Il lui sembla que l'ombre d'un sourire passait dans les yeux verts, comme en réponse à la phrase qu'il avait laissée en suspens. Varvara avait-elle deviné la part du hasard dans cette histoire ? Avait-elle compris que la « surveillance » mentionnée par Artem n'était qu'un leurre et qu'il ignorait à peu près tout de sa vie ? Non, le droujinnik avait dû se tromper : le visage de la jeune femme était grave, ses yeux ne reflétaient que la tension qui l'habitait.

— Puisque tu es si bien informé sur ma vie, lança-t-elle, tu dois savoir mieux que quiconque que plus rien ne me lie au sorcier aujourd'hui !

— Aujourd'hui, peut-être, souligna Artem. Il n'empêche que votre dernière rencontre remonte à il y a moins d'une lune, n'est-ce pas ?

— C'est exact, reconnut Varvara à contrecœur. Tu as raison, boyard, il serait stupide de nier ce que je t'ai moi-même confié. Je suis allée voir le sorcier à cause de mon dos qui me faisait souffrir. Il m'a alors donné le couteau ensorcelé qui devait « couper la douleur en deux » et qui m'a effectivement soulagée, si bien que je le garde toujours enfoui sous mon matelas. Pourtant...

Le regard au loin, elle réprima un frisson avant de poursuivre :

— Ce jour-là, nous nous sommes quittés fâchés à mort ! J'ignore pourquoi, mais il a essayé de me jeter un sort... comment dire ? de me soumettre à sa volonté, de me rendre aussi docile et obéissante qu'une marionnette ! Quand il s'est aperçu que j'avais brisé le charme maléfique, il est devenu fou de rage. J'ai cru qu'il allait m'anéantir, puisqu'il n'était pas parvenu à me dompter... Et il avait bien le pouvoir de me réduire à une poignée de cendres ! Mais il s'est contenté de me chasser, imprécations et menaces à la bouche.

— A-t-il essayé de s'en prendre à toi par la suite ? demanda le droujinnik.

— Le Passeur n'est pas un malfaiteur ordinaire ! Ce n'est pas un acte de violence que je crains de lui, mais quelque terrible noirceur, une vengeance plus cruelle et plus raffinée que tout ce qu'on peut imaginer... Rappelle-toi ce que je t'ai déjà dit au sujet de cet homme : il a la soif du Mal !

— Je suis d'accord avec toi, c'est un être pervers et malveillant, mais il n'a pas autant de ressources que tu le crois ! Contrairement à toi, je ne suis pas guérisseur ;

pourtant, j'ai réussi moi aussi à briser l'envoûtement. Il m'a suffi de percer à jour ce coquin, de comprendre ses manèges pour échapper à son prétendu pouvoir magique. N'importe qui peut le combattre et lui résister, car ce n'est qu'un habile charlatan !

— Nous ne parlons pas le même langage, boyard, soupira Varvara, tandis que Mitko et Vassili approuvaient vigoureusement de la tête. Mais qu'importe ! Pour répondre à ta question, en dépit de ses menaces, je ne crois pas que le Passeur ait cherché à me nuire depuis ce jour-là.

— Mais tu continues à redouter sa vengeance, n'est-ce pas ? Est-ce pour cette raison que tu crains que le meurtrier de Procope et de Stépan s'en prenne à toi ?

La drapière leva vers lui des yeux étonnés.

— J'ignorais qu'il existât un rapport aussi étroit entre le sorcier et le meurtrier ! Il est vrai que j'ai un mauvais pressentiment en ce qui concerne l'assassin. Il est déterminé à me nuire ! Je ne saurais te préciser comment ni pourquoi, mais j'en ai la certitude, je le sens au plus profond de moi. Voilà pourquoi j'ai essayé d'invoquer les forces de la Nature et de la Lumière pour qu'elles me protègent de cette créature infernale ; je suppose que tes hommes t'en ont informé. Je devrais en outre suivre l'exemple des autres femmes et consacrer mes soirées à la divination, profitant du peu de temps qu'il reste avant la Nativité de Notre-Seigneur. Cela me permettrait de voir plus clair dans les desseins de mon ennemi.

Artem surprit le coup d'œil curieux que lui avait lancé Philippos. Fidèle à la mémoire de sa mère, érudite grecque mais aussi devineresse, le garçon considérait avec respect — au grand dam du droujinnik — toutes les formes de l'art de prédire l'avenir.

— La divination relève de l'ignorance, ces ténèbres qui empêchent l'esprit de se nourrir des fruits de la sagesse et de raisonner avec discernement, déclara Artem avec emphase. Ce n'est pas cela qui te permettra de voir plus clair dans quoi que ce soit ! Si tu crains l'assassin qui sévit parmi tes concitoyens, femme, tu ferais mieux d'oublier tes incantations, et de t'en remettre à nous autres, droujinniks du prince !

Sur ces mots, il signifia d'un geste à Varvara qu'elle pouvait prendre congé. Celle-ci s'inclina jusqu'à terre et s'empressa de quitter la pièce.

— Boyard, boyard ! Tu laisses donc la drapière s'en tirer à si bon compte ? s'écrièrent en chœur les Varlets.

— Pourquoi ne pas la soumettre à un interrogatoire serré ? renchérit Mitko. Mise au pied du mur, elle finira par tout avouer !

— Tout et n'importe quoi, oui, grommela Artem. Vous savez ce que valent les aveux arrachés sous la contrainte !

Il s'accorda quelques instants de réflexion.

— Je continue à croire que cette femme n'est coupable que de naïveté et d'ignorance, déclara-t-il avant d'ajouter dans sa moustache : Si on devait arrêter pour cela, toutes les filles d'Ève seraient sous les verrous !

— Mais ses relations avec le sorcier ? s'exclama Mitko. Elle nous a menti ! Cette histoire de ruban prouve qu'elle est dans les bonnes grâces du Passeur !

— Pas nécessairement, objecta le droujinnik. Les faits sont indéniables, mais nous ignorons comment les interpréter. Il est possible que Varvara nous ait dit la vérité sur sa querelle avec le sorcier. Dans ce cas, c'est peut-être exprès que ce dernier a laissé en évidence, lors de votre visite, le « gage » de leur amitié qu'il s'était procuré auparavant. S'il parvenait à compromettre la drapière aux yeux de l'Église et du Tribunal du prince, il s'assurerait une vengeance digne de son imagination diabolique... Cette idée n'a pas encore effleuré l'esprit de Varvara, mais elle est loin d'être absurde.

Les Varlets se consultèrent du regard, lancèrent un coup d'œil désemparé vers Philippos puis dévisagèrent leur chef à nouveau. Celui-ci réprima un soupir et, d'un geste, les invita à lui confier ce qui les tracassait.

— On ne sait plus à quoi s'en tenir ! se plaignit Mitko. Jusqu'à présent, Varvara était sur notre liste de suspects, par le simple fait qu'elle s'y connaît en plantes et en poisons. Et maintenant, alors que les preuves contre elle s'accumulent comme les champignons sortent de terre après la pluie, tu essaies de la justifier sous prétexte qu'elle n'est pas trop maligne... Pourtant, depuis qu'on participe à tes missions, on a bien compris une chose : pas besoin d'être savant pour trucider son prochain !

— Je vois ce qui vous préoccupe, acquiesça le droujinnik. En effet, il est temps de faire le point de la situation. Revenons à la façon dont le boyard Olaf a été assassiné...

— Je me rappelle ce que tu as souligné, boyard ! intervint Mitko. Ce meurtre maquillé en accident diffère des deux autres crimes, qui portent la même signature : le poison utilisé par l'assassin et la mise en scène impliquant la participation des Drégoves.

— Cette signature, c'est celle du Passeur, acquiesça le droujinnik. En d'autres mots, c'est lui qui a fourni au meurtrier le poison et le couteau drégove afin de faire porter le chapeau aux païens. Ce ne sont pas ces éléments qui nous apprendront quoi que ce soit sur l'assassin lui-même ! Je l'ai déjà dit, nos adversaires ont tout fait pour brouiller les pistes et multiplier les faux indices.

— Mais le meurtre d'Olaf nous a permis de découvrir que l'assassin fait partie de la famille de la victime, fit valoir Philippos. Seule une personne appartenant à cette maisonnée a pu déplacer l'échelle entre le moment où la jeune servante a regagné les cuisines et celui où son maître est descendu à son tour.

— Au cours de cet après-midi-là, Alia est retournée chez elle à deux reprises, rappela Artem.

— Et alors ? Alia est incapable d'une monstruosité pareille ! protesta Philippos avec fougue. Pourquoi pas me soupçonner, pendant que tu y es ? Moi aussi, je suis venu chez Olaf puisque j'accompagnais Alia... Du reste, j'ai déjà dit que je n'avais rien remarqué de suspect.

— Loin de moi l'idée d'accuser ou de blanchir quiconque, répliqua le droujinnik. Je ne cherche qu'à apporter une précision : de même que vous êtes tous les deux passés chez Olaf, de même l'assassin aurait pu venir de l'extérieur puis repartir, sa noire besogne accomplie. S'il n'appartient pas à la maisonnée du vieux boyard, il fait partie du cercle de ses familiers ; voilà ce qu'il importe de retenir. Maintenant, parlons du meurtre de Stépan, ou plutôt du mobile de ce crime. Qu'en pensez-vous ?

— Il a peut-être appris quelque chose qui risquait de mettre le criminel en danger, suggéra Philippos. Nous savons qu'il brûlait de mener sa propre enquête sur la mort de son frère ! C'est d'ailleurs pour cette raison qu'il a couru au rendez-vous que l'auteur du message avait fixé à sa belle-sœur.

Le droujinnik acquiesça d'un signe de tête. Il demeura silencieux quelques instants en tirant sur sa longue moustache d'un air pensif.

— Cependant, la mort du vieux boyard, ainsi que celle de son deuxième fils, nous oblige à envisager un mobile différent, au moins aussi puissant que tout ce que nous avons considéré jusqu'à présent, déclara-t-il. Vous ne voyez donc pas ? L'immense fortune d'Olaf !

Philippos, Vassili et Mitko se regardèrent en silence, puis ce dernier s'exclama :

— Que dis-tu là, boyard ? Par la force des choses — j'aurais pu dire : par pur hasard —, deux enfants, Ipate et Alia, se retrouvent aujourd'hui en possession de cette fortune. Je sais que le jeune homme est en âge de s'enrôler dans la droujina du prince et la jeune fille, de convoler en justes noces, mais ce ne sont que des gamins ! Comment les imaginer... ?

Laissant sa phrase en suspens, Mitko fixa Artem d'un air stupéfait et indigné. Le droujinnik soutint son regard mais s'abstint de répondre.

— Cette fois, c'est à moi d'apporter une précision, intervint Philippos qui s'efforçait de maîtriser son excitation. Si on a essayé d'empoisonner Natalia, c'est que l'assassin craint qu'elle retrouve la mémoire et révèle quelque chose de dangereux pour lui. Il est donc logique de supposer qu'Olaf a lui aussi été tué parce qu'il allait aider la veuve à se souvenir de ce détail essentiel... Est-ce que mon raisonnement tient, jusque-là ?

Hochant la tête, Artem l'encouragea à poursuivre.

— Par conséquent, déclara Philippos d'un ton de triomphe, le mobile que tu as mentionné — la fortune d'Olaf — ne peut être envisagé que dans le cas du dernier meurtre, celui de Stépan... Vrai ou faux ?

Les Varlets poussèrent des exclamations d'approbation, et Mitko souligna son accord par un coup de poing sur l'accoudoir de son fauteuil. Quant au droujinnik, il dévisagea le garçon quelques instants avant d'esquisser un sourire :

— Je vois où tu veux en venir... Soit, je vais le formuler à ta place : puisque ce mobile apparaît comme possible surtout dans le cas du troisième meurtre, c'est Varvara qui se retrouve en tête de la liste des suspects. Est-il besoin d'expliquer pourquoi ? L'acte de reconnaissance signé par Stépan a fait de leur fils Danko l'unique héritier de la fortune d'Olaf ! Pour l'instant, Ipate et Alia auront la jouissance des biens de leur père dans les limites prévues par la loi, mais dès que Danko sera majeur, c'est lui qui disposera des terres, du domaine et de l'argent d'Olaf.

— Pourtant, tu refuses de croire que Varvara puisse être coupable ? demanda Philippos en relevant le menton avec défi.

— En principe, je suis d'accord avec ton raisonnement, répliqua le droujinnik d'un ton serein. Mais ce que j'ai dit de la drapière un peu plus tôt me donne à penser qu'elle est innocente... Il y a des choses qui relèvent de l'intuition, ou de l'intime conviction, voilà tout.

— Ton intuition te suggère-t-elle que c'est la douce et frêle Alia qui a trucidé trois grands gaillards — son père et ses deux frères, par-dessus le marché ? s'écria Philippos.

— Non, pas vraiment, fit le droujinnik, incapable de réprimer un sourire. Encore que je ne saurais décrire Alia comme douce et frêle ! Cette jeune personne a assez d'énergie pour réveiller les morts — et peut-être aussi pour envoyer quelqu'un dans l'autre monde... mais elle n'a ni la malignité ni la duplicité d'une criminelle !

— Et Ipate quant à lui n'est pas assez intelligent, souligna Philippos. Je suis persuadé que ce nigaud est incapable de mettre au point un plan d'action tant soit peu compliqué ! Sa méchanceté naturelle se limite aux mauvais tours qu'il joue aux amies de sa sœur et aux autres jeunes filles... Non, en vérité, Varvara me paraît bien plus suspecte...

Mais Artem l'interrompit d'un geste impatient. Il proposa à ses compagnons d'aller souper en ville, dans une taverne de leur choix ; sur le chemin, ils passeraient chez le médecin s'informer de ses conclusions quant au vin auquel Natalia avait goûté.

Les Varlets venaient de quitter le cabinet de travail d'Artem quand Philippos s'approcha du droujinnik en train de ranger ses notes.

— Un jour, commença le garçon, tu as dit une phrase qui m'a frappé, bien que j'aie eu du mal à la comprendre à l'époque... C'était à propos d'un meurtre sur lequel tu enquêtais.

— Eh bien ? Cette phrase, tu l'as donc comprise plus tard ? demanda Artem comme Philippos se taisait.

— Il ne s'agit pas de ça. J'y ai repensé à cause de l'affaire qui nous occupe en ce moment... Si les femmes, as-tu dit, sont parfois capables d'actions surprenantes et admirables, les mères, elles, peuvent aller jusqu'à accomplir des actes qui confondent la raison et plongent l'âme dans l'épouvante.

— Ouais, dit Artem d'un ton qui rappelait celui de Mitko lorsqu'il se défendait d'être mauvais comédien. Je me souviens de l'enquête en question et du moment où j'ai tenu ces propos... Mais toi, ne me dis pas que tu en saisis davantage le sens aujourd'hui qu'à l'époque !

— N-non, pas tout à fait, avoua Philippos avant de sourire d'un air espiègle : Mais j'ai réagi en bon élève, j'ai retenu la leçon !

Comme ils quittaient la maison de Varvara, ils furent happés par le carnaval et son tourbillon de masques. La foule les entraîna jusqu'à la place de l'Église, déjà noire de monde. La plupart des gens se pressaient autour du traîneau chargé des deux poupées du carnaval, Koliada et Lada. Au pied de celles-ci s'amoncelaient des tonnelets de vin et d'hydromel. Un moujik en remplissait avec application des coupes de bois, sans oublier de se rafraîchir le gosier quand l'envie lui en prenait.

Artem et ses compagnons se dirigèrent vers la place du Marché près de laquelle se trouvait la maison du médecin. Alors qu'ils s'engageaient dans la grand-rue, des jeunes gens déguisés se mêlèrent soudain à eux, entonnant des couplets comiques. Un masque au visage badigeonné de blanc et de rose, avec de longues boucles de paille coiffées d'une couronne de fleurs en tissu, surgit devant Philippos et lui lança d'un ton moqueur :

— Je suis l'enfant-dieu Lel, et je chante Lada, la déesse du printemps ! Et toi, qui es-tu ? Si tu ne portes pas les couleurs de Lada, tu vas fondre au premier rayon du soleil printanier !

Sur ces mots, Lel souleva son masque et Philippos reconnut la frimousse rieuse d'Alia. La jeune fille et ses amis avaient l'intention de se rendre à l'étang transformé en patinoire situé près de la porte nord. Alia avait, bien sûr, ses propres patins de bois, mais elle apprit à Philippos qu'on pouvait sur place en louer une paire pour une piécette de cuivre.

Philippos hésita à suivre la belle coquette, puis résolut de la rejoindre plus tard. Artem, Vassili et lui emboîtèrent le pas à Mitko qui se frayait un chemin dans la cohue en jouant des coudes et en hurlant : « Place ! Place aux droujinniks du prince ! » Après avoir suivi la rue qui longeait le marché, ils aperçurent la maison du médecin. Au première étage, la fenêtre allumée de la bibliothèque semblait indiquer que Titos y travaillait. Pourtant, celui-ci leur ouvrit au moment où ils frappaient, comme s'il s'était tenu de l'autre côté de la porte.

— Vous avez de la chance, déclara-t-il après avoir salué Artem et ses compagnons. Je vous ai attendus toute la journée et je m'apprêtais à partir... J'aime à contempler mes braves concitoyens quand ils sont en bonne santé, occupés à se divertir ! N'importe, je sortirai plus tard. Montons dans ma bibliothèque, Hakim y travaille, et nous aurons besoin de lui.

Ils découvrirent le serviteur muet assis devant un lutrin chargé d'un énorme manuscrit, ses feuilles de parchemin couvertes de courbes et volutes qui semblaient danser sur la page : l'écriture arabe. Hakim s'empressa de quitter son siège et de s'incliner devant les visiteurs qui accompagnaient son maître. Celui-ci lui ordonna quelque chose dans une langue gutturale, et le muet se précipita hors de la pièce.

— Je t'attendais, boyard, pour que nous puissions procéder ensemble à une petite expérience, déclara Titos. Ton fils a dû te raconter que, d'après les premiers symptômes manifestés par Natalia, elle venait d'absorber du poison. Il s'agit sans doute de la substance qui a provoqué la mort de son époux et celle de son malheureux beau-frère, Stépan.

Tout en parlant, il s'installa sur le haut tabouret libéré par Hakim et, d'un geste, invita le droujinnik à prendre place dans l'imposant fauteuil devant le secrétaire. Philippos et les Varlets demeurèrent debout.

L'instant d'après, Hakim revint dans la bibliothèque. Il portait d'une main une soucoupe chargée d'un morceau de fromage, de l'autre, une cage où se débattait un énorme rat à longue queue, les yeux rouges comme des escarboucles. Posant cage et soucoupe sur le sol, il jeta un coup d'œil interrogateur à Titos. Comme celui-ci acquiesçait d'un signe de tête, Hakim alla chercher sur un des rayonnages un plateau qui supportait un haut couvercle bombé en argent massif. Soulevant ce dernier, il découvrit la coupe que Philippos avait réussi à subtiliser après le malaise de Natalia.

— Voici donc l'objet, tel que ce jeune homme me l'a remis après le banquet, déclara Titos. Il suffit d'imbiber ce morceau de fromage de vin suspect puis de le donner à cet animal vorace. Qui veut se charger de l'exécution ?

À ces mots, Hakim s'approcha de Philippos et darda sur lui le regard énigmatique de ses prunelles noires. S'efforçant de maîtriser la peur instinctive que le muet lui inspirait, le garçon secoua la tête, mais le serviteur resta immobile, penché vers lui d'un air résolu, comme s'il avait décidé de lui imposer cette épreuve. Haussant les épaules, Philippos s'empara de la coupe et se dirigea vers la cage.

Alléché par l'odeur du fromage, le rat poussait son museau aux incisives acérées et saillantes entre les barreaux. Réprimant un frisson de dégoût, Philippos renversa le contenu de la coupe sur le fromage. Il introduisit le morceau dans la cage à l'aide de la baguette métallique que Hakim venait de lui remettre ; l'animal s'y attaqua avec avidité et le dévora en quelques instants. Philippos regagna sa place auprès des Varlets. Pendant quelques minutes, tout le monde observa le rat qui, tremblant de fureur, continuait à heurter les barreaux de la cage. Soudain, l'animal se figea, huma l'air puis roula sur le dos, montrant son ventre sale. Alors qu'il griffait le vide, son poil se hérissa, son museau s'ouvrit et une substance blanchâtre apparut entre ses mâchoires. Son corps fut agité de quelques soubresauts et s'immobilisa.

— Je savais que, si le vin contenait le poison à base d'aconit et de venin de vipère, notre attente ne risquait pas d'être longue, commenta Titos.

Il considéra le cadavre du rat avec satisfaction avant de se tourner vers Artem :

— Vois par toi-même, boyard : la bave, le poil humide, les convulsions... Tous ces signes correspondent à ceux qu'on observerait chez un homme qui aurait absorbé une dose mortelle de ce poison : vomissements, salive et sueur abondantes, ultimes spasmes secouant la poitrine...

Il s'interrompit pour inviter Artem à examiner de près le cadavre de l'animal, mais le droujinnik s'empressa de refuser. Le médecin ordonna alors à Hakim d'emporter la cage et les autres objets utilisés pendant l'expérience. Avant de s'exécuter, le serviteur muet fixa le rat d'un air de dépit puis leva les yeux au ciel avec un morne soupir.

— Qu'est-ce qu'il veut dire ? s'étonna Artem.

— Il pense à certains pays que nous avons visités ensemble, expliqua Titos. Les condamnés à mort y sont livrés aux médecins, pour que ces derniers puissent expérimenter les poisons, ainsi que certains traitements dangereux. Hakim m'a déjà exprimé son vif regret que nous n'ayons pu nous procurer un homme à la place du rat.

Artem et ses compagnons suivirent du regard la haute silhouette coiffée d'un turban qui se glissait silencieusement hors de la pièce.

— À propos, ajouta Titos, j'ai aussi examiné le flacon d'argent de Procope, celui qu'on a retrouvé près de son corps. Il contient de l'excellente eau-de-vie de cerise sans aucune trace de poison.

— Je m'en doutais, acquiesça le droujinnik. Garde ce récipient pour l'instant, je le rendrai à la famille à la fin de l'enquête. Pour en revenir au poison qu'on a essayé d'administrer à la veuve, tu es donc formel : on s'est servi de la même substance que dans les cas de Procope et de Stépan ?

Le médecin acquiesça avec gravité puis précisa :

— Je m'en suis douté dès le début, en examinant Natalia et en l'écoutant décrire ce qu'elle ressentait. J'ai d'ailleurs remarqué que je n'étais pas le seul à avoir identifié ces symptômes : ce jeune homme les a également reconnus, ajouta-t-il avec un clin d'œil à l'adresse de Philippos.

— En effet, acquiesça celui-ci avant de demander : Au fait, où étais-tu juste avant d'accourir auprès de Natalia ?

— Dans l'entrée, à essayer de dissuader Varvara de partir. Elle était scandalisée par l'audace du gouverneur, qui avait invité Stépan en même temps que nous, elle et moi. Elle a fini par entendre raison... Mais revenons à Natalia. On peut dire qu'elle a eu de la chance !

D'abord, Philippos l'empêche d'avaler la potion diabolique, puis votre humble serviteur lui prépare la grande thériaque, le contrepoison le plus efficace qui existe... et que n'importe quel médecin de campagne n'a pas sous la main, eh non !

— Je crois pourtant qu'elle a arrêté ce traitement, fit observer Artem. Ou bien il lui donnait des nausées, ou bien elle n'en appréciait point le goût, je ne m'en souviens plus.

— Elle n'en aimait pas le goût ! répéta Titos avec indignation. Et après, elle va se plaindre de vertiges, de faiblesse... Voyez la bêtise des malades ! L'illustre Avicenne ne dit-il pas que la collaboration du patient est indispensable à sa guérison ? Tout à l'heure, je vais rédiger un message pour cette ingrate... et je ne vais pas mâcher mes mots !

Tandis qu'il ronchonnait et pestait contre les malades indociles, le droujinnik se leva pour prendre congé. Le médecin les accompagna jusqu'à la porte. Ils étaient sur le point de sortir quand Artem dit soudain :

— Maintenant, tu peux m'avouer ce qui t'a poussé à t'installer à Kremni ! Ce fut ta rencontre avec Pélagie et ton amour pour elle, n'est-ce pas ?

Pris par surprise, Titos répondit d'un air confus :

— En effet... Je sais que je me suis trompé ; je n'aurais jamais dû caresser un espoir aussi fou... mais c'est la vérité : c'est ma passion pour Pélagie qui m'a retenu dans cette ville.

— Et qu'est-ce qui t'empêche d'en partir maintenant ? s'enquit Artem d'un ton acide. Toujours l'amour, n'est-ce pas ?

— Euh... oui, tu as encore raison, acquiesça le médecin en baissant la tête.

— Ne crains-tu pas de te tromper à nouveau ? s'exclama le droujinnik, incapable de maîtriser son accès de jalousie. Mais qu'est-ce qu'un homme comme toi, rangé, savant, ordonné, peut apporter à une femme fantasque, capricieuse et farouchement indépendante comme Varvara ?

La face ronde de Titos pâlit, ses épaules s'affaissèrent. Il demeura silencieux quelques instants, puis leva vers Artem des yeux sombres et hagards.

— Je crois pourtant qu'elle n'est pas mécontente de ce que j'ai pu lui apporter jusqu'à présent, murmura-t-il d'une voix sourde. À elle de juger !

À contrecœur, Artem ne put en disconvenir. La mine renfrognée, il entraîna ses compagnons au-dehors, où le bruit et l'agitation du carnaval augmentèrent encore sa mauvaise humeur. Les Varlets décidèrent qu'un bon dîner saurait dissiper l'accès de mélancolie de leur chef, aussi entraînèrent-ils bientôt le boyard maussade et son fils dans une taverne dont la porte entrouverte laissait échapper des odeurs alléchantes. Ils commandèrent des tourtes de saumon et d'esturgeon, des champignons et des légumes marinés, du caviar rouge[1] et noir, et une montagne de blinis. En voyant cette abondance, le droujinnik se dérida enfin et finit par faire honneur à la bonne chère.

Au moment de partir, ils se séparèrent : Artem se sentait d'attaque pour tenter de résoudre une fois pour toutes l'énigme des meurtres à la fourche du Diable, aussi préféra-t-il regagner leurs quartiers et réfléchir dans le calme de son cabinet de travail ; Mitko et Vassili avaient envie de se mesurer aux gaillards de Kremni dans les jeux et combats habituels en cette veille de Noël ; quant à Philippos, il brûlait de rejoindre Alia et ses amis. Artem l'y autorisa et il se fondit dans la foule, se frayant un chemin à coups de coude vers la porte nord.

Tant que la glace recouvrant la rivière restait assez

1. Nom par lequel les Russes désignent les œufs de saumon.

fragile, les habitants jeunes et vieux de Kremni aimaient à se donner rendez-vous le soir près de l'étang gelé qu'ils appelaient fièrement « le lac ». Des gamins munis de leurs luges escaladaient le rivage recouvert de neige ; des jeunes gens patinaient sur la surface de l'eau gelée qui luisait sous le clair de lune ; des couples d'amoureux se promenaient dans le bosquet de bouleaux voisin ; de dignes boyards accompagnés de leurs épouses et toute espèce de flâneurs emplissaient l'espace découvert entre l'étang, le bosquet et l'enceinte de la ville, où des échoppes installées à la va-vite proposaient friandises et bijoux de pacotille.

Après être passé sous la tour de guet, Philippos se précipita vers la patinoire éclairée par une vingtaine de torches plantées dans les congères alentour. Des silhouettes isolées et des couples décrivaient des figures compliquées sur la glace, tandis que les plus jeunes des patineurs se poursuivaient avec des cris et des éclats de rire. Plusieurs personnes portaient des masques, mais celui d'Alia — la face rose, encadrée de boucles claires, de l'enfant-dieu Lel — restait invisible.

Philippos se rendit compte qu'il ne lui serait pas facile de retrouver la jeune fille dans la foule des promeneurs qui circulaient entre l'étang et les échoppes aménagées au pied de la tour de guet et de la muraille adjacente. Après avoir déambulé au hasard durant un quart d'heure, il se demanda avec dépit si son amie n'avait pas fui la cohue pour se dissimuler dans le bosquet de bouleaux en compagnie de Cyrille ou de quelque autre soupirant...

Comme il balayait une nouvelle fois la patinoire du regard, il aperçut Ipate. Vêtu de son caftan bleu bordé de zibeline, chaussé de patins par-dessus ses bottes de feutre, le jeune homme serrait son masque sous son coude. Il se tenait près des congères en compagnie de six ou sept garçons et filles, la plupart déguisés et masqués. Le nouveau maître du domaine d'Olaf était tellement conscient de sa qualité qu'il paraissait encore plus guindé que de coutume. Quant à ses interlocuteurs, ils semblaient suspendus à ses lèvres.

Philippos n'avait aucune envie d'adresser la parole à ce petit coq prétentieux, mais peut-être savait-il où se trouvait sa sœur. Il courut vers les marches de bois qui descendaient vers la surface gelée de l'étang. Deux ou trois gamins l'abordèrent, essayant de l'entraîner vers l'étal où l'on pouvait louer une paire de patins, mais Philippos les repoussa sans ménagement. Cependant, à peine avait-il esquissé un premier pas en direction d'Ipate qu'il glissa et s'étala de tout son long. Maudissant les semelles de cuir de ses bottes de cavalier, il se releva tant bien que mal et se remit à marcher avec précaution, provoquant des éclats de rire autour de lui.

En s'approchant des jeunes gens rassemblés autour d'Ipate, il comprit pourquoi ils ne s'éloignaient pas du bord de la patinoire : le frère d'Alia était le seul à porter des patins. Philippos s'immobilisa, observant le groupe avec une moue ironique. Ipate tendit son masque à une jolie blonde qui le reçut religieusement, comme on accueille une châsse précieuse; puis il se pencha pour ôter ses patins et les brandit en s'exclamant :

— À qui est-ce que je les prête, ce coup-ci ? Tiens, Klava, ma petite chatte, je veux voir ton joli minois illuminé par un sourire !

« Cette Klava ferait mieux de lui donner un bon coup de pied aux fesses ! » pensa Philippos exaspéré. Mais la jolie blonde se contenta de glousser d'un air idiot; elle rendit son masque à Ipate et accueillit la paire de patins avec autant de vénération que si ç'avait été l'Enfant Jésus lui-même. « En voilà une qui guette déjà la fortune toute neuve de ce fiancé mal dégrossi ! » songea Philippos. Soudain, Ipate darda sur lui un regard intense, comme s'il pouvait lire dans ses pensées.

— La nouvelle charge qui pèse sur mes épaules est lourde, mais elle ne m'empêche pas de m'adonner à mes passe-temps favoris ! déclara-t-il d'un air affecté. Et en particulier, j'adore patiner ! Quoi de plus merveilleux qu'une belle patinoire ronde et brillante comme une grivna d'argent ? Source de plaisir, elle peut aussi devenir source de profit... Eh oui, une simple bande de terre bien glissante peut rapporter des centaines de grivnas !

Philippos eut le souffle coupé. Avait-il bien compris ? Ipate faisait-il réellement allusion à ces quelques coudées de glace au milieu de la cour, devant la grange, qui avaient provoqué la chute fatale de son père ?

— Mais qu'est-ce que tu racontes ? intervint un des compagnons du garçon. Serait-ce la location de patins qui pourrait rapporter la fortune dont tu parles ?

— Que tu es sot ! Une patinoire, rien qu'une petite patinoire aménagée avec habileté, quand il faut, là où il faut... Et voilà que les pieds glissent, l'échelle glisse, tout glisse... et tout s'arrange ! Oui, tout s'arrange pour qui sait forcer un peu la chance — j'en sais quelque chose ! conclut-il en ricanant.

Philippos sentit ses cheveux se dresser sur sa tête. Seul l'assassin d'Olaf pouvait parler ainsi !

Au fond, il avait toujours soupçonné ce garçon hypocrite et sournois. Sa haine viscérale de son vieux tyran de père et sa cupidité naturelle l'avaient poussé au plus abject des crimes : le parricide... Mais Ipate avait-il participé, de loin ou de près, aux meurtres de ses deux frères ? Sans doute pas ; d'ailleurs, Artem avait admis qu'il puisse y avoir plus d'un mobile et plus d'un meurtrier dans cette ténébreuse affaire, et Philippos quant à lui persistait à croire qu'Ipate n'était pas assez malin pour échafauder un plan compliqué. En revanche, pas besoin d'avoir inventé le fil à couper le beurre pour renverser un seau d'eau sur le sol, puis déplacer l'extrémité de l'échelle de façon qu'elle glisse !

Il continua de réfléchir à toute allure. Si Ipate avait assassiné son père, il y avait de fortes chances qu'il ait également trempé dans le meurtre de Stépan car, ce dernier vivant, il n'aurait pu accéder à l'immense fortune du vieux boyard. Ipate devait avoir un complice, mais qui ? L'espace d'un instant, Philippos songea à Alia, mais il rejeta cette idée avec horreur.

Cependant, délaissant la jolie blonde qui essayait ses patins et les jeunes gens qui l'entouraient, Ipate escalada les hautes congères qui bordaient la patinoire, puis tendit la main pour aider un de ses amis à monter à sa suite.

Que faire ? songea fiévreusement Philippos. Quelle que soit l'identité de son complice, il fallait sur-le-champ arrêter Ipate... Mais comment ? Il n'avait ni poignard ni épée, et son adversaire était bien plus costaud que lui ; en cas de bagarre, il ne pouvait même pas compter sur l'extraordinaire souplesse de son corps, encombré qu'il était par ses lourds vêtements d'hiver !

S'efforçant de calmer les battements désordonnés de son cœur, il grimpa à son tour sur les congères et chercha Ipate des yeux. Par chance, celui-ci ne s'était guère éloigné de l'étang. Serrant son masque sous le bras, il bavardait toujours avec son ami vêtu d'une touloupe retournée, le visage dissimulé par un masque d'ours.

Philippos s'accroupit derrière l'étal d'un marchand de gâteaux. En observant l'assassin, il se rendit compte que celui-ci ignorait qu'il était suivi. Lorsque, un peu plus tôt, il avait eu l'impression qu'Ipate le fixait, le garçon regardait en réalité son comparse déguisé en ours.

Tant que le criminel ne se doutait de rien, songea Philippos, la meilleure solution consistait à courir prévenir Artem... Mais il n'osait pas interrompre sa surveillance. De terribles pensées le hantaient. Ipate était, certes, le nouveau maître du domaine du vieux boyard, mais Alia avait toujours droit à sa dot... Ipate accepterait-il de céder une part du gâteau ? Ne préférerait-il pas se débarrasser de sa sœur ? Celui qui a transgressé l'interdit n'hésite jamais à récidiver !

Philippos résolut de continuer sa filature. Si par chance il croisait Alia, il la prendrait sous sa protection et ne la quitterait plus, quitte à affronter l'assassin. Peut-être sortirait-il vainqueur de ce combat inégal — ou peut-être mourrait-il aux pieds de sa belle, le cœur transpercé par un poignard empoisonné... Mais tant que la jeune fille restait introuvable et que le criminel se promenait en toute liberté, il n'était pas question de lâcher ce coquin d'une semelle !

Tapi derrière l'étal du marchand, il attendit qu'Ipate ait fini sa conversation. Mais à peine celui-ci s'était-il remis à marcher que Philippos le perdit de vue. Il devina tout de suite ce qui s'était passé : Ipate avait revêtu son masque ! Il s'efforça de se rappeler ce que ce dernier représentait : un loup ? un chien ? le mythique chien Samargl ?

Se traitant de tous les noms, Philippos chercha du regard l'ours noir, le compagnon d'Ipate... Hélas ! Autant chercher une aiguille dans une botte de foin : la plupart des promeneurs portaient leurs touloupes à l'envers, et une bonne partie d'entre eux arboraient des masques grossièrement badigeonnés de noir, censés évoquer « le tsar de la forêt ».

Bousculant les flâneurs, il se précipita vers la tour de guet puis revint sur ses pas. Rien à faire ! Ipate s'était volatilisé.

Jamais Philippos n'avait été aussi furieux contre lui-même ! S'il arrivait quelque chose à Alia par sa faute, comment pourrait-il se le pardonner ? Tournant en rond comme un ours en cage, il se mit à marmonner à mi-voix :

— Seigneur Jésus, miséricorde ! Miséricorde ! Vous dont nous allons fêter la Nativité, ayez pitié des innocents ! Épargnez la belle, la pure Alia ! Tant pis si elle en aime un autre que moi, qu'il ne lui arrive rien ! Je fais serment de renoncer à mon amour, faites qu'elle s'en sorte saine et sauve !

Après avoir accompli, du moins en pensée, ce noble sacrifice, il put se concentrer et réfléchir à la situation. Désormais, il ne lui restait qu'une chose à faire : informer au plus vite le droujinnik de sa découverte et du danger que courait la jeune fille.

L'enceinte de la ville franchie, Philippos s'engagea dans la grand-rue et s'élança de toutes ses forces en direction de la maison de la drapière. En pénétrant dans le petit jardin de Varvara, il regarda les fenêtres : Dieu merci, Artem travaillait dans son cabinet !

Il gravit quatre à quatre les marches de l'escalier et entra en trombe dans la pièce surchauffée. Le col de son caftan déboutonné, la main passée dans ses cheveux, le droujinnik fixait d'un œil sévère les rouleaux d'écorce qui s'amoncelaient sur son secrétaire. Au bruit de la porte qui s'ouvrait, il leva la tête et dévisagea Philippos avec étonnement.

— C'est Ipate notre homme ! lança celui-ci tout à trac. Tu avais raison — du moins, en ce qui concerne le meurtre d'Olaf... Et maintenant, Alia est en danger de mort !

— Calme-toi et raconte-moi ce qui est arrivé, dit Artem.

Philippos s'exécuta. Il n'avait pas encore terminé son récit que le droujinnik fermait déjà son caftan et suspendait son épée à son ceinturon de cuir. Sans poser de question, Philippos se précipita vers la sacoche contenant ses affaires et en sortit son arme préférée qui l'accompagnait dans tous ses déplacements : un long poignard au manche incrusté d'émeraudes.

— Si seulement Mitko et Vassili étaient là ! s'écria-t-il tandis qu'Artem et lui dévalaient l'escalier. Ils auraient pu commencer à chercher Alia pendant que nous courons après Ipate !

Le droujinnik se contenta de hausser les épaules : quand les Varlets partaient s'amuser en ville, ils ne réapparaissaient d'ordinaire qu'à l'heure du repas du matin.

Ils décidèrent de ne pas s'encombrer de leurs montures : ils auraient dû les mener par la bride car les rues étaient encore noires de monde. Une demi-heure plus tard, ils atteignirent enfin la porte nord et sortirent de la ville. Philippos eut l'impression que la foule qui entourait l'étang gelé était un peu moins compacte qu'auparavant.

Après avoir traversé l'espace qui séparait la tour de guet de la patinoire, ils s'arrêtèrent près des marches qui descendaient vers l'étang et, pendant quelques minutes, scrutèrent les gracieuses silhouettes qui évoluaient sur la glace.

— Et si... si cet ami qui accompagnait tantôt Ipate — celui qui était déguisé en ours noir — était en réalité *une amie* ? demanda soudain Philippos. Si c'était une jeune fille ?

— Et après ? Qu'est-ce que tu veux dire ?

— Eh bien... Comme ils sont partis ensemble, peut-être qu'ils voulaient se promener en amoureux dans ce bosquet de bouleaux, là-bas, expliqua-t-il. Qui sait ? Ipate n'avait peut-être qu'une seule idée en tête : conter fleurette à sa mignonne !

— Ce n'est pas avec des peut-être qu'on pourra arrêter l'assassin ! bougonna le droujinnik. Allons voir à quoi ressemble ce bosquet.

Ils se dirigèrent vers la masse sombre des arbres.

C'est alors qu'ils entendirent le premier cri : un long hurlement de terreur qui avait transpercé le brouhaha lointain de la foule.

Il leur était parvenu du côté du bosquet, et il fut suivi par de nouveaux cris de panique lancés par une voix de femme. Philippos sentit son sang se glacer. Il jeta un regard affolé au droujinnik, puis s'élança dans la direction dont semblaient provenir les hurlements. Distançant Artem ralenti par son ancienne blessure au genou, Philippos pénétra dans le bosquet, s'immobilisa et tendit l'oreille. À présent, c'étaient de longs sanglots, de faibles gémissements plaintifs qu'il percevait. Les branches nues des bouleaux laissaient filtrer assez de clair de lune pour qu'il puisse avancer entre les arbres et les buissons. S'enfonçant dans la neige, Philippos se précipita vers la voix.

Quelques instants plus tard, il déboucha dans une petite clairière au milieu de laquelle une jeune femme affalée dans la neige pleurait à chaudes larmes. Deux hommes essayaient de la calmer en lui parlant à mi-voix.

— Qui a crié ? Que s'est-il passé ? lança Philippos.

Au même moment, trois autres hommes, apparemment des promeneurs qui avaient entendu les cris, émergèrent d'entre les arbres, la même question aux lèvres :

— Qu'est-ce qui se passe ?

— C'est Ludmilla, répondit un des individus accroupis près de la jeune femme en pleurs. C'est elle qui a crié !

— Faut pas lui en vouloir, ajouta l'autre. Elle est enceinte et nerveuse comme une chatte, un rien l'effraie ! Quand nous sommes arrivés, elle a trébuché sur ce petit gars en train de cuver son vin, alors elle a cru qu'un malheur lui était arrivé... Hé, Ludmilla, assez pleurniché ! lança-t-il à l'adresse de la jeune femme. Il est soûl comme une barrique, ce type, voilà tout. Tu vas voir, il suffit de le secouer un peu...

Tout en parlant, l'homme se dirigea vers les buissons au bord de la clairière. C'est alors que Philippos aperçut une forme sombre étendue à plat ventre dans la neige. Il la rejoignit en quelques enjambées, au même instant que le droujinnik, qui venait à son tour de déboucher dans la clairière, et que l'homme énergique qui s'apprêtait à

« secouer » l'ivrogne. Mais il dut renoncer à son intention...

Ce fut Artem qui, s'agenouillant près du corps inerte, le retourna délicatement pour l'allonger sur le dos. Bien que Philippos ait déjà reconnu le caftan bleu bordé de zibeline, il eut le souffle coupé : le cadavre d'Ipate le fixait de ses yeux vitreux. Il avait la gorge tranchée d'une oreille à l'autre.

CHAPITRE XI

Alertés par les cris, des dizaines de curieux armés de torches affluaient vers le bosquet de bouleaux. Se frayant un chemin à coups de coude, les Varlets accoururent parmi les premiers vers le lieu du crime. Ils choisirent dans la foule une douzaine de moujiks robustes qu'ils chargèrent de monter la garde afin d'empêcher les badauds d'envahir la clairière. Puis ils passèrent celle-ci au peigne fin, jurant et pestant à qui mieux mieux à mesure qu'ils constataient une absence complète d'indices. Enfin, ils organisèrent le transport du corps du malheureux Ipate au domaine familial d'Olaf.

Pendant ce temps, Artem restait dans un état de morne prostration. Il broyait du noir depuis le moment où Philippos et lui avaient découvert le cadavre. Même un examen superficiel de celui-ci permettait de constater qu'Ipate avait succombé au meurtrier de ses deux frères. En effet, l'aspect peu profond de la blessure, ainsi que les symptômes que le droujinnik connaissait déjà par cœur — teint livide, salive et sueur profuses, hémorragie abondante — indiquaient que la victime avait été égorgée avec un poignard drégove, enduit du poison qui avait coûté la vie à Procope et à Stépan.

Artem se reprochait cruellement ce nouvel échec infligé par son invisible adversaire. Il devait bien s'avouer qu'il s'était trompé sur toute la ligne ! Et dire qu'il osait sermonner Titos, dont la seule erreur consistait à rêver de conquêtes féminines impossibles ! Les propres erreurs du droujinnik étaient autrement plus lourdes de conséquences : chacune d'entre elles pouvait se solder par la mort d'un homme.

Il ne se sentit soulagé que lorsque Mitko et Vassili apparurent devant lui en compagnie d'Alia, bouleversée, effrayée, mais saine et sauve. Ces derniers l'avaient découverte dans la foule des badauds qui se pressaient aux abords du bosquet dans l'espoir de jeter un coup d'œil sur le lieu du crime.

Quant à Philippos, le fait de revoir Alia le remplissait d'une joie si intense qu'il en avait honte. En son for intérieur, il reconnaissait que le sort d'Ipate, assassin ou victime, lui importait peu ; seule comptait à ses yeux la certitude que dans l'immédiat Alia ne courait aucun danger. Depuis que la jeune fille avait été retrouvée, il refusait de la quitter un seul instant, s'efforçant de la calmer et de la consoler.

Cependant, parvenant à se ressaisir tant bien que mal, Artem songea qu'il fallait élaborer un plan pour le lendemain. Certes, il s'enfermerait à nouveau dans son cabinet de travail et passerait un long moment à réfléchir ; mais surtout, les Varlets et lui rendraient une nouvelle visite au Passeur. Il était grand temps qu'ils infligent une correction exemplaire à cet impudent coquin ! Par la même occasion, ils le soumettraient à un interrogatoire musclé, car le droujinnik espérait que des aveux arrachés au sorcier feraient avancer l'enquête.

Pour l'heure, il fallait penser à la sécurité d'Alia et de Natalia, et Artem décida que les Varlets passeraient la nuit à monter la garde dans la maison d'Olaf. Aussi ces derniers partirent-ils en compagnie de la boyarichna. Le vieux domestique Stas leur servit un repas abondant, puis il les conduisit dans la cuisine et leur montra le vaste poêle sur lequel ils allaient se reposer. Cette nuit-là, ils furent les seuls à profiter de la couche pour six personnes installée en haut du poêle. C'est ainsi que dormaient les paysans, et Mitko rêva de son enfance.

Philippos, lui, passa une nuit agitée, peuplée de visions de cauchemar où le visage d'Alia ne cessait de revenir le hanter. Le matin, il prit sa monture et galopa à bride abattue chez la jeune fille. Il s'y rendait autant par plaisir que par devoir : c'était lui qui allait assurer la protection des dames du domaine pendant que le droujinnik et les Varlets tenteraient de s'emparer du sorcier.

Avant de partir, Artem insista pour qu'on ordonne aux serviteurs de refuser toutes les visites, hormis celles que le médecin Titos et le gouverneur souhaiteraient rendre à Natalia. Le premier devait veiller sur la santé de la malade et le second n'allait pas manquer d'améliorer son humeur.

Un peu plus tard, le droujinnik chevauchait en compagnie des Varlets vers l'isba du Passeur. Comme ils approchaient de la clôture délabrée, Artem fit signe à ses compagnons de s'arrêter avant de franchir le portillon. Il pénétra seul dans la cour devant la cabane.

— Sorcier ! Sorcier ! cria-t-il.

Il attendit quelques instants. Enfin, le Passeur apparut sur le seuil de sa masure. Il portait les vêtements qu'Artem lui avait toujours vus, une veste matelassée et un pantalon de paysan, mais il avait jeté sur ses épaules une ample cape noire, et un large disque d'or attaché à une chaînette brillait sur sa poitrine. Les longues mèches graisseuses de ses cheveux foncés retombaient dans son cou. Ses yeux sombres étaient plissés et ses lèvres minces esquissaient un sourire narquois.

— Boyard ! Que me vaut ce plaisir ? persifla-t-il avec une révérence moqueuse. Serait-ce que ces braves habitants de Kremni montrent plus de zèle à s'entre-tuer qu'à songer à leur pain quotidien ?

— Il y a eu de nouveaux meurtres, acquiesça Artem d'un ton imperturbable. Mais en quoi cela te concerne-t-il ? Tout porte à croire que ce sont les Drégoves les coupables...

— Allons, pas de ça entre nous ! interrompit l'autre en agitant la main. Tu sais aussi bien que moi que ces malheureux païens ont pour ainsi dire fourni les accessoires pour ces crimes abominables, mais qu'ils n'y ont joué aucun rôle !

— Tu avoues donc y avoir participé ? lança le droujinnik.

— Voyons, boyard ! Si j'avoue quoi que ce soit, Vladimir lâchera à mes trousses ses soldats qui m'empêcheront de quitter Kremni et de continuer tranquillement mon voyage.

— C'est donc un de tes bons amis, dont tu gardes d'émouvants souvenirs dans ta maison, qui a fait le coup ?

L'espace d'un instant, le visage du Passeur refléta un léger étonnement, puis il déclara :

— Ainsi, tes incomparables assistants t'ont informé de ces humbles gages d'amitié que je conserve chez moi ! Mais je doute qu'ils aient pu t'apprendre que chacun de ces objets me permet d'exercer un certain pouvoir sur les personnes à qui ils ont appartenu. Oui... un tour de magie vieux comme le monde, mais qui n'a rien perdu de son efficacité ! ajouta-t-il d'un air ravi.

— Je constate que tu refuses de répondre à ma question, répliqua Artem. Qu'importe ! Pas besoin d'être sorcier pour comprendre que c'est un de tes acolytes qui a commis les deux derniers meurtres. Quant à celui de Procope, je me demande si tu n'as pas mis la main à la pâte... Car il te gênait, avoue-le ! Il en savait trop sur toi et tes sortilèges, ainsi que sur les personnes qui te fréquentaient !

— Sottises ! lança le Passeur avec une moue de

mépris. Procope n'était informé de rien ; par ailleurs, malheureusement pour lui, il était trop bête pour apprendre quoi que ce soit. Mais tout le monde n'est pas comme lui ! Je vais te dire la vérité, boyard : pour commencer, je n'ai pas d'acolytes et, quand j'agis, j'agis seul. Ensuite, j'ignore qui a fait le coup, comme tu dis, et j'avoue que cela ne m'intéresse pas. En revanche, oui, il y a parmi mes protégés un individu qui s'est révélé fort doué dans l'apprentissage du Mal. Depuis ses débuts prometteurs, il a fait du chemin, et il ira encore plus loin ; rien ni personne ne saurait l'arrêter, pas même toi, boyard !

— Je l'arrêterai, dit Artem d'un ton serein. Mais en attendant, c'est ton tour, sorcier ! J'aurais pu ordonner qu'on te saisisse sans autre forme de procès, comme le vulgaire criminel que tu es. Mais j'ai vu que tu sais te battre à l'épée, et j'ai envie de voir de quel bois tu te chauffes !

En réalité, le droujinnik craignait que, trompés par quelque manœuvre inattendue du fourbe, Mitko et Vassili ne le laissent filer une fois de plus. En outre, un combat singulier allait prouver aux Varlets que, sorcier ou pas, le Passeur devait défendre sa peau s'il ne voulait pas qu'Artem le passe au fil de son épée.

Sautant à terre, le droujinnik ôta son manteau et le jeta en travers de la selle de sa monture.

— Es-tu armé, sorcier ? lança-t-il en dégainant.

— Je le suis, répondit celui-ci, imperturbable.

Des plis de sa cape, il sortit ce que le droujinnik prit d'abord pour une longue baguette de bois, identique à celle qu'il avait brisée à la fin de sa première visite. Mais comme le Passeur levait le bras, son arme brilla sous les faibles rayons du soleil hivernal : c'était une longue épée à lame d'acier. Ôtant sa cape, le sorcier la jeta sur la neige. Les deux adversaires se ruèrent l'un sur l'autre.

Artem se rendit vite compte que le Passeur était un bretteur redoutable bien que, à l'évidence, il n'eût jamais fréquenté un maître d'armes. Son sourire narquois disparu, il attaquait avec une férocité peu commune, tout en proférant d'horribles blasphèmes, jurons et insultes. Quant à Artem, il commença par un jeu d'esquives. Fine lame, le droujinnik n'avait aucun mal à parer les coups foudroyants de son adversaire. Il s'efforçait de ne pas écouter les imprécations lancées par le Passeur, mais ce flot de paroles haineuses ne pouvait que distraire son attention. En outre, la lame du sorcier brillait d'un éclat particulièrement vif, qui l'éblouissait. Il réalisa qu'il avait surestimé ses forces ; rien n'était moins assuré que l'issue de ce combat !

Comme le Passeur lui portait une botte redoutable, sa lame manqua de justesse le flanc du droujinnik. Il fallait coûte que coûte qu'il parvienne à se concentrer ! Les malédictions du sorcier ainsi que l'éclat aveuglant de son arme — l'avait-il enduite de quelque substance ? — n'étaient que des ruses cousues de fil blanc, destinées à distraire le droujinnik !

Enfin, il réussit à fixer son attention sur le disque d'or qui ornait la poitrine du Passeur. Il recula en exécutant une série de feintes avant de reprendre l'offensive. Les lames s'entrechoquèrent dans un cliquetis régulier ; puis Artem commença à pousser son adversaire. L'obligeant à découvrir sa garde, il lui porta un coup terrible qui aurait transpercé le cœur du sorcier. Mais la pointe de son épée glissa sur le fameux disque d'or. Le droujinnik perdit l'équilibre... Si le Passeur en profitait, c'en était fait de lui !

À sa surprise, ce dernier battit en retraite et, rapide comme l'éclair, gagna son isba. L'instant d'après, il avait disparu à l'intérieur ! Artem se rua à sa poursuite, les Varlets sur ses talons. Au moment où la porte se refermait devant eux, le droujinnik s'y appuya de tout son poids. Mais le sorcier avait dû mettre le verrou, et Artem laissa la place à Mitko. Le géant blond prit son élan et, d'un grand coup de pied, enfonça la porte.

En pénétrant dans la cabane, ils virent le Passeur ouvrir l'énorme coffre cerclé de fer disposé contre le mur du fond. Souple comme une anguille, il s'y glissa et laissa retomber le couvercle sur lui.

En quelques enjambées, Artem et les Varlets atteignirent le coffre. Mais c'est en vain qu'ils essayèrent de l'ouvrir : il semblait fermé de l'intérieur. Enfin, Mitko réussit à le forcer à l'aide de son épée. Ils soulevèrent le couvercle. Le Passeur avait disparu ! En fouillant le coffre, ils ne découvrirent que vêtements usés, couvertures rapiécées, chaussons de tille et bottes de feutre éculés.

Par acquit de conscience, Mitko enfonça sa lame dans cet amoncellement de vieilleries puis la retira d'un air dépité tandis que Vassili haussait les épaules. Les Varlets rengainèrent leurs épées.

— C'était bien la peine de se battre avec ce coquin ! s'exclama Mitko en se tournant vers Artem. Il ne voulait que donner le change en acceptant ce combat. N'importe comment, il allait s'en sortir grâce à un de ses tours de magie !

Le droujinnik fixait en silence le bric-à-brac entassé dans le coffre. Pour la première fois depuis qu'il avait rencontré le Passeur, il ne trouvait aucune explication rationnelle à ce qui venait d'arriver. On peut deviner les pensées d'un homme en étudiant sa mimique ; on peut endormir sa volonté grâce à cette force magnétique que les anciens Grecs appelaient hypnose ; enfin, on peut provoquer chez lui des visions fantastiques en faisant brûler des herbes hallucinogènes... Mais disparaître sans laisser de trace ? Se volatiliser devant trois témoins ? C'était tout bonnement impossible ! se répéta Artem. Et pourtant...

Sur le chemin du retour, le droujinnik se sentait d'humeur massacrante. Quant aux Varlets, le cœur en liesse, le sourire aux lèvres, ils rendaient grâce à Dieu de s'en être tirés à si bon compte.

En arrivant à Kremni, ils se rendirent directement chez Olaf. Natalia se reposait dans sa chambre. Quant à Philippos et Alia, négligeant le froid, ils s'étaient installés sous une charmille au fond du verger enneigé et discutaient avec animation, les mains de la jeune fille dans celles du garçon. N'ayant rien à signaler, ce dernier s'enquit des résultats de leur expédition, mais Artem balaya sa question d'un geste agacé.

Le droujinnik résolut de laisser Mitko et Vassili surveiller la propriété et veiller à la sécurité d'Alia et de la veuve. Par ailleurs, il interdit à la jeune fille de sortir seule en ville jusqu'à nouvel ordre. La nouvelle maîtresse du domaine accueillit cette décision avec une moue exaspérée, mais promit de la respecter. Le droujinnik prit alors congé, précisant à ses compagnons qu'ils pourraient le trouver dans son cabinet de travail.

Cependant, Natalia descendit de ses appartements saluer Philippos et les Varlets. À peine avait-elle échangé quelques mots avec eux qu'Alia l'envoya aux cuisines surveiller la préparation du repas destiné à leurs hôtes.

À table, après avoir assouvi leur faim, les Varlets confièrent à Philippos ce qu'Artem n'avait pas voulu lui raconter : le combat singulier entre le droujinnik et le sorcier, puis la mystérieuse disparition de celui-ci. Fronçant les sourcils, le garçon les écouta en silence. Il comprenait mieux que quiconque le désarroi et le découragement qui avaient envahi le boyard : non seulement le mystérieux assassin continuait à le narguer, mais encore le complice du criminel, le sorcier, venait de lui filer entre les doigts !

Après la collation, Natalia se faufila hors de la grand-salle. Désireux de laisser Philippos et Alia en tête à tête, les Varlets s'apprêtaient eux aussi à quitter la pièce. Avant de sortir, Mitko gratifia Philippos d'une bourrade amicale dans le dos en lui adressant des clins d'œil complices et des grimaces éloquentes. Mais le garçon retint les Varlets. Il leur confia Alia en leur expliquant qu'il devait sans tarder rejoindre Artem. Mitko et Vassili approuvèrent en silence, mais la jeune fille ressentit son départ précipité comme un affront. Haussant les épaules, elle esquissa une moue de dédain, puis, s'assurant que Philippos ne la quittait pas du regard, elle adressa une œillade langoureuse à Mitko et sortit en balançant des hanches.

Le crépuscule tombait quand Philippos laissa sa monture à l'écurie du *Coq bleu* avant de rentrer à pied chez Varvara. Après avoir constaté que le droujinnik travaillait toujours dans son cabinet, il se rendit dans la chambre qu'ils partageaient et se mit à fouiller dans la sacoche contenant ses affaires. Il finit par en sortir une petite boîte métallique ronde et plate, qu'il glissa dans la poche de son caftan. Quittant la pièce, il dévala l'escalier qui menait au rez-de-chaussée et jeta un coup d'œil à la ronde : il n'y avait personne dans le couloir. Il se faufila alors dans la grand-salle tout aussi déserte.

Philippos s'installa à même le sol devant le foyer où crépitait un bon feu et ressortit la petite boîte métallique de sa poche. Celle-ci contenait ce qui restait de la poudre magique que sa défunte mère utilisait pour lire dans les flammes. Son plan consistait à appliquer la recette de sa mère pour tenter d'entrevoir la solution de l'affaire qu'Artem avait tant de mal à élucider. Il commença par raviver le feu dans l'âtre. Quand les flammes s'élevèrent hautes et claires au-dessus des bûches, il ouvrit sa boîte, prit une pincée de poudre, l'étala sur sa paume et y traça un symbole qu'il croyait être seul à connaître.

— On dirait un *E*, dit soudain la voix de Varvara au-dessus de lui. Ainsi, tu pratiques la divination à la grecque, mon petit !

Philippos n'avait pas entendu la drapière entrer. Il sursauta, tandis que la poudre se répandait sur ses genoux et sur le sol.

— Dame Varvara, tu aurais pu signaler ta présence ! lança-t-il, furieux. À cause de toi, j'ai perdu un peu de cette précieuse substance, alors qu'elle vaut son pesant d'or !

— C'est toi qui aurais dû signaler ton intention de t'enfermer dans ma grand-salle, rétorqua la drapière. Et tu n'es guère poli, avec ça ! Viens, nous allons dire deux mots au boyard Artem... Il sera ravi d'apprendre que son fils joue les apprentis sorciers !

Tout en parlant, elle attrapa Philippos par l'oreille et le força à se redresser.

— Non, ne dis rien au boyard ! la supplia-t-il. Il n'apprécie pas, euh... le fait que je me livre à ce genre de passe-temps. Je regrette d'avoir été grossier. Ne sois pas en colère, je m'en vais... mais ne raconte à personne ce que tu as vu !

— D'accord, je ne dirai rien, mais tu me dois une explication, décida Varvara. J'ai le droit de savoir ce qui se passe sous mon toit ! Suis-moi, tu vas me raconter ce que tu manigances avec cette poudre.

Poussant un soupir résigné, Philippos emboîta le pas à la drapière. En sortant, celle-ci se dirigea vers la pièce qu'elle appelait son antre de sorcière. Comme elle refermait la porte derrière eux, Philippos contempla avec une certaine nostalgie les rayonnages chargés d'innombrables flacons, pots et fioles qui contenaient différentes essences et mixtures, les guirlandes de fleurs séchées qui pendaient du plafond... Ce décor, ainsi que le parfum entêtant des herbes aromatiques qui flottait dans l'air, lui rappelait irrésistiblement sa mère, apothicaire de son état. Le garçon réprima un nouveau soupir.

Varvara s'installa devant la table rustique qui supportait un manuscrit à lourde reliure métallique, un coffret en bois noir et un chandelier en cuivre à cinq branches dont toutes les bougies étaient allumées. Elle invita le garçon à prendre place sur le tabouret en face d'elle et déclara :

— Je t'écoute, Philippos, fils d'Artem ! Comment se fait-il que tu sois initié dans l'art de prédire l'avenir ? Que cherchais-tu à lire dans les cendres étalées sur ta paume ?

— Il s'agit d'une poudre, rectifia Philippos. Une poudre aux propriétés extraordinaires que je tiens de ma mère. Elle en jetait une pincée dans les flammes puis elle les scrutait... « Rien ne résiste au feu, disait-elle, ni le mensonge ni le mystère. Le feu ne trompe jamais ! » Alors, comme nous sommes à la veille de Noël, le moment est propice à la divination, et j'ai... j'ai eu envie de tenter le coup.

— Quitte à ce que le boyard te traite d'ignorant et de sot ?

— Il ne le fera que si tu me trahis !

— Calme-toi, je n'ai qu'une parole. D'ailleurs, j'avais moi-même l'intention de tenter une expérience similaire ; peut-être comprendrai-je quelque chose à ces crimes que tout le monde a envie de me mettre sur le dos... Pourquoi ne pas allier ta science à la mienne ? Ce que ta mère disait du feu, je le dis, moi, de cet objet merveilleux ! déclara-t-elle en désignant un grand miroir rond en argent poli installé sur un trépied de bronze. Cela t'étonne ? C'est pourtant la vérité : le miroir reflète bien plus de choses que ne le croient les profanes. Mais patience, laisse-moi faire !

Philippos acquiesça, mi-figue mi-raisin. L'idée de devenir le complice de Varvara aux yeux d'Artem ne lui souriait pas, sans mentionner sa réticence à partager avec elle le peu de poudre magique qui lui restait. Mais le moyen de refuser ?

À la lumière dansante des bougies, il regarda la jeune femme s'affairer dans la pièce. Ôtant le miroir de son trépied de bronze, elle le posa verticalement sur le sol, à quelques coudées de l'âtre. L'inclinant de sorte qu'il reflète le jeu des flammes, elle l'immobilisa en l'appuyant sur le gros manuscrit relié qu'elle avait pris sur la table. C'était un psautier, et Philippos sourit intérieurement en songeant à ce que dirait le pope s'il voyait l'usage que Varvara faisait du livre saint. Puis elle alla vers les rayonnages chercher un petit flacon en terre cuite, le goulot enveloppé d'un chiffon huilé. Retirant ce dernier, la jeune femme déboucha la fiole pour montrer à Philippos l'épais liquide brunâtre qu'elle contenait.

— C'est de l'essence de mandragore, lui expliqua-t-elle fièrement. Pour la préparer, on utilise les racines de cette plante aussi rare que précieuse. D'habitude, j'en jette quelques gouttes dans le feu, puis j'essaie de distinguer les images et les symboles qui se forment dans les flammes reflétées par la glace. Aujourd'hui, nous allons nous servir de la poudre magique de ta mère ; je suis assez curieuse de voir ce qu'elle vaut. Mais je garde ce flacon sous la main : en cas d'échec, nous pourrons toujours refaire l'expérience avec l'essence de mandragore.

Sur ces mots, Varvara s'assit à même le sol, entre la cheminée et le miroir, et invita Philippos à l'imiter. Alors qu'il se laissait glisser sur le plancher, elle s'exclama :

— Voyons, pas comme ça ! Tourne le dos à l'âtre et installe-toi face au miroir ! C'est lui que nous allons examiner, pas le feu !

Le garçon se tourna docilement vers le disque en argent poli.

— Maintenant, passe-moi ta poudre magique ! commanda Varvara.

— Surtout ne la gaspille pas, il en faut à peine une pincée ! ne put s'empêcher d'admonester Philippos.

Mais il se calma en voyant les gestes délicats et précis de la jeune femme.

Ayant rendu la boîte à Philippos, Varvara étala sur sa paume la poudre qu'elle avait prélevée et se mit à y tracer du bout du doigt d'étranges symboles, dont il ne connaissait qu'un seul : l'étoile à cinq branches. Fasciné par la beauté de la jeune femme, il contempla son visage à l'expression grave, auréolé de la masse luxuriante de ses cheveux auxquels les flammes donnaient un éclat fauve. Cependant, Varvara murmura une longue formule incantatoire puis jeta la poudre dans le feu. Un jet de flammes crépitantes s'éleva au-dessus des bûches, mais Varvara se détournait déjà du foyer pour fixer la surface du miroir. Philippos s'empressa de l'imiter.

Pendant quelques instants, il ne distingua rien hormis les langues de feu qui dansaient, semblait-il, de l'autre côté du disque d'argent, au fond de ce mystérieux espace obscur sur lequel donnait le miroir. Soudain, Philippos eut l'impression qu'une forme sombre apparaissait au milieu des flammes reflétées par la glace. Ses contours étaient vagues, on aurait dit qu'elle allait se dissiper comme une volute de fumée... Mais elle demeura. Petit à petit, l'image se précisait, prenait du relief, de la consistance...

— Tu vois cela ? s'écria Varvara en saisissant Philippos par le poignet. C'est une croix !

De fait, une grande croix sombre flottait au-dessus des braises, immobile au milieu des flammes vacillantes et comme soutenue par elles.

— C'est un mauvais présage ! souffla la drapière. Quand le miroir fait apparaître une croix, cela annonce une mort prochaine, une mort violente... Le plus souvent, il s'agit de celle de la devineresse elle-même ! Je ne me suis pas trompée : ma fin est proche.

— Mais non ! protesta le garçon. Regarde mieux, ce n'est pas une croix... mais bien plutôt un poignard ! Oui, c'est une dague ! Tu ne la distingues donc pas ? Là, on voit bien le manche, puis la garde au milieu et, enfin, la lame tournée vers le bas.

— Maintenant que tu le dis... oui, tu as peut-être raison, acquiesça Varvara. Mais qu'est-ce que cela veut dire ?

Philippos haussa les épaules en silence. Les yeux grands ouverts, il scrutait la vision jaillie des flammes. Nette et précise, la dague semblait réelle ; s'il tendait la main, il pourrait sûrement la toucher, peut-être même la saisir !

— Curieux... il me rappelle quelque chose, ce couteau, dit soudain la drapière. Mais je n'arrive pas à préciser mon souvenir.

— Aurais-tu vu quelqu'un armé de ce poignard ? s'enquit Philippos. La forme de la lame est bien particulière, très large à la base... C'est un détail qui saute aux yeux. Tâche de te rappeler !

Plissant le front, Varvara réfléchit. Cependant, l'éclat métallique de l'arme se ternit, ses contours s'estompèrent... L'instant d'après, la vision magique s'était dissipée. Le feu continuait à crépiter dans l'âtre ; se détachant de son reflet, Varvara et Philippos croisèrent leurs regards.

— Je sais à quoi ressemble ce poignard ! s'écria soudain ce dernier. À un couteau drégove ! C'est une lame de ce genre qui a servi à poignarder Procope et à égorger Stépan, puis Ipate ! Je n'en ai jamais vu, mais d'après la description d'Artem...

— Le boyard n'en a jamais vu non plus, l'interrompit la jeune femme. Il a essayé de se représenter l'arme du crime et de vous la décrire, voilà tout ! Par contre, moi, je sais de quoi je parle, puisque j'ai un poignard identique dissimulé sous mon propre matelas. Il s'agit du couteau ensorcelé que le Passeur m'a donné lors de notre dernière rencontre... Bravo, mon grand, tu as mis dans le mille ! C'est bien à ce couteau drégove que je pensais tout à l'heure, en contemplant la dague surgie des flammes ! Pourtant...

— Quoi, pourtant ?

— On sait ce qu'on a vu, d'accord, mais en quoi cela nous avance-t-il ? Un poignard drégove... à quoi ça rime ?

— Pour commencer, c'est une piste de réflexion, comme dirait Artem, déclara Philippos d'un ton convaincu.

— Tu parles d'une piste ! Que je sache, depuis le début, personne n'ignore que Procope a été assassiné au moyen d'une arme drégove ! Puis, l'autre jour, quand on a découvert le corps de mon pauvre Stépan, j'ai entendu les Varlets dire qu'il avait été égorgé avec le même couteau. Et c'est également ce qu'on raconte en ce qui concerne le meurtre d'Ipate !

— Je te répète qu'il s'agit de réfléchir, pas de jacasser comme une pie ! s'exclama Philippos avec agacement. Sans moi, tu serais toujours persuadée d'avoir vu une croix... Alors, tais-toi et laisse parler l'homme !

D'habitude fort courtois, Philippos n'avait encore jamais employé un tel langage, pourtant assez courant parmi ceux des nobles qui passaient plus de temps à la guerre qu'à la cour. Il s'empourpra violemment, persuadé que la drapière, qui n'avait pas la langue dans sa poche, allait le remette à sa place. Mais c'est en silence que Varvara fixa sur lui ses immenses prunelles vertes où dansait une étincelle moqueuse.

— Je crois que l'objet qui nous est apparu, se hâta de poursuivre Philippos, ce n'est pas n'importe quel couteau païen mais l'arme du crime ! Plus exactement, l'arme qui a servi pour les trois crimes. Sinon, c'est toi qui aurais raison, la vision magique n'aurait aucun sens. Rappelle-toi, à ce jour, on n'a toujours pas retrouvé le poignard dont s'est servi l'assassin ! Si nous pouvions le faire, voilà qui permettrait à Artem d'avancer !

— Et où espères-tu découvrir cette arme ? demanda Varvara d'un ton sceptique. Tes amis ont passé au peigne fin non seulement la clairière maudite, j'entends, la fourche du Diable, mais aussi le bosquet de bouleaux où Ipate a été assassiné.

— J'aime et j'admire les Varlets, mais enfin... ce n'est pas comme si Artem s'en était chargé ! Qui sait, quelque chose a pu leur échapper. En tout cas, je sais par quoi je commencerais, moi !

Intriguée, la jeune femme l'interrogea du regard.

— Justement, par la fourche du Diable ! répondit Philippos. Pour être précis, par l'arbre du liéchy.

— Pourtant, c'est au bord de la clairière qu'on a découvert le corps de Procope puis celui de Stépan, observa Varvara.

— Qu'importe ! Je crois que... enfin, Artem croit que le liéchy, la clairière maudite, les rites macabres des païens, tous ces éléments font partie du plan de l'assassin qui cherche à confondre les pistes et à dissimuler les indices. Il est fort possible que l'arbre du liéchy joue dans cette histoire un rôle encore plus important qu'on ne l'a cru jusqu'à présent. Ça vaut le coup de jeter un œil à la fourche du Diable et, surtout, de creuser au pied de ce chêne... Je ne saurais mieux expliquer mon idée ; vois-tu, il y a des choses qui relèvent de l'intuition, ou de l'intime conviction, ajouta-t-il, répétant la phrase d'Artem qui l'avait impressionné la veille.

— Je vois, fit la jeune femme en souriant. Mais comment comptes-tu t'y prendre pour mettre ton plan à exécution ? Traverser la forêt et retrouver la fourche du Diable seul, à la tombée de la nuit... Ton intuition te suggère-t-elle quelque chose ?

— Bien sûr ! répondit Philippos sans se démonter. C'est toi qui vas m'y aider ! C'est ça, moque-toi de moi, dit-il comme Varvara éclatait de rire. Mais n'oublie pas que tout te désigne comme la coupable ! J'ignore pourquoi Artem tarde à le reconnaître, mais il est bien le seul... et il finira par se rendre à l'évidence !

— Et toi ? demanda la drapière en redevenant grave.

— Moi aussi, je te croyais complice de l'assassin avant que tu me proposes cette séance de divination. Le feu ne ment jamais, et un vrai criminel n'aurait jamais osé se soumettre à cette expérience, de crainte qu'elle ne le trahisse. Mais assez discuté ! Tu as tout intérêt à ce que l'assassin soit démasqué, et donc à m'aider. En route !

Malgré l'insistance de Philippos, Varvara lui déconseilla de prendre sa monture : grâce aux raccourcis qu'elle connaissait, ils allaient rejoindre la clairière à pied plus rapidement qu'ils ne l'auraient fait à cheval. Pour ne pas attirer l'attention d'Artem, toujours enfermé dans son cabinet de travail, ils sortirent l'un après l'autre et se retrouvèrent dehors. Varvara portait une pelle ; Philippos, lui, était chargé d'une sacoche contenant un briquet de silex et un long éclat de bois résineux. Ils suivirent la grand-rue éclairée par des torches fixées aux palissades, croisant tout au long du chemin des groupes de fêtards qui chantaient à tue-tête.

Lorsqu'ils pénétrèrent dans la forêt, Varvara prit Philippos par la main pour le guider. Elle avançait le long d'une sente à peine perceptible, se frayant tant bien que mal un passage parmi les branchages et les buissons. Philippos marchait derrière elle à l'aveugle, trébuchant et s'enfonçant dans la neige dès qu'il s'écartait des traces de la jeune femme. Mais, très vite, il retrouva les réflexes de son enfance : pour avoir longtemps vécu dans la forêt, il s'y sentait à l'aise hiver comme été ; il aimait écouter les bruits familiers qui emplissaient le silence de la nuit, et il ne craignait pas les fauves, dont il connaissait bien les habitudes. Quand ses yeux se furent accoutumés à l'obscurité, il lâcha la main de Varvara car il n'avait plus aucun mal à suivre l'étroit sentier qui serpentait parmi les taillis. Souvent, il levait la tête et dirigeait son regard tout en haut, par-delà les noires cimes des arbres qui se découpaient sur le ciel nocturne, là où la lune se faufilait entre les nuages en penchant son visage blafard vers les deux compagnons.

— Nous y sommes presque, annonça enfin Varvara. Tu n'as pas eu peur ?

Philippos s'étrangla d'indignation. Il voulait répondre par un rire dédaigneux mais, à cet instant, ils débouchèrent dans la clairière. La lune, qui venait d'émerger des nuages, l'inondait d'une pâle lumière qui renforçait le contraste entre l'éclat de la neige et les ombres de la forêt. Le chêne puissant au tronc fendu, surmonté de branches nues qui semblaient entrelacées, était visible comme en plein jour. Un étrange sentiment de désolation et de détresse émanait de ce paysage pourtant doux et paisible, comme si l'ombre d'un malheur l'avait assombri. Philippos n'avait plus envie de plaisanter ; il s'efforça de secouer son accès de mélancolie et déclara d'une voix forte :

— Même Mitko et Vassili n'ont croisé ici ni fantômes ni démons ; pourtant, ils sont particulièrement doués pour ce genre de rencontres ! Nous n'avons donc rien à craindre... mais ce n'est pas une raison pour oublier toute prudence ! Donne-moi cette pelle, dame Varvara. Je vais commencer à creuser ; à toi de faire le guet !

La drapière lui tendit l'instrument, tandis qu'il lui remettait la sacoche contenant le briquet de silex et la torche, que le clair de lune rendait pour l'instant inutile. Ils s'approchèrent du chêne solitaire. Varvara s'y adossa en croisant les bras, plongée dans ses pensées. Philippos, lui, fit le tour de l'arbre et choisit l'endroit où le sol enneigé formait une sorte de petite congère ; si l'assassin avait caché son arme au pied du chêne, raisonna-t-il, c'était à coup sûr ici, sous cet amas de neige. Il cracha dans ses paumes comme il l'avait vu faire aux moujiks et se mit à creuser.

Une heure plus tard, il inspecta le trou béant dans la neige épaisse qui recouvrait le sol. Sa pelle venait de heurter une motte de terre gelée, si dure qu'elle l'égratigna sans pouvoir l'entamer. Il dut reconnaître qu'il s'était trompé : de toute évidence, personne n'avait cherché à dissimuler quoi que ce soit à cet endroit. Philippos avait chaud, la sueur coulait le long de ses tempes et de sa nuque. Il déboutonna son manteau, suspendit sa chapka à une branche et, enfonçant sa pelle dans la neige, s'y appuya de tout son poids, découragé et à bout de forces. Quant à Varvara, après l'avoir observé quelques instants en silence, elle déclara :

— Écoute, mon grand, il faut que tu saches une chose : j'ai accepté de te conduire ici, mais ne crois pas que je partage pour autant ton optimisme ! Je vais te dire ce que je pense : même si tu transformes cette clairière en passoire, tu ne trouveras rien à part quelques glands pourris dont un cochon ne voudrait pas !

— Pense ce que tu veux, répliqua Philippos, tu ne me feras pas renoncer à mon idée !

— Oh ! je sais que tu es têtu comme un âne... Et c'est bien pour cela que je te dis : autant ne pas creuser au hasard ! Il y a une sorte de cavité naturelle au pied de ce chêne, dont les racines forment comme une niche. Je suppose que ton homme, l'assassin, n'en ignore pas l'existence ; s'il avait décidé d'enfouir son arme ou un autre objet sous la neige, il l'aurait fait à cet endroit, pour profiter de cette cachette toute prête... Eh, je n'ai pas dit qu'il l'a fait, ce n'est qu'une supposition ! s'écria-t-elle en riant alors que Philippos lui plantait un baiser sonore sur la joue.

Elle lui montra l'endroit en question et le garçon se remit au travail. Sous une couche durcie, la neige était friable, nota Philippos, comme si on l'avait remuée avant de la piétiner. C'était bon signe !

Cependant, la lune se cacha derrière les nuages. D'un seul coup, on ne voyait plus rien, il faisait noir comme dans un four. Varvara alluma la torche apportée par Philippos pour l'éclairer. Depuis le cercle lumineux où ils se tenaient tous les deux, les ténèbres alentour leur paraissaient plus denses et plus menaçantes qu'auparavant.

Comme sa pelle commençait à heurter les racines, Philippos songea avec dépit que Varvara avait raison et que la cachette naturelle ne contenait que quelques glands pourris... C'est alors qu'un vigoureux coup de pelle laissa apparaître un objet sombre au fond de la cavité dégagée. Celle-ci n'était pas très profonde, mais la lumière vacillante de la torche l'éclairait mal. Le garçon se pencha pour ramasser ce qu'il venait de découvrir.

— Qu'est-ce que c'est ? s'enquit Varvara, intriguée.

— Pas une arme, en tout cas, répondit-il en rejoignant la jeune femme d'un bond. On dirait le cadavre d'un petit animal...

Mais c'était une main humaine, sectionnée à la hauteur du poignet, recouverte de sang gelé et de neige.

Philippos poussa un hurlement. Laissant retomber sa sinistre trouvaille dans le trou au pied de l'arbre, il eut à peine le temps de se détourner qu'il vomissait déjà tripes et boyaux. Puis, sans trop savoir comment, il se retrouva blotti contre Varvara, qui avait fiché la torche dans la neige pour enlacer le garçon et lui caresser les cheveux. Serrés l'un contre l'autre, ils demeurèrent immobiles quelques instants. Puis Philippos s'écarta de la drapière. Il avait honte de son accès de panique. Comme si Varvara pouvait lire dans ses pensées, elle dit :

— Ne t'en fais pas, cela arrive aux plus courageux des hommes !

— Tu es gentille, marmonna-t-il. À ta place, je

n'aurais pas épargné le petit goujat prétentieux qui se prend pour un homme, un vrai...

— N'en parlons plus.

— Bon, il va falloir examiner cette fichue cachette, déclara Philippos, s'efforçant de maîtriser sa voix qui tremblait un peu. J'ignore si c'est la main de Procope ou celle de Stépan que j'ai trouvée tout à l'heure, mais elles sont forcément là toutes les deux.

Varvara acquiesça en silence. S'emparant de la torche, elle se pencha pour éclairer la cavité béante au pied de l'arbre tandis que Philippos la fouillait minutieusement. Il retrouva presque aussitôt les deux mains tranchées, mais ce qu'il découvrit ensuite surpassa ses espérances : une hache maculée de taches sombres et un grand poignard, dont la lame semblait triangulaire tant elle était large à la base — un couteau drégove !

Son malaise dissipé, Philippos était maintenant excité comme un petit diable. À l'idée de présenter bientôt à Artem les armes qui avaient servi à l'assassin, il sentait son cœur bondir de joie. Après avoir examiné le couteau et la hache, il les rangea dans sa sacoche ; puis il sortit son mouchoir et chargea Varvara d'y envelopper les deux autres macabres trouvailles

— En route ! commanda-t-il enfin.

Ils regagnèrent la ville en si peu de temps que Philippos se demanda s'ils n'avaient pas utilisé un nouveau raccourci. Une fois dans la maison, la jeune femme souhaita se retirer dans sa chambre, mais le garçon insista pour qu'elle vienne avec lui raconter leurs aventures au droujinnik. C'est donc ensemble qu'ils pénétrèrent dans la pièce où Artem s'était enfermé.

En voyant la pâleur du boyard et sa mine défaite, Philippos comprit qu'il n'avait guère avancé dans son travail de réflexion au sujet des derniers meurtres. C'est avec d'autant plus d'enthousiasme qu'il lui relata son expédition à la fourche du Diable, sans oublier de mentionner l'aide précieuse de la drapière. Malin comme un lutin, Philippos savait que l'évocation des mérites de Varvara mettrait le droujinnik de bonne humeur, et il espérait que celui-ci ne relèverait pas le fait que tout avait débuté par une séance de divination...

Son vœu fut exaucé : même si Artem se doutait de la raison qui les avait poussés à se précipiter dans la forêt en quête de l'arme du crime, il s'abstint d'y faire allusion. Il commença par charger un messager de porter au domaine d'Olaf le paquet contenant les mains tranchées des victimes, ainsi qu'un mot d'explication. Désireux d'éviter une pénible épreuve à Alia et à Natalia, c'est au vieux domestique Stas qu'Artem ordonna de placer les mains tranchées dans les cercueils provisoires des deux frères. Ensuite, le droujinnik concentra toute son attention sur la hache et le poignard. Après avoir examiné ce dernier avec soin, il se tourna vers Varvara.

— Gente dame, tu me rendras un nouveau service si tu me permets de comparer cette dague avec celle que tu possèdes. Elles sont bien sûr identiques, néanmoins...

— Tu souhaites inspecter le couteau ensorcelé que le Passeur m'a donné ? Rien de plus facile ! Je vais le chercher, cela ne prendra qu'une minute, répliqua la drapière d'un ton enjoué.

Mais elle demeura absente un bon quart d'heure. Quand enfin elle revint dans la pièce, son visage était couleur de cendres.

— Je ne sais que penser, boyard... balbutia-t-elle. Le couteau qui se trouvait sous mon matelas a disparu !

— Peut-être ta vieille servante l'a-t-elle déplacé, à moins que ce ne soit le petit...

— Impossible ! Ni l'un ni l'autre ne touche jamais à mes affaires !

— Bon, ne te mets pas martel en tête, tu verras plus tard ce qu'il est devenu, ce couteau, décida Artem en haussant les épaules. Je te demanderai alors d'examiner celui-ci. Tu n'as qu'à me dire de mémoire si tu remarques quelque différence par rapport au tien.

Varvara lui lança un regard reconnaissant puis, lui prenant des mains le poignard, se mit à l'inspecter en le tournant et retournant à la lumière des bougies allumées sur le secrétaire d'Artem. Au bout de quelques instants, elle déclara d'un ton ferme :

— Cette dague est en effet identique à celle que le Passeur m'a remise.

— Es-tu certaine de ne rien déceler qui la distingue de celle-ci ? insista le droujinnik.

— Certaine, boyard, hormis ces taches brunes près de la garde... Serait-ce du sang ? demanda-t-elle d'une voix altérée.

— À ton avis ? bougonna le droujinnik. C'est bien ce qui vous a permis, à Philippos et à toi, d'identifier ce poignard comme l'arme du crime, non ?

— Tu as raison, suis-je bête ! s'exclama Varvara en se passant la main sur le front d'un geste las. Si tu n'as plus besoin de moi, boyard, j'aimerais me reposer à présent, cette expédition en forêt m'a fatiguée plus que je ne le croyais... Je vais dire à ma vieille Dounia de mettre Danko au lit, il n'est pas encore couché, ce petit diable ! Elle doit aussi ranger la cuisine ; si tes camarades ou toi avez faim, elle peut vous réchauffer des galettes et de la *koutia* de Noël que nous avons préparée ensemble.

Artem la remercia et l'autorisa à se retirer. Dès que la lourde porte cloutée se fut refermée sur la jeune femme, Philippos et lui échangèrent un regard entendu.

— Elle a menti, n'est-ce pas ? lança le garçon. Elle a bel et bien reconnu son propre couteau, celui qu'elle tient du Passeur, mais elle a eu peur de l'avouer !

— Je n'ai pas voulu mettre Varvara au pied du mur, mais je vais devoir l'interroger à nouveau d'ici peu, car...

Artem réprima un soupir tandis que Philippos le dévorait des yeux en attendant qu'il termine sa phrase.

— Pas de doute, c'est bien le poignard de Varvara qui a servi pour commettre tous ces crimes ! affirma le droujinnik. Et je donnerais cher pour savoir de quelle façon — et par qui — cela a été manigancé !

Philippos s'abstint de tout commentaire. Comme le droujinnik, l'air soucieux, se replongeait dans ses notes, le garçon se glissa silencieusement hors de la pièce.

CHAPITRE XII

Environ une demi-heure après que Philippos eut quitté le cabinet de travail d'Artem, la porte s'ouvrit à nouveau, laissant passer Danko. L'enfant avait l'air ensommeillé et se frottait les yeux de ses petits poings fermés. Le droujinnik jeta un coup d'œil à la grande clepsydre posée dans l'angle de la pièce : elle indiquait près de minuit.

— Comment, tu n'es pas encore au lit ? demanda-t-il à l'enfant.

— Philippos m'a dit que si je te raconte ce qui s'est passé l'autre soir, maman ne me grondera pas ! annonça celui-ci en le fixant gravement.

— C'est lui qui t'envoie ?

À cet instant, le garçon pénétra à son tour dans la pièce. S'agenouillant auprès de l'enfant, il l'enlaça en lui chuchotant quelque chose à l'oreille.

— Danko veut te parler de ce qui lui est arrivé il y a deux jours, expliqua Philippos avant de préciser : Tu sais, le soir où nous avons vu le petit attendre quelqu'un près du portillon du jardin ! Varvara n'était pas là, et tu m'as chargé de le reconduire à l'intérieur pour que Dounia puisse le coucher.

— C'était pas quelqu'un que j'attendais ! corrigea

l'enfant. C'était l'ours noir; il m'avait promis de revenir !

— Je m'en souviens très bien, acquiesça doucement Artem. Tu m'as dit que cet ours t'avait donné une part de gâteau. Que veux-tu me raconter ?

— Eh bien... En échange de son gâteau, il m'a demandé un service... C'est normal, tout le monde le sait : il faut faire un cadeau à ceux qui chantent les noëls. Moi, je n'avais rien à lui offrir... pourtant, il était drôlement gentil, cet ours !

— Et que t'a-t-il demandé, ce gentil ours noir ? s'enquit le droujinnik avec un intérêt croissant.

— C'est parce qu'il n'arrivait pas à couper une tranche de gâteau pour moi, précisa Danko. Alors, il m'a dit d'aller chercher le grand couteau qui coupe mieux que les autres, celui que maman garde sous son lit. Et puis, il m'a expliqué que les autres enfants devaient eux aussi recevoir leurs parts de gâteau. Alors, il m'a promis de me ramener le couteau un peu plus tard...

— Et, bien sûr, tu ne l'as jamais revu, ce gentil ours ? grinça Artem.

Danko secoua la tête avec tristesse, puis ajouta :

— Maman m'a bien dit de ne pas parler aux inconnus, mais l'ours noir, lui, tout le monde le connaît ! Il a dû oublier de me rapporter le couteau, il ne l'a pas fait exprès ! Tu veux bien l'expliquer à maman ?

— Bien sûr, petit ! le rassura Artem. Maintenant, va te coucher, Dounia doit t'attendre.

— Oui, elle a même crié après Philippos quand il est venu me chercher ! Mais il a dit que c'était important...

Philippos embrassa l'enfant avant de le pousser avec douceur vers la porte.

Une fois restés seuls, Artem et lui se consultèrent du regard.

— Tu penses à ce masque qui accompagnait Ipate au moment où il a quitté la patinoire ? demanda le droujinnik.

— Et comment ! s'exclama Philippos. Ce type se trouvait parmi les jeunes gens qui bavardaient avec Ipate. Quand celui-ci s'est mis à décrire à mots couverts le meurtre d'Olaf, j'ai cru qu'il me dévisageait, moi... En réalité, c'était le meurtrier qu'il fixait ! Mais comment aurais-je pu le deviner ? Ils sont partis bras dessus bras dessous, et je n'avais aucune raison de le soupçonner plus que les autres compagnons d'Ipate !

— Comment as-tu compris la façon dont cet individu s'y est pris avec Danko ?

— C'est en regardant Ipate discuter avec l'ours noir que je me suis rendu compte que ce masque m'était familier, va savoir pourquoi ! Bien sûr, il me rappelait les propos de Danko sur le gentil ours noir qui lui avait offert une part de gâteau... Mais je ne l'ai réalisé que tout à l'heure, en réfléchissant à Varvara et à son poignard drégove. Comme toi, je ne crois plus la drapière coupable. Je me suis dit qu'on lui avait subtilisé ce couteau d'une manière ou d'une autre, peut-être en se servant de Danko... Et c'est alors que j'ai été frappé par la coïncidence entre le masque qui avait abordé le petit et celui que j'avais aperçu avec Ipate. Et j'ai couru interroger Danko.

— Bien joué, mon garçon, approuva le droujinnik. J'avoue que, cette fois, je n'aurais su défendre la drapière aux yeux des Varlets, sans parler des habitants de la ville ! Il faut tout de même que je la tire de son sommeil... Mais grâce à toi, je vais l'interroger le cœur léger et la conscience en paix.

— Tu veux l'interroger *maintenant* ? Il est minuit passé, s'étonna Philippos. Elle ne tenait plus de fatigue !

— Il faut que je lui parle sur-le-champ, confirma le droujinnik. Pas question de courir le risque d'avoir une nouvelle victime sur les bras. Demain matin, il sera peut-être trop tard !

En se levant ce matin-là, Alia se sentait particulièrement heureuse. Outre le fait que c'était sa fête préférée, la Nativité de Notre-Seigneur, les projets les plus chers à son cœur allaient bientôt se réaliser.

Trop impatiente pour attendre l'aide d'une domestique, elle s'habilla seule, enfilant une chemise de lin blanc et une sarafane bleue aux épaules brodées d'argent, le dernier cadeau de son père. Comme elle quittait sa chambre pour descendre dans la grand-salle, elle se souvint que les Varlets devaient déjà être debout. Or Artem leur avait donné l'ordre non seulement de veiller sur sa sécurité et celle de Natalia, mais aussi de les empêcher de quitter le domaine, à moins de se faire accompagner par un des Varlets... « de préférence, par le beau Mitko », songea-t-elle en souriant.

Mais pour être agréable, cette escorte ne faisait pas partie du plan d'Alia. Depuis la veille au soir, elle savait comment elle allait occuper la partie de la matinée qui précédait la messe solennelle à l'église. Et ce n'était pas un subordonné d'Artem — ni même le boyard en personne — qui allait obliger la nouvelle maîtresse du domaine à renoncer à ses projets !

Alia revint dans sa chambre et se mit à fouiller dans le coffre à vêtements qui contenait ses affaires d'hiver. Elle en sortit un châle de laine rouge cerise, ainsi qu'un manteau de fourrure qu'elle portait peu, le trouvant trop lourd pour les jeux en cette période de Noël.

Coiffée de son châle, sa pelisse sur le bras, elle descendit sur la pointe des pieds par l'escalier de service et se faufila dehors. Comme elle mettait son manteau, elle tomba nez à nez avec le vieux domestique Stas qui montait les marches du perron. Il haussa les sourcils avant de s'incliner avec respect pour la saluer. Alia ne put s'empêcher de rougir, comme lorsque son père la surprenait en train de faire quelque bêtise. Furieuse contre elle-même, elle redressa la tête d'un air arrogant, puis s'élança à travers la cour vers la sortie.

En refermant le battant du portillon derrière elle, elle poussa un soupir de soulagement. Les Varlets se trouvaient sans doute dans la grand-salle ou dans les cuisines, ils n'avaient pu la voir s'échapper. Peut-être Natalia l'avait-elle aperçue de sa fenêtre... Qu'importe! Sa belle-sœur était libre de tromper la surveillance de leurs gardes de la même façon — ou de rester à se morfondre entre quatre murs —, mais elle n'avait pas le droit d'empêcher Alia d'agir à sa guise.

Il restait plus de deux heures avant la grand-messe; ce temps lui appartenait. Le pied léger, les mains dans les poches, Alia s'engagea dans la grand-rue en direction de la porte nord.

Philippos avait compté veiller la moitié de la nuit et questionner le droujinnik dès qu'il se serait entretenu avec Varvara. Mais la fatigue avait eu raison de lui, et il s'était endormi avant qu'Artem eut regagné leur chambre.

Lorsqu'il se réveilla, les cloches sonnaient neuf heures du matin. Il jeta un coup d'œil vers le lit du droujinnik : celui-ci dormait encore. Tant mieux! Il aurait donc le temps de prendre des nouvelles d'Alia et de revenir partager sa collation matinale avec Artem.

Il s'habilla à la hâte, décida que les ablutions à l'eau glaciale pouvaient attendre son retour et se précipita dehors. Alors qu'il prenait la grand-rue pour se diriger vers le domaine d'Olaf, il songea que le droujinnik serait ravi d'apprendre que Natalia et Alia avaient passé une nuit paisible sous la garde vigilante des Varlets. Quant à la jeune fille, confinée dans son domaine, elle devait s'ennuyer à mourir, et la visite de Philippos allait sûrement égayer le temps d'attente qui restait avant son départ pour l'église.

Il allait tourner dans la rue menant à la propriété

d'Olaf quand il aperçut une jeune fille enveloppée d'une longue pelisse. Contournant le feu éteint auprès duquel quelques garçons éméchés se racontaient leurs exploits nocturnes, elle traversa le carrefour et prit la direction de la porte nord. Le cœur de Philippos bondit dans sa poitrine : c'était Alia ! Il la rattrapa sans peine et posa la main sur son bras.

— Philippos, ça alors ! Qu'est-ce que tu fais ici ? s'écria Alia en se retournant vers lui.

— Ce serait plutôt à moi de te poser la question ! rétorqua celui-ci en s'étranglant d'indignation. C'est ainsi que tu respectes les ordres du boyard Artem ? Je parie que tu as filé au nez et à la barbe des Varlets, tu en es bien capable ! Dire que tout le monde te croit en sécurité !

— Mais je le suis, voyons ! protesta Alia avec un soupir d'agacement. D'ailleurs, désormais, c'est mon fiancé qui se chargera de me protéger, ajouta-t-elle en se remettant à marcher.

— Comment ça ? Tu n'es pas fiancée, que je sache ! balbutia Philippos en courant à sa suite.

— Si ! L'autre soir, avant qu'on découvre le pauvre Ipate, que son âme repose en paix, j'ai enfin pu avoir une explication avec ce benêt de Cyrille. Ça y est, il m'a demandé ma main ! Son père, le gouverneur, nous donne sa bénédiction, c'est donc une affaire entendue ! Nous allons rompre le fromage dans quelques jours, et le boyard Grigori va consulter le pope pour fixer la date du mariage.

— Ainsi, c'est pour courir retrouver ton futur que tu t'es jouée des Varlets et que tu as trahi la promesse faite à Artem ? s'enquit Philippos, rongé par la jalousie.

— Je n'ai rien promis au boyard, rétorqua Alia en relevant le menton. Maintenant que j'ai un fiancé, c'est à ce dernier de veiller à ma sécurité. Tiens, regarde, je dis la vérité !

Ouvrant sa pelisse, elle sortit un petit rouleau d'écorce de la poche de sa robe et le tendit au garçon. Il le déroula : c'était un message portant la signature de Cyrille qui donnait un rendez-vous à sa promise à la sortie de la ville, au bord de la rivière.

— Comment peux-tu être sûre que ce billet est de Cyrille ? s'exclama Philippos en fronçant les sourcils. N'importe qui a pu l'écrire et le signer de son nom... y compris celui qui a invité Natalia à se rendre à la fourche du Diable, l'auteur du message qui a coûté la vie à Stépan !

— Mais enfin, cela ne peut être que Cyrille ! gémit Alia. C'est la jalousie qui te rend soupçonneux ! Personne d'autre n'est au courant de nos fiançailles ; j'aurais pu en parler à ma famille... mais je n'ai plus de famille, ajouta-t-elle en reniflant.

Ému, Philippos faillit prendre Alia dans ses bras et lui dire qu'il n'avait pas le cœur à lui reprocher quoi que ce fût... Mais il s'efforça de se maîtriser.

— Tu peux raconter ce que tu veux, mais je ne te laisserai pas y aller sans escorte, déclara-t-il. Puisque je suis le seul à savoir où tu es, je ne te lâcherai pas d'une semelle ! Ne t'inquiète pas, s'empressa-t-il d'ajouter d'un ton sombre, je n'ai pas l'intention de traîner dans vos jambes ! Je te suivrai à distance et, dès que je serai assuré qu'il s'agit bien de Cyrille, je partirai sans me faire remarquer. Ça te va ?

Avançant la lèvre inférieure, Alia esquissa une moue capricieuse, mais finit par acquiescer.

— Soit... À condition que tu me promettes de ne pas tout gâcher par une scène idiote ! De toute façon, cela ne changera rien : je suis décidée à épouser Cyrille.

— Ne te gêne pas pour moi ! On verra bien si ce benêt, comme tu dis, saura te rendre heureuse ! Tu vas t'en mordre les doigts, c'est moi qui te le dis ! s'exclama Philippos, hors de lui.

Alia éclata de son rire argentin.

— Mais qu'en sais-tu, toi ? railla-t-elle. Comme disait mon cher père, il en va du bonheur comme des goûts et des couleurs : on n'en dispute point !

Indigné par tant de cynisme, frustré et jaloux, Philippos s'éloigna d'un pas furieux. Il laissa Alia le devancer d'une cinquantaine de coudées puis, fidèle à sa parole, se traîna misérablement à sa suite, tout en se traitant d'imbécile et de lâche.

Au plus profond de lui-même, il ne croyait pas qu'Alia courût le moindre danger ; il savait Cyrille amoureux fou et n'avait aucun mal à imaginer le garçon se résoudre à sauter le pas et à épouser Alia sans plus hésiter, d'autant que cette union semblait convenir au gouverneur. Dès lors, quoi de plus naturel qu'un rendez-vous entre amoureux ? Cyrille ignorait sans doute le fait qu'Alia devait rester sous la surveillance des Varlets, jusqu'à ce qu'Artem décide qu'elle n'était plus en danger.

Oui, reconnut-il à contrecœur, c'était surtout l'aiguillon de la jalousie qui le poussait à suivre la jeune fille. Une fois qu'il aurait contemplé de ses propres yeux son rival heureux en compagnie de la volage Alia, s'assura-t-il, il aurait moins de mal à admettre la cruelle vérité. Il tiendrait parole et il s'abstiendrait d'intervenir ou même de se montrer ; il partirait, inconsolable mais digne ; il agirait en homme honorable ou, comme dirait Mitko, il saurait être beau joueur.

Cependant, alors qu'il admirait ses nobles résolutions qui lui valaient pourtant un si triste sort, il vit Alia passer sous la tour de guet et tourner à droite pour se diriger vers la rivière. La porte nord, qui donnait accès à la route de Tchernigov, s'ouvrait également sur le chemin qui menait vers la berge escarpée du cours d'eau qui formait une pente plus ou moins abrupte avant de se dresser en une véritable falaise. De même que l'étang transformé en patinoire, cette partie de la berge était un des lieux favoris des habitants de la ville en hiver. Les jeunes gens s'y réunissaient pour chanter, danser, s'affronter dans des pugilats... Les moins jeunes, eux, appréciaient les longues promenades en troïka pour admirer la rivière gelée sous le clair de lune. Dès que la glace devenait assez solide, on construisait au milieu de la rivière une belle forteresse de neige qui devait être prise d'assaut lors du carnaval de la mi-carême. Mais le plaisir favori de tous consistait à s'installer sur leurs luges pour glisser du haut de la berge à une vitesse vertigineuse, ne s'arrêtant qu'au beau milieu de la rivière, là où les pêcheurs invétérés passaient des heures, les yeux rivés sur le bouchon qui flottait au milieu d'un trou dans la glace.

Mais en cette fin de décembre, le gel n'avait pas encore fait son œuvre, et la glace fragile ne recouvrait la rivière qu'en surface. Et il n'y avait personne sur la haute berge balayée par le vent.

Laissant Alia le distancer, Philippos s'arrêta près d'un groupe isolé d'arbustes à feuillage persistant. C'était le seul endroit où il pût se cacher ; or Cyrille allait sûrement arriver d'un moment à l'autre, et il fallait à tout prix éviter qu'il le repère au milieu de cet espace ouvert à tous les vents !

Dissimulé parmi les buissons, il chercha Alia des yeux. Elle jetait des coups d'œil à la ronde d'un air indécis, en jouant avec le bout de sa natte. Enfin, resserrant frileusement son long manteau, elle se dirigea vers le petit chemin qui longeait le bord de la falaise et le suivit lentement en fixant la rivière en contrebas.

Toujours pas de Cyrille en vue...

Pendant quelques minutes, Philippos continua à observer Alia. S'étant éloignée de quelques centaines de coudées, elle rebroussa chemin, les yeux toujours baissés vers la rivière figée, recouverte d'une fine couche de glace couleur d'étain. Comme elle passait devant l'abri de Philippos, celui-ci constata qu'une moue de dépit avait remplacé l'expression d'insouciance moqueuse sur le visage de la jeune fille.

C'est alors qu'il aperçut une silhouette qui, ployée sous les rafales de vent, avançait d'un pas pressé vers le sentier au bord de la falaise. « Voilà l'heureux élu ! » pensa Philippos, en proie au désespoir. Pourquoi avait-il donc suivi Alia ? Jamais il n'aurait le courage de contempler les deux amoureux ensemble ! Il attendrait que le fils du gouverneur rejoigne sa fiancée, puis battrait en retraite aussi vite que possible !

Soudain, il se rendit compte que ce n'était pas Cyrille qui marchait en direction d'Alia. C'était une femme toute de noir vêtue... Il connaissait cette allure de nonne : Natalia ! Que faisait-elle donc là ? Aurait-elle trompé elle aussi la vigilance des Varlets ? Et dans tous les cas, pourquoi venir ici ?... Mais bien sûr ! Cyrille avait dû envoyer un second billet à Alia, afin de la prévenir qu'il avait un empêchement... ou que le lieu du rendez-vous avait changé... Et la fidèle Natalia, dévouée qu'elle était à sa belle-famille ou, plutôt, à la seule personne qui en restait, se hâtait de lui transmettre le message !

Puisqu'il ne s'agissait ni d'affronter son rival heureux ni de protéger Alia contre l'assassin au couteau empoisonné, Philippos n'avait plus aucune raison de continuer à se terrer dans sa cachette. Exhalant un soupir de soulagement, il émergea des buissons, faillit vaciller sous les furieuses rafales de vent, puis se dirigea à son tour vers la jeune fille.

Celle-ci avait elle aussi reconnu sa belle-sœur. Ses pensées avaient dû suivre le même cours que celles de Philippos, car elle se campa les poings sur les hanches, image vivante de l'exaspération, sa fureur prête à éclater dès que Natalia lui aurait annoncé la raison de l'absence de Cyrille. Et cette dernière, qui subissait avec tant de patience les éclats et les travers des membres de sa belle-famille, allait encore en prendre pour son grade !

Philippos était si heureux que Cyrille ne soit pas venu au rendez-vous qu'il ressentit une bouffée de compassion envers Natalia. Il revit ses grands yeux noirs à l'expression humble, triste et soumise, comme si la jeune veuve n'osait pas même se lamenter à haute voix sur son sort peu enviable, qui voulait qu'elle fût toujours à la merci de quelqu'un. Eh bien, songea Philippos, lui en revanche avait de bonnes raisons de donner libre cours à sa colère contre Alia ! Il allait remettre la cruelle coquette à sa place en défendant Natalia contre elle !

Une cinquantaine de coudées séparaient encore le garçon de l'endroit où se tenait Alia. La veuve rejoignit la jeune fille ; elle tournait le dos à Philippos et ne s'était pas encore aperçue de sa présence. Elle avait dû adresser la parole à Alia, car cette dernière fronça ses beaux sourcils fins en rétorquant quelque chose. Le vent avait emporté les propos de l'une et de l'autre. Philippos fut sur le point d'apostropher Alia...

C'est alors qu'une vision d'horreur lui glaça le sang : il vit Alia et Natalia s'empoigner et lutter au bord de la falaise, chacune s'efforçant de précipiter l'autre dans le vide !

Il crut d'abord qu'Alia, qui avait hérité du tempérament violent et brutal de son père, cherchait à pousser du haut de la falaise sa belle-sœur porteuse d'une mauvaise nouvelle ou coupable de quelque peccadille.

Philippos s'élança de toutes ses forces vers les deux silhouettes qui surplombaient un à-pic d'une trentaine de coudées. Il aurait voulu crier, mais le vent lui coupait le souffle et l'émotion lui nouait la gorge. Unies comme deux danseuses, Alia et sa belle-sœur tournaient lentement au-dessus du gouffre. Juste avant qu'il les rejoigne, Natalia lui fit face... et, l'espace d'une fraction de seconde, Philippos se figea, épouvanté.

Les yeux noirs de la veuve n'avaient plus rien de l'expression de douceur et d'humilité qu'il leur connaissait. C'étaient les yeux froids et vides d'une empoisonneuse, d'une meurtrière qui avait déjà tué plusieurs fois, et qui était sur le point de recommencer. Et c'est avec une détermination farouche et glaciale qu'elle allait sacrifier une nouvelle victime au nom de ce titre qu'elle convoitait tant : celui de maîtresse du domaine d'Olaf.

Sans réfléchir, Philippos saisit le poignard suspendu à la ceinture de son caftan et se rua sur la meurtrière. Bien qu'assez grande, Natalia était mince et paraissait encore plus fragile à cause de ses vêtements noirs. Philippos n'aurait jamais cru que cette frêle jeune femme pût révéler une force physique supérieure à la sienne, alliée à une souplesse de chat. C'est ainsi qu'il commit l'erreur contre laquelle le droujinnik ne cessait de le mettre en garde : il sous-estima son adversaire... Alors qu'il pointait sa lame contre la gorge de la veuve, celle-ci lui fit lâcher l'arme en le frappant au poignet d'un geste sec et tranchant. Tandis que le poignard de Philippos tombait dans le vide, un couteau drégove surgit comme par enchantement dans la main de Natalia.

— Arrière ! hurla-t-elle. Cette lame est empoisonnée, une simple égratignure suffira pour expédier cette petite gourde dans l'autre monde !

Envahi par la panique, Philippos recula de quelques pas, les yeux rivés sur les deux jeunes femmes. Encombrée par sa pelisse trop lourde, Alia n'était pas de taille à lutter contre son adversaire au corps leste et aux mouvements vifs et précis d'un prédateur. D'un geste ferme, Natalia pressa sa dague contre le cou de la jeune fille.

— Je suppose que tu n'as pas envie de mourir dans d'atroces souffrances, sans que personne puisse les soulager ou les abréger, siffla-t-elle à Alia. Tes frères sont morts ainsi... Mais je te laisse choisir une fin plus douce et plus rapide. Saute !

— N-non, gémit Alia.

Philippos la vit lorgner avec horreur vers l'abîme qui s'ouvrait à ses pieds avec, tout en bas, la rivière gelée. Il imagina Alia tombant du haut de la falaise : la fragile couche de glace se briserait et la jeune fille sombrerait aussitôt au fond des eaux rapides et glacées... Pétrifié par cette vision d'horreur, il entendit Natalia déclarer du ton dont on explique à un enfant capricieux pourquoi il doit obéir :

— Écoute, ma petite, je ne veux plus me battre avec toi, je risque de laisser des traces suspectes sur ta peau tendre. Mais je ne puis te laisser en vie... Tu préfères donc recevoir un coup de cette dague ? Mourir le sang empoisonné, les entrailles en feu, la bave aux lèvres ?

— Si tu te sers encore une fois de ce poignard, tu te trahiras ! s'écria Philippos. Tu as volé le couteau drégove de Varvara et tu l'as maculé de sang avant de l'enfouir sous l'arbre du liéchy... Tu espères bien sûr qu'on prendra ce poignard pour l'arme avec laquelle tous les meurtres ont été commis, et qu'on en accusera la drapière ! Eh bien, j'ai moi-même déterré ce poignard la nuit dernière. Il se trouve maintenant entre les mains d'Artem et, de fait, tous les soupçons pèsent maintenant sur Varvara. Mais ce ne sera plus le cas si on découvre une nouvelle victime assassinée avec un autre couteau drégove !

— Ainsi, mon plan a fonctionné comme prévu, constata Natalia avec satisfaction. En effet, ce poignard n'est plus censé réapparaître. Personne ne doit savoir que je possède moi aussi un couteau drégove fourni par le sorcier. Tout comme son père, Alia doit mourir autrement... C'est une chute accidentelle du haut de la falaise qui va lui coûter la vie ! À moins que nos concitoyens ne décident que, ayant perdu toute sa famille, folle de chagrin, la pauvrette a mis fin à ses jours en se jetant dans le vide... Et, crois-moi, elle va le faire !

Levant la main, Natalia agita la lame empoisonnée devant les yeux écarquillés de la jeune fille.

— Choisis, mon ange : une interminable agonie... on étouffe, on vomit tripes et boyaux, tandis que le sang se corrompt inéluctablement, contamine les vaisseaux puis le cœur... Ou bien, un bref instant qui n'a rien d'effrayant, tu auras l'impression de voler... puis plus rien.

Natalia abaissa la lame pour la pointer à nouveau contre la gorge d'Alia. Celle-ci la suivit d'un regard trouble avant de fixer le ciel gris au-dessus de la falaise. Ses lèvres tremblèrent ; elle entama une prière.

« Elle s'est résignée, elle est perdue ! » songea Philippos, horrifié.

— Mais pourquoi toutes ces morts ? Pourquoi Alia doit-elle disparaître ? s'écria-t-il, espérant gagner du temps. Même si tu hérites du domaine maintenant, tu ne pourras le garder ! Le Code stipule...

— Tu connais mal ton Code, l'interrompit Natalia. Selon la loi, en cas d'absence d'héritiers directs, je deviens l'unique propriétaire de toutes les terres d'Olaf, ainsi que de tous ses autres biens.

— Mais Danko, le fils de Varvara, y aura droit à sa majorité !

— Il faut que tu l'apprennes un jour, ce Code, Philippos, fils d'Artem ! persifla la veuve. Comment Danko pourra-t-il hériter de quoi que ce soit, puisque sa mère sera condamnée pour meurtre, et pour complot visant ce même héritage ? Et si par extraordinaire elle échappe au châtiment prévu par la loi, mes braves concitoyens ne toléreront pas que la renarde et le renardeau s'en tirent à si bon compte ! En vérité, ce sera un jeu d'enfant de stimuler leur colère et leur sens inné de la justice... Non, personne ne saurait me chasser d'ici, pas même le fils de Varvara. J'ai gagné ! Je suis la maîtresse du domaine !

La veuve redressa la tête d'un air de triomphe ; elle était plus pâle que jamais, ses narines frémissaient, ses yeux jetaient des éclairs. Alia quant à elle semblait envahie par la torpeur. Comme Natalia la poussait légèrement, elle avança, docile, vers le bord de la falaise. C'est alors que Philippos entendit tonner la voix d'Artem.

— Que non, tu n'as pas gagné ! Et tu vas devoir répondre de tes crimes !

Ni Natalia, dont l'attention était partagée entre sa victime et le garçon, ni Philippos, fasciné par ce monstre qui semblait incarner le Mal, n'avaient vu le droujinnik s'approcher. À peine une dizaine de coudées le séparaient maintenant de la meurtrière. Comme dans un rêve, le garçon le vit se ruer sur Natalia et immobiliser son poignet droit. Poussant un cri de douleur, elle laissa échapper le poignard drégove qui tomba à ses pieds. Elle tenta de se débattre mais, rapide comme l'éclair, Artem s'empara de son autre main et la serra comme dans un étau, l'obligeant à relâcher son emprise sur Alia.

— Allez, cours ! ordonna-t-il à la jeune fille, puis à Philippos : Éloignez-vous tous les deux, vite !

L'air toujours hébété, Alia esquissa un pas, vacilla et se laissa glisser sur le sol. Comme elle s'efforçait de se relever en s'empêtrant dans son long manteau, Philippos la rejoignit d'un bond, l'aida à se redresser et l'éloigna du précipice. Enfin, enlaçant la jeune fille par la taille, il se tourna vers Artem. Le droujinnik emprisonnait solidement les deux mains de Natalia tout en la forçant à se pencher vers le gouffre.

— Qu'est-ce que ça fait de regarder la mort en face ? fit-il d'un ton dur. S'il ne tenait qu'à moi, je n'hésiterais pas à te précipiter dans le vide ! Mais il faut que tes crimes soient connus et que la vérité éclate au grand jour. Tu seras donc jugée par le Tribunal et encourras le châtiment prévu par la loi.

Détachant les yeux de l'abîme, la veuve répondit, impassible :

— Ainsi que je l'ai dit à ton fils, je connais le Code. Tu ne possèdes aucune preuve contre moi. Ce n'est tout de même pas en produisant deux poignards identiques que tu pourras fonder ton accusation ! Tu ne trouveras bien sûr aucune trace de poison dans ma demeure, et je te défie de prouver que le Passeur m'a fourni un couteau drégove, ainsi que cette merveilleuse substance élaborée par les païens !

— Rien de plus facile, rétorqua Artem. La preuve la plus irréfutable se trouve là, sur toi ! Il suffit de t'arracher ce flacon que tu portes en évidence, autour du cou !

— Je ne comprends pas, siffla Natalia. Il ne s'agit que d'un parfum...

— Pas de n'importe quel parfum ! Celui-ci s'appelle « baume de la séduction », il n'y a que le Passeur qui sache le préparer. Dans ton zèle à faire peser tous les soupçons sur Varvara, tu as prétendu que c'est à elle que tu l'as acheté. Or c'est faux, je m'en suis assuré en l'interrogeant cette nuit même ! Contrairement à ce que tu as toujours affirmé, tu connaissais bien le sorcier. Ce n'est pas feu ton époux mais toi qui le fréquentais assidûment ! Sinon, tu aurais ignoré le nom et jusqu'à l'existence de ce parfum !...

Natalia s'abstint de répondre mais, en dépit de son masque méprisant, on pouvait voir que son assurance était ébranlée.

— Philippos, commanda le droujinnik, j'ai besoin de toi ! Fouille dans la poche de mon caftan, tu y trouveras un rouleau de ficelle. Maintenant, ajouta-t-il tandis que le garçon s'exécutait, tu vas lui ligoter les poignets... Surtout, fais des nœuds bien solides et n'aie pas peur de serrer ! Cette dame a la peau dure.

Lorsque Philippos fut retourné auprès d'Alia, Artem ordonna à la veuve de s'écarter du bord de la falaise. À contrecœur, elle recula de quelques pas.

— Oui, poursuivit le droujinnik, toute cette affaire a débuté par ta rencontre avec le Passeur... Et maintenant, réponds : pourquoi as-tu décidé d'assassiner ton époux ?

— Cette affaire, rectifia Natalia, a commencé le jour où nous avons appris que ce vieux débauché d'Olaf s'apprêtait à épouser une jeunette capable de lui donner d'autres enfants... J'ai alors suggéré à Procope la seule chose qui pouvait préserver sa part d'héritage : expédier son père en enfer, où sa place l'attendait depuis longtemps déjà ! Mais il a pris peur, l'imbécile... Mon idée le terrorisait au point qu'il se voyait déjà en assassin ; il n'en dormait plus la nuit, il faisait des cauchemars... Pour finir, il a menacé de me dénoncer à Olaf ! C'est alors que j'ai résolu de me débarrasser de lui... Ce fut un jeu d'enfant que de verser du poison dans le flacon d'eau-de-vie qu'il portait sur lui. Après la découverte du corps, j'ai nettoyé le récipient avant de le remplir à nouveau, puisque je me doutais que le limier chargé de l'enquête voudrait en examiner le contenu... Ah ! quel plaisir de m'occuper de tous ces détails ! Je n'ai jamais éprouvé que haine et mépris envers Procope, cette outre à vin avec son âme veule et mesquine. Je ne l'ai épousé que pour...

Elle s'interrompit, cherchant le mot juste, mais le droujinnik enchaîna :

— Je sais, pour sa fortune et sa naissance. Tout comme je sais comment tu t'y es prise pour pouvoir l'épouser : en assassinant sa fiancée, Pélagie, ta sœur adoptive ! Hélas, je n'ai aucune preuve contre toi en ce qui concerne ce premier crime, mais je te sais coupable ! Te rappelles-tu le proverbe que tu m'as cité à propos de toutes ces femmes qui cherchent à se faire épouser pour « s'abriter derrière leur mari comme derrière un rempart de pierre » ? Toi, tu souhaitais bien davantage qu'un humble refuge ! Mais voilà qu'un jour c'est Pélagie — ta propre sœur, qui tourne la tête à tous les hommes et dont la beauté te fait pâlir d'envie — qui s'apprête à obtenir ce que tu convoites. Je suppose que tu n'as pu supporter une telle humiliation...

— Comment donc ! Le perspicace boyard Artem suppose, donc il sait ! railla la veuve. Mais non, tu ignores tout des humiliations dont est faite la vie d'une jeune orpheline ! Tu ne peux t'imaginer un dixième des offenses et avanies que mon père adoptif m'a fait subir ! Pourtant, tu as raison sur un point : quand l'occasion de m'en sortir s'est enfin présentée à moi, je n'ai pas hésité à la saisir ! Tiens, regarde cette gourde, ajouta-t-elle en désignant Alia du menton. Si tu savais ce qu'elle manigançait au moment où j'ai agi à sa place en la débarrassant de son père !

Alia, qui avait recouvré ses esprits, voulut se jeter sur sa belle-sœur, mais Philippos la retint.

— Tu mens ! s'écria-t-elle. Je voulais m'enfuir avec Cyrille, mais je n'ai jamais songé à... ce que tu as osé faire, toi ! Tu es un monstre !

— Si tu étais sincère, tu me remercierais au lieu de m'insulter ! lança Natalia. En vérité, tu méritais le sort que je t'avais réservé !

— Tu aurais pu épargner Alia, murmura Artem.

— Oui, tant qu'elle restait fille et ne pouvait disposer de sa dot, elle ne courait aucun danger... sauf si je perdais patience à cause de son sale caractère, fit Natalia en ricanant. Mais dès qu'elle m'a annoncé ses futures fiançailles avec le fils du gouverneur, elle était condamnée ! Le reste a été bien plus facile qu'avec les autres. Je la revois hier soir, au moment où on lui a apporté ce message de la part de Cyrille — message que j'avais griffonné une heure plus tôt. La petite oie sautillait de joie... Ah ! le charmant spectacle, surtout en sachant que c'est moi qu'elle allait retrouver à la place de son fiancé ! C'est ce qui était prévu. Dommage que je n'aie pas pu l'envoyer rejoindre ses frères en enfer !

Natalia secoua rageusement les mains comme si elle espérait se libérer de ses liens, mais elle ne parvint même pas à les desserrer : Philippos avait suivi la consigne d'Artem à la lettre.

— Revenons-en au meurtre de Pélagie, reprit le droujinnik, glacial. Quel rôle le Passeur y a-t-il joué ? En quoi t'a-t-il assistée ?

— Décidément, tu ne comprends rien ! s'écria Natalia d'un ton haineux. Qu'est-ce qu'il vient faire là-dedans, ce répugnant sorcier? Plus tard, j'ai eu besoin de la dague et des drogues qu'il pouvait me procurer, mais de son aide, jamais ! Mes décisions et mes victoires, je ne les dois qu'à moi !... En ce qui concerne Pélagie, je l'ai invitée à faire un tour dans la forêt et je lui ai tranché la gorge. Je me suis alors servie d'un simple couteau de cuisine et, il faut bien l'avouer, je n'ai pas été très adroite : elle a saigné comme un porc. Par contre, mon plan a marché comme sur des roulettes ! J'ai dissimulé le cadavre au pied de l'arbre du liéchy en le recouvrant de feuilles mortes et d'un peu de terre... Les loups se sont chargés du corps en faisant disparaître toute trace suspecte, et le nom du liéchy a fait le reste !

— Très astucieux, acquiesça le droujinnik en contemplant Natalia avec une sorte d'incrédulité. Ainsi, le poignard drégove et la mise en scène impliquant les païens...

— Oui, c'est une invention récente, confirma Natalia. À ma demande, le Passeur m'a vendu l'arme et le poison dont j'avais besoin. Sans ton intervention, boyard, personne n'y aurait vu que du feu ! Quand j'ai constaté que tu étais de plus en plus sceptique quant à la culpabilité des sauvages sanguinaires, j'ai songé à ce fameux couteau ensorcelé dont Varvara, cette pie jacasse, avait déjà parlé à qui voulait bien l'entendre... L'idée m'a paru d'autant plus amusante que tu t'étais entiché de la renarde :

Artem dut mobiliser tout son sang-froid pour maîtriser la fureur qui l'avait envahi. Natalia s'écarta instinctivement, jeta un coup d'œil vers le bord de la falaise puis toisa le droujinnik d'un air de défi.

— Dommage que tu n'aies pas le sens de l'humour, boyard, persifla-t-elle. Oui ! dommage que tu ne puisses pas savourer avec moi les moments les plus piquants de cette affaire... Je pense, entre autres, à la comédie que j'ai jouée chez le gouverneur en exagérant les symptômes d'empoisonnement que je connaissais pour avoir vu mourir Procope ! Tu te doutes bien que c'est moi qui ai jeté le poison dans ma coupe. Je savais par le Passeur que, en avalant une petite gorgée de ce breuvage, je ne risquais qu'un léger malaise. Cela m'a permis de berner le savant médecin. Mais c'est surtout l'enthousiasme juvénile de ton fils qui m'a aidée à te leurrer, boyard ! Comme il était émouvant dans son rôle de jeune limier observateur et perspicace ! Et combien il m'a facilité la tâche ! Son témoignage inappréciable m'a mise à l'abri de tout soupçon, et j'ai pu régler son compte à Stépan le soir même !

— L'héritage d'Olaf n'était pas l'unique mobile de ce crime-là, n'est-ce pas ? demanda Artem. Je parie que ton beau-frère commençait à s'interroger à ton sujet.

— En effet... il ignorait mes visites chez le Passeur... ainsi d'ailleurs que la façon dont Pélagie avait trouvé la mort. Mais il s'est aperçu que la forêt, la clairière maudite et les raccourcis qui y mènent n'ont pas de secret pour moi. Cela l'intriguait.

— Et en lisant le message que tu t'étais toi-même adressé plus tôt dans la journée, il n'a eu aucun soupçon ?

— Pas plus que lorsque j'ai feint mon malaise... Le même soir, j'ai pu me glisser au-dehors, traverser la forêt et lui tendre un piège pendant qu'il me croyait à l'agonie !

— Et Ipate ? Comment a-t-il découvert la vérité sur le meurtre de son père ?

— Par pur hasard, trancha la veuve en fronçant les sourcils. Celui-là, il a failli tout gâcher par sa bêtise !

Après que j'eus préparé ma petite patinoire à l'intention d'Olaf, la veille de sa mort, cet idiot d'Ipate a trouvé le moyen de chuter en passant par là et d'avoir tellement mal qu'il n'était pas près de l'oublier ! Plus tard, il a vu le lien entre cet incident et le fait que l'échelle était tombée au même endroit... Et il s'est mis en tête de me faire chanter. Le cupide imbécile ! Il avait l'intention de me priver de la minuscule part d'héritage qui me revenait de droit, puis de me renvoyer chez mon père adoptif. Je lui ai proposé de le rencontrer dans un lieu où nous ne risquions pas d'attirer l'attention, au beau milieu du carnaval, pour discuter de ses conditions. Heureusement, imbu de lui-même comme il était, il n'a pas douté de ma sincérité... Hormis ce vieux tyran d'Olaf, Ipate est celui que j'ai éliminé avec le plus de plaisir ! Non, je ne regrette d'avoir interrompu aucune de ces misérables existences ; je ne plains aucun de ces monstres d'égoïsme et de lâcheté !

— C'est toi qui es un monstre, Alia a raison ! dit Artem en réprimant un frisson. Peut-être apprendras-tu un jour ce qu'est le remords, quand tu subiras le châtiment que tu mérites.

— Et quel sera ce châtiment, selon toi ? demanda Natalia d'un ton détaché.

— Le servage à vie : voilà ce qui t'attend. Si tu avais accepté ta modeste condition, celle que ta famille d'adoption t'avait offerte, tu aurais pu rester avec les tiens, puis te marier, avoir des enfants... ajouta Artem, le visage sombre. Ne me dis pas que tu étais désespérée comme certaines vieilles filles ! Si le gouverneur t'a remarquée, c'est que tu plais aux hommes et tu le sais... Mais tu étais tellement jalouse de Pélagie ! Tu voulais tout, tout de suite et pour toi toute seule.

Natalia éclata d'un rire strident, hystérique.

— De grâce, boyard, ne me parle pas de ma famille : je n'en ai jamais eu. Quant au gouverneur, n'as-tu pas remarqué que l'intérêt qu'il me portait allait croissant à mesure qu'augmentait ma part d'héritage? Enfin, en ce qui concerne le servage... il se trouve que je n'ignore rien de cette triste condition, puisque *je suis née serve*! Je me suis enfuie du domaine de mon maître à l'âge de douze étés. Quand le père de Pélagie m'a adoptée, je lui ai fait croire que j'étais orpheline, que j'avais échappé aux Koumans qui avaient mis notre hameau à feu et à sang. Désormais, je n'étais plus serve... sans pour autant être libre : je servais Pélagie et son père, et ma vie était gouvernée par leurs caprices. C'est alors que j'ai décidé de lutter bec et ongles pour arracher à la vie ce dont elle m'avait privé à la naissance : l'argent et la liberté.

— Quel gâchis! murmura Artem avec tristesse. Tu as du courage, de la volonté...

— Précisément ce qui manquait à mon défunt époux, ponctua la veuve. En vérité, il a eu la mort qu'il méritait! Je suis certaine qu'il était mort de peur avant même de succomber au poison! Moi, je ne suis pas une lâche...

— Alors, suis-moi! ordonna le droujinnik. Tu seras jugée par le Tribunal du prince et tu subiras la peine prévue par la loi.

Natalia éclata de rire.

— En redevenant serve? s'écria-t-elle. Non, boyard! Quand on a fait le chemin que j'ai accompli, on ne revient pas en arrière.

Tout en parlant, Natalia s'était imperceptiblement rapprochée de l'abîme. Quand le droujinnik s'en aperçut, il était trop tard. La jeune femme s'élança vers le bord de la falaise, fit un bond léger comme un pas de danse, et disparut.

L'espace d'un instant, Artem demeura pétrifié, l'esprit embrouillé, les oreilles bourdonnantes. Puis, en deux enjambées, il atteignit à son tour le bord du gouffre et se pencha au-dessus du vide. Il n'aperçut qu'une crevasse noire percée dans la glace.

ÉPILOGUE

Le lendemain matin, Artem et ses trois compagnons firent leurs adieux à Varvara. Avant de quitter la ville, ils se rendirent une dernière fois au domaine d'Olaf prendre des nouvelles d'Alia. La jeune fille semblait complètement remise du choc qu'elle avait subi la veille. Cyrille, toujours aussi timide mais heureux comme un prince, lui tenait compagnie. Selon le mot de Mitko, ils déversaient tous deux les paroles comme des petits pois, décrivant les festivités prévues pour leur mariage, les projets de reconstruction de leurs domaines, les bénéfices que rapporterait la réunion de leurs terres... si bien que Philippos finit par s'ennuyer à mourir et pressa le droujinnik d'accélérer le départ.

Mais il restait sombre et taciturne, ses pensées revenant sans cesse à celle qui avait dédaigné son amour. De son côté, Artem ne pouvait s'empêcher de ressentir un petit pincement à l'idée de renoncer à conquérir la belle drapière...

— Allez, haut les cœurs ! La vie continue, elle est pleine de belles rencontres ! finit-il par s'exclamer en assenant une tape affectueuse sur l'épaule de Philippos.

— Il n'y a qu'une chose qui me console un peu, répliqua celui-ci avec un soupir. Pour Alia, l'amour et les épousailles allaient de pair... J'avoue que j'ai du mal à partager ce point de vue !

Artem répondit par un éclat de rire tellement irrésistible que Philippos finit par se joindre à lui.

Avant de quitter la ville, ils décidèrent de rendre une brève visite à Titos, car Artem souhaitait s'entretenir avec lui à propos de certaines questions relatives à la fin de l'enquête. Sans qu'il sache pourquoi, l'animosité initiale que le droujinnik avait éprouvée envers le médecin s'était transformée en un sentiment de sympathie et même d'amitié. C'est donc avec un plaisir réel qu'Artem salua Titos dont la face ronde et joufflue exprimait la jovialité coutumière.

Le maître de maison les installa dans la grand-salle près de l'âtre, autour d'un guéridon chargé de carafes de vin et d'assiettes remplies de noix et de raisons secs, ainsi que de pâtisseries exotiques que Hakim le muet achetait au marché de Tchernigov, dans la galerie des marchands venus du lointain Orient.

Après avoir bu une première coupe de vin, le droujinnik se lança dans le récit des événements les plus récents, que le médecin ne connaissait que par ouï-dire. C'est l'histoire du meurtre de la belle Pélagie, dont il avait été si épris, que Titos désirait entendre avant tout. Artem commença par résumer les aveux de Natalia, puis il déclara :

— Depuis le début, j'avais l'intuition que cette ancienne affaire nous réservait des surprises et qu'il existait un lien entre la mort tragique de la belle Grecque et le meurtre de Procope. Oui, j'en étais persuadé...

— Et nous donc ! souligna Mitko en donnant un vigoureux coup de poing sur son genou. Vassili et moi, on n'arrêtait pas de se dire : Faut pas écouter les ragots ! Pour sûr que ce n'est pas le liéchy qui a enlevé la jeune fille et estourbi Procope !

En entendant cette tirade, Artem écarquilla les yeux, et Philippos pouffa. Quant à Titos, il dévisagea gravement le colosse avant de remarquer :

— Brave Varlet, le liéchy est capable de tout ! Il peut nous jouer un mauvais tour, à nous autres bons orthodoxes, rien que pour s'amuser à nos dépens !

Cette fois, ce fut Mitko qui écarquilla les yeux.

— Tu penses donc que ce perfide esprit aurait pu... ? balbutia-t-il en se grattant la nuque.

Avant qu'il ait pu terminer sa phrase, Vassili s'agita sur son siège et adressa à son camarade un regard lourd de sous-entendus. Mitko saisit l'allusion : il lança un coup d'œil furtif en direction du droujinnik puis répondit à Titos :

— Je suis surpris, ô savant Titos, que tu partages certaines croyances du peuple ignorant ! Quoi qu'il en soit, ce maudit démon était le cadet de nos soucis, ajouta-t-il en haussant le ton, car Artem avait avalé son vin de travers et était parti d'une quinte de toux.

— La mauvaise foi est pire que l'ignorance, articula le droujinnik d'une voix étranglée.

— C'est comme les péchés et les défauts, approuva Mitko d'un air vertueux. Il est important de les comparer, mais ce qui compte avant tout, c'est de les combattre ! Cependant, ajouta-t-il sans laisser au droujinnik le temps de réagir, si je t'ai interrompu, boyard, c'était pour t'aider à reprendre le fil de ton récit. En dépit des ragots, disais-je, ce n'était point l'esprit des bois et des forêts que nous soupçonnions, mais bien plutôt les païens drégoves ! N'est-ce pas, boyard ?

Le droujinnik foudroya Mitko du regard, mais décida qu'il ne perdait rien pour attendre. Il poursuivit donc son entretien avec le médecin.

— De fait, acquiesça-t-il, je me demandais alors si la mort de Pélagie n'était pas en réalité un meurtre rituel semblable à celui de Procope. Mais il était illusoire de tenter de résoudre cette énigme car, même à l'époque où le corps avait été découvert, rien n'avait permis de déterminer la cause du décès. Sur le coup, je n'y ai plus pensé... Ce n'est qu'avant-hier, en relisant mes notes, que je me suis posé cette question : à qui profitait la disparition de Pélagie ? Quand on sait que, la période de deuil à peine terminée, Procope tomba dans les bras de Natalia, la réponse s'impose !

— En assassinant Pélagie, commenta lentement le médecin, elle faisait d'une pierre deux coups : elle se débarrassait d'une sœur si belle qu'elle en était gênante, et se rapprochait de Procope en feignant de partager son chagrin. Il m'est souvent arrivé de constater tout ce que Natalia avait à gagner dans cette histoire... Mais je n'ai jamais douté de son innocence ! Pourtant, son nom m'est revenu à l'esprit tandis que je réfléchissais à la façon dont Procope avait été empoisonné...

— En effet, enchaîna le droujinnik, on avait pu lui administrer le poison lors du repas du soir, où toute la famille était présente, ou bien, on avait pu le verser dans le flacon d'eau-de-vie que le boyard gardait dans la poche de son caftan. Cette deuxième solution était tellement plus commode ! Le nom de Natalia aurait dû figurer en tête de notre liste de suspects... si seulement on avait pu soupçonner son mobile !

— Elle a donc supprimé son époux qui risquait de la trahir, ponctua Titos. Mais son intention initiale consistait à empêcher coûte que coûte les épousailles d'Olaf. Ce projet, Natalia y est revenue un peu plus tard en maquillant le prétendu accident du vieux boyard.

— Personne n'était mieux placé qu'elle pour le faire ! renchérit Artem. Renverser un seau d'eau sur la neige, attendre que le sol gèle, guetter le retour de la petite servante après la partie de plaisir rituelle d'Olaf, courir déplacer l'échelle... Quoi de plus facile pour quelqu'un qui passait son temps à s'affairer entre la maison et les cuisines ! C'est par pur hasard que j'ai découvert qu'Olaf avait été assassiné. Les suspects ne manquaient pas, mais l'idée de soupçonner Natalia ne m'a même pas effleuré ! Cette diablesse a eu recours à deux stratagèmes fort astucieux. D'abord, elle a laissé courir le bruit qu'Olaf avait l'intention de la questionner sur le comportement de Procope peu avant sa mort. De la sorte, elle a réussi à nous convaincre, Stépan puis moi-même, qu'elle avait été témoin de quelque incident révélateur, susceptible de nous éclairer sur ce qui était arrivé à son époux. Si seulement elle parvenait à retrouver la mémoire de cet incident, pensai-je, elle nous fournirait les indices essentiels qui nous conduiraient vers l'assassin. Et bien sûr, un témoin potentiel est aussi une victime probable... Ensuite, elle a renforcé ma conviction en feignant une tentative d'empoisonnement sur sa personne. Je dois avouer que tu ne m'as guère aidé, cher disciple d'Esculape, en apportant tout le prestige de ton savoir en faveur de cette idée !

— Voyons, boyard, si j'ai été dupe de la comédie que la veuve a jouée chez le gouverneur, c'est bien à cause de toi ! protesta Titos avec un sourire en coin. Sa description des symptômes était juste, et je n'ai pas cherché plus loin... Or il est toujours possible qu'un patient simule la maladie. Natalia présentait-elle les symptômes d'un empoisonnement grave, ou les imitait-elle parce qu'elle les *connaissait* ? Et dans ce dernier cas, où avait-elle puisé ses informations ? Si je ne me suis pas posé toutes ces questions, c'est parce que toi, le fin limier, tu avais d'emblée exclu Natalia du nombre des suspects !

— C'est ça, continue à m'accabler, bougonna Artem. Je me reproche déjà bien assez le temps que j'ai mis à démasquer l'assassin !

— Comment as-tu deviné qu'il s'agissait de Natalia ? demanda Titos.

— Pour une fois, c'est mon nez, au sens propre, qui m'a permis de subodorer la vérité ! expliqua Artem en souriant. Lorsque la veuve m'a montré le petit flacon précieux qu'elle portait autour du cou, ce parfum m'a rappelé vaguement quelque chose... sans que je puisse pour autant identifier le bouquet assez particulier de l'essence aromatique que Vassili avait dérobée au Passeur. Par ailleurs, Natalia prétendait avoir acheté son parfum à Varvara ; j'ai donc pensé que je l'avais déjà humé dans la maison de la drapière. Puis, avant-hier, en interrogeant Varvara, je lui ai demandé d'examiner le flacon subtilisé au Passeur. Elle a tout de suite reconnu dans ce parfum le « baume de la séduction », que le sorcier fabriquait et vendait à l'occasion à ses visiteuses. Et c'est au même moment que je me suis rappelé le parfum de Natalia ! Le plus important, c'est que celle-ci avait évoqué devant moi le nom que le Passeur avait donné à sa préparation : « baume de la séduction ». Ou bien Natalia l'avait appris par le Passeur lui-même, ou bien, à la rigueur, par son époux ; mais sûrement pas par Varvara ! Pourquoi m'avait-elle menti ? Pourquoi cherchait-elle à compromettre la drapière ? C'est ainsi que j'ai attrapé le fil qui m'a permis de débrouiller tout cet écheveau de mensonges...

— Et le Passeur, dans tout cela ? s'enquit Titos.

— En vérité, il fait partie de ces créatures diaboliques qui viennent au monde pour perpétrer l'œuvre du Mal, répondit Artem. Quoi qu'en pensent mes valeureux assistants, je suis persuadé qu'il s'agit d'un habile charlatan qui jouait sur la peur qu'inspirait sa réputation de sorcier. Cela dit, Natalia avait bien moins besoin de ses services que je ne l'avais cru... et qu'il ne le supposait lui-même ! C'est elle qui a conçu l'idée de cette sinistre mise en scène impliquant les païens, de même que, plus tard, elle a décidé de faire peser tous les soupçons sur Varvara la renarde, la coupable idéale aux yeux des braves habitants de Kremni.

Lorsque le droujinnik s'interrompit, Titos demeura silencieux un long moment.

— Varvara te doit une fière chandelle, boyard... Et je tenais à te remercier pour tout ce que tu as fait pour ma future épouse. Sans ta perspicacité, mais aussi ta compréhension et ton indulgence, le Tribunal l'aurait condamnée pour meurtre... à moins que la populace ne se soit chargée d'elle avant même le procès !

— N'en parlons plus, fit Artem, gêné. Je suis heureux pour vous deux ! Contrairement à ce que je t'ai laissé entendre il y a quelques jours, je suis persuadé que tu es l'homme qu'il lui faut.

— Je n'ai ni titre ni fortune, ni physique avantageux, je suis un piètre escrimeur et un exécrable cavalier, un praticien vieillissant qui ne fera sans doute jamais carrière...

— Tu l'aimes et tu la respectes, tu sauras veiller sur elle et sur le petit. C'est l'essentiel. À part ça... J'espère que tu les emmèneras loin d'ici !

— Nous partirons dès que nous serons mariés, précisa Titos en souriant. Si la corporation des médecins de Tchernigov m'accepte, nous resterons dans la capitale jusqu'à la majorité de Danko ; ensuite, nous verrons...

— Formidable ! s'exclama Mitko avec enthousiasme. Titos et la belle Varvara seront nos concitoyens ! Vous allez pouvoir oublier la fourche du Diable et l'arbre du liéchy... À propos, ajouta-t-il d'un air grave, tu peux compter sur notre discrétion, savant Titos : personne dans la capitale ne saura que ton épouse est une sorcière !

Après avoir pris congé du médecin, Artem et ses compagnons louèrent une troïka rapide pour regagner Tchernigov. Emmitouflés dans leurs manteaux, les pieds recouverts de paille fraîche, ils contemplèrent pour la dernière fois les rues enneigées de Kremni tandis que leur traîneau prenait la direction de la porte nord.

Laissant derrière eux l'étang gelé, le bosquet de bouleaux et le chemin qui menait vers la rivière, ils étaient sur le point de s'engager sur la grand-route quand Artem ordonna au cocher d'obliquer vers la forêt. Mitko et Vassili se figèrent : leur troïka filait comme une flèche vers l'isba du Passeur ! Comme ils interrogeaient le droujinnik du regard, celui-ci déclara laconiquement :

— J'ai besoin de vérifier quelque chose.

— Boyard, gémit le colosse blond, à quoi bon tenter le Diable ? Si le magicien est revenu... Pense à Philippos ! Il n'est pas bon pour lui de rencontrer ce coquin !

— Aucun danger, trancha le droujinnik. Je suis convaincu que le Passeur a quitté la ville le jour même où nous nous sommes battus.

À court d'arguments mais nullement rassuré, Mitko lança un coup d'œil angoissé à Vassili, qui se contenta de hausser les épaules.

Comme l'équipage approchait de la forêt, Artem commanda au cocher de s'arrêter à quelques centaines de coudées de l'isba du Passeur. Précisant que leur absence ne durerait pas plus d'un quart d'heure, il sauta à terre et se dirigea vers la cabane d'une démarche résolue. Les Varlets se traînèrent à sa suite. Quant à Philippos, il emboîta le pas au droujinnik sans se faire prier : il brûlait de voir le fameux sorcier.

Mais son attente fut déçue : ainsi qu'Artem l'avait prédit, l'isba était vide. La porte et la fenêtre ouvertes laissaient les violentes rafales pénétrer à l'intérieur. Tout l'attirail du Passeur, chaudron, bouquets d'herbes séchées, flacons installés sur les rayonnages, avait disparu. Il ne restait dans la pièce qu'un banc, un tabouret cassé et l'énorme coffre à vêtements dans lequel le sorcier s'était caché après le combat avec le droujinnik.

Tandis que Philippos et les Varlets l'observaient,

intrigués, Artem se dirigea vers ce meuble et souleva le lourd couvercle. Dégainant son épée, il sonda le contenu du coffre puis tenta de le déplacer. Les autres se précipitèrent à la rescousse du droujinnik. En vain ! S'agenouillant devant le meuble, Artem entreprit de l'examiner.

— Bien sûr ! s'exclama-t-il au bout d'un instant. Voilà pourquoi nous n'avons pas réussi à le bouger : il est fixé au sol.

Il se releva et se mit à vider le coffre, imité par ses compagnons. Bientôt, les vieilles hardes, les morceaux de bois et tout le bric-à-brac qu'ils avaient sortis et inspectés s'amoncelaient au milieu de la pièce. Comme Philippos soulevait la couverture trouée qui recouvrait le fond, Artem poussa un cri de triomphe.

— Vous n'avez pas voulu me croire quand je vous répétais que le Passeur n'est qu'un charlatan ! s'exclama-t-il à l'adresse des Varlets. Maintenant, regardez ! Il n'y avait rien de magique dans la disparition de ce coquin !

Tout le monde se pencha au-dessus du coffre. Un trou découpé dans le fond donnait sur une trappe aménagée dans le sol.

Philippos fut le premier à réagir. Il sauta à l'intérieur du coffre et s'efforça de soulever la trappe. Mitko s'empressa de l'aider ; le meuble était si spacieux que tous les deux pouvaient facilement se tenir à l'intérieur.

— Elle est bloquée de l'autre côté ! annonça Mitko. Je vais essayer de la forcer. Philippos, si tu ne veux pas recevoir un coup d'épée malencontreux...

Sans lui laisser le temps de protester, il le souleva comme une poupée de paille et le reposa sur le sol. Introduisant la pointe de son arme sous le lourd couvercle de fer, il parvint à forcer la trappe. Celle-ci découvrit un trou noir et béant dont s'échappait une odeur de moisissure.

Tandis que Mitko émergeait du coffre pour laisser la

place à Artem, Vassili sortit de sa sacoche un bout de bois résineux et un briquet de silex. L'instant d'après, il remettait la torche allumée au droujinnik. Cette dernière était juste assez puissante pour éclairer le haut d'un puits qui paraissait insondable. Artem s'agenouilla pour étudier les murs recouverts de mousse. Il aperçut une sorte de rampe de fer encastrée à environ deux coudées de profondeur. Attachée à celle-ci, une échelle de corde descendait au fond du gouffre.

— Le dernier mystère de cette sombre affaire est résolu ! déclara Artem d'un ton satisfait tandis qu'il se relevait. J'étais persuadé que le sorcier nous avait faussé compagnie grâce à une astuce : un coffre aux parois truquées, un couloir dissimulé, une porte dérobée... peu importe ! C'est pour m'en assurer que je tenais à revenir ici. Quant à explorer ce passage secret...

Artem échangea un long regard éloquent avec les Varlets. Philippos comprit que, à son immense déception, ni le droujinnik ni ses assistants n'avaient l'intention de se risquer dans le mystérieux souterrain !

— Il faudrait tout de même jeter un coup d'œil là-dedans ! dit-il d'un ton suppliant. N'avez-vous pas envie de découvrir où conduit ce puits ?

— Pas question, trancha le droujinnik. Nous ne sommes ni assez nombreux ni suffisamment équipés pour une telle expédition. Peut-être un jour, si l'occasion se présente, reviendrons-nous explorer ce souterrain... Pour l'heure, j'ai grand besoin d'un moment de répit avant de me lancer dans de nouvelles aventures !

— Nous aussi, approuvèrent en chœur Vassili et Mitko.

Et ce dernier ajouta avec un clin d'œil :

— La prudence est mère de toutes les vertus !

Après avoir refermé la trappe et le coffre, ils quittèrent l'isba du sorcier. Alors qu'ils se dirigeaient vers la troïka, Philippos s'arrêta brusquement. Surpris, le droujinnik et les Varlets le fixèrent d'un air interrogateur. Le garçon scrutait la forêt toute proche.

– - Devinez qui je viens de voir ! murmura-t-il en ouvrant grands les yeux. Varvara ! Regardez, là-bas !

Artem, Mitko et Vassili tournèrent la tête dans la direction qu'il indiquait.

Un renard — ou une renarde — venait de surgir du sous-bois. C'était une superbe bête d'une taille impressionnante, au poil épais et brillant. L'oreille tendue, le museau humant le vent, elle contempla les quatre amis quelques instants. Puis, balayant la neige de sa queue magnifique, elle se glissa entre les branches des sapins et disparut.

POSTFACE

Avant même que la Russie fût organisée en État (IXe siècle), sa situation sur la voie « des Varègues aux Grecs » explique la double influence qu'elle a subie : celle des Varègues (Vikings qui naviguaient sur le Dniepr et traversaient la mer Noire) et celle de Byzance. Les Varègues commencèrent à s'installer en masse dans les régions habitées par les Slaves vers le IXe siècle, apportant leur savoir-faire en matière de navigation, de commerce et d'art militaire ; la Russie en a également hérité les principes fondamentaux de législation. Quant à Byzance, son rôle est essentiel dans le domaine du commerce, de la peinture, de l'architecture, et, bien sûr, de la religion.

Olga, grand-mère de Vladimir Ier le Soleil Rouge (ou Saint), fut le premier chef d'État chrétien en Russie, mais ce fut son petit-fils qui christianisa le pays. Une célèbre légende médiévale raconte comment Vladimir, grand-prince de Kiev (960-1015), résolu à renoncer au paganisme, envoya ses émissaires observer les différentes religions du Livre et lui rapporter leurs impressions. Ceux-ci, conquis par la beauté proprement divine du rite grec, déterminèrent le choix de leur prince.

On peut affirmer avec autant de certitude que Vladimir, ce génie politique hors pair, comprit le rôle unificateur de la religion chrétienne. En 988, il se fit baptiser à Constantinople en même temps qu'il épousait la sœur des empereurs Basile II le Bulgaroctone et Constantin VIII. Dès son retour à Kiev, Vladimir Ier imposa la christianisation à tous ses sujets, quels que fussent leur appartenance ethnique et le paganisme qu'ils professaient, et continua de répandre le christianisme sous la forme grecque.

Malgré la conversion générale du pays, les survivances païennes demeuraient étonnamment puissantes en Russie (on en rencontre encore des traces aujourd'hui !). Des dizaines de peuplades et de tribus, surtout celles qui habitaient les forêts impénétrables, continuaient à tenir tête à l'Église et aux princes, s'opposant à toute tentative de christianisation, mettant à mort les missionnaires et livrant des combats sans merci à l'armée princière.

Les chroniques russes ont conservé le nom de certaines de ces ethnies, tels les Drevlianes, les Krivitchi, les Ves', les Tchoud', les Mériens... ou encore les Drégoves, tribu slave évoquée dans ce roman. Leur nom provient du mot *dregva* qui signifiait « marais » dans leur langue ; il semble en effet qu'ils habitaient les marécages situés au fin fond des impénétrables forêts situées au sud-ouest de Tchernigov[1] et de Kiev. Armés de couteaux et de javelots, ils repoussaient sans peine les rares détachements militaires qui s'aventuraient jusqu'à leurs cabanes construites souvent dans les arbres. On ne dispose malheureusement d'aucune autre information sur les Drégoves.

En revanche, le personnage du sorcier surnommé le

1. Ville d'Ukraine, à 130 km au nord de Kiev à vol d'oiseau. Mentionnée pour la première fois en 907, elle devient, après la fondation d'un évêché (998), une des principales cités de la Russie kiévienne.

Passeur et les relations qu'il entretient avec les païens s'inspirent en partie de l'évocation détaillée de la révolte païenne de l'automne 1071 qui figure dans la *Chronique des temps passés*[1]. Le soulèvement fomenté par les faux « mages » venus de Iaroslavl embrasa les berges de la Volga depuis Rostov jusqu'à Beloozéro, région qui avait cruellement souffert de la famine la même année. Le jeune prince Vladimir, alors suzerain de Rostov, finit par écraser la rébellion ; il châtia les moujiks revenus au paganisme et fit exécuter les prétendus sorciers en les livrant à la colère de la populace.

Cet épisode sanglant marqua profondément la conscience des contemporains du prince. Son souvenir explique la méfiance et la crainte qu'Artem et les Varlets, mais aussi les habitants de Kremni, éprouvent envers leurs voisins drégoves. De fait, les païens continuaient à représenter une force réelle. Il ne s'agit pas seulement de peuples non christianisés habitant les terres russes, mais aussi des Slaves fraîchement convertis. Dans cette Russie dont la christianisation officielle date de 988, les vieilles croyances restent fortement ancrées dans la mentalité du peuple. Le fragile vernis chrétien peut se craqueler à tout moment, et les fidèles d'hier risquent de se transformer du jour au lendemain en adorateurs des dieux anciens.

En ce qui concerne la substance mortelle que les Drégoves fabriquent en mélangeant des essences toxiques animales et végétales, cet élément de l'intrigue relève de la fiction... mais la recette du poison préparé à base de venin de vipère, évoquée dans le roman par le médecin Titos puis par le Varlet Mitko, est authentique !

1. Appelée également *Chronique* de Nestor, elle date de 1100, mais son auteur, le moine Nestor de la laure (monastère) Petcherski de Kiev, utilisait des sources bien plus anciennes pour décrire le passé de son pays.

C'étaient les Scythes, redoutables guerriers et archers hors pair, qui trempaient leurs glaives et surtout leurs flèches dans ce poison mortel d'abord décrit par Aristote et ensuite par Théophraste. Plus tard, Ovide, exilé sur les rives du Bosphore, évoqua également les traits et les javelots empoisonnés par « du sang et du fiel de vipère », considérant ces armes comme extrêmement redoutables[1].

Le carnaval qui marque la période de Noël se rattache également à la tradition préchrétienne. Les masques, les jeux, les feux allumés aux carrefours, le cortège du carnaval avec les poupées de paille représentant la déesse du printemps Lada et le dieu du soleil Koliada, les différents rites qui ont pour but d'honorer ce dernier, la roue enflammée qu'on roulait sur les congères à travers la ville, la bouillie de blé traditionnelle appelée *koutia* — tout cela faisait partie de la tradition païenne slave. Il en va de même pour le très ancien rituel autour de la bûche « verdie » symbolisant le dieu Koliada — le soleil, le renouveau, la renaissance — qu'on promenait dans les rues en chantant et qu'on accueillait avec vénération dans chaque maison.

Parmi les divertissements coutumiers en période de Noël, rien n'égalait en popularité la divination, à laquelle les femmes et surtout les jeunes filles s'adonnaient à la tombée de la nuit. Les moyens d'en savoir plus sur son promis — objet d'intérêt principal — se comptaient par dizaines. On cherchait à découvrir l'avenir en faisant tourner un anneau suspendu à un fil au-dessus d'un psautier, en ouvrant ce dernier au hasard, en versant de la cire fondue dans un verre d'eau froide, en scrutant le reflet renvoyé par une série de miroirs, en observant le vol des oiseaux, en lançant son soulier par-

1. *Histoire du poison* de Jean de Maleissye, éd. François Bourin, Paris, 1991.

dessus la palissade, en écoutant les aboiements des chiens ainsi qu'il est mentionné dans ce récit, etc. Des écrivains comme Pouchkine et Gogol évoquent certaines de ces pratiques, dont quelques-unes ont d'ailleurs persisté jusqu'à nos jours.

Pour conclure, il convient d'évoquer un autre aspect passionnant de la vie dans cette Russie moyenâgeuse : le Code, que les personnages de ce roman citent ou mentionnent plusieurs fois au fil des pages. La législation de la Russie de Kiev, dont les principes essentiels avaient été hérités des Varègues, fut élaborée par Iaroslav le Sage (1019-1054), fils de Vladimir Ier. Le Code de Iaroslav, intitulé *Rousskaïa Pravda* (« le Droit russe »), fixe un système détaillé et précis d'amendes destinées au Trésor, et de compensations en argent destinées à la victime ou à ses proches.

Ce système s'applique à tous les forfaits possibles, du menu larcin au meurtre. Même une dent cassée ou une touffe de barbe arrachée trouvent leur place dans la liste des délits envisagés et des sanctions prévues.

Le Code de Iaroslav frappe par sa modernité : ainsi, cette clause stipulant que chaque accusation doit être étayée par sept témoignages sous serment (le parjure étant sévèrement puni) ; ou encore cette autre exigeant que le plaignant comparaisse avec l'accusé devant douze « citoyens » (hommes libres) qui expriment leur point de vue sur l'affaire avant que le jugement soit rendu par le Tribunal du prince.

En ce qui concerne la procédure, elle ressemble à celle pratiquée presque partout en Europe au Moyen Âge. Elle est essentiellement fondée sur l'aveu et sur les témoignages sous serment. Les aveux peuvent être arrachés sous la torture ou par le jugement de Dieu : le combat singulier, l'épreuve du fer chauffé à blanc, etc. Si le plaignant ne dispose d'aucun témoignage, lui-même peut être soumis au jugement de Dieu avant que sa déclaration soit prise en considération par le Tribunal.

Les condamnations tiennent compte, d'une part, de la gravité du forfait, d'autre part, du statut social de la victime, toujours selon le code des lois hérité des Varègues. Ainsi chacun a-t-il sa valeur pécuniaire, son *Wehrgeld.* Le meurtre d'un boyard, par exemple, se solde par une compensation de quatre-vingts grivnas, mais celui d'un serf, de cinq grivnas, plus une amende de douze grivnas versée au Trésor. Par ailleurs, un membre de la famille de la victime a le droit de provoquer en combat singulier le meurtrier et de le mettre à mort.

Excepté cette vengeance « légitime », la peine de mort en tant que telle n'existe pas dans le Code de Iaroslav, et les délits les plus graves sont punis par le servage à vie. Cette législation s'applique sur tout le territoire de la Russie de Kiev et elle est valable pour tous. Chaque homme est jugé en fonction de son statut social, sans tenir compte de son appartenance ethnique. Sur le plan juridique, il n'existe donc aucune distinction entre les Varègues, les Slaves et les populations locales de différentes origines.

L'exercice de la justice est entièrement soumis au Tribunal du prince (à l'exception des affaires relevant de l'autorité de l'Église); c'est devant cette autorité suprême judiciaire qu'on doit porter tout crime ou délit. Le plaignant le fait à des dates fixes, le plus souvent avant Noël, avant Pâques ou vers le 1er septembre — la Saint-Siméon, début traditionnel de la nouvelle année.

Le Tribunal se compose essentiellement de trois types de fonctionnaires : les *virniki*[1], les scribes et les drou-

1. Littéralement, fonctionnaire du Tribunal chargé de percevoir les amendes.

jinniks qui y sont rattachés par ordre du souverain. Outre ces derniers, le Tribunal s'appuie sur l'armée princière et peut solliciter son intervention à tout moment.

La force principale de l'armée est constituée par les Varlets[1] (« jeunes guerriers ») qui perçoivent un salaire et vivent au palais. Pour les besoins d'une campagne militaire ou lors des périodes de tension, le prince complète son armée en recrutant des droujinniks dans tous les milieux sociaux. En temps de paix, les Varlets, également appelés « bras du prince », sont chargés de collecter les impôts, de servir de gardes à leur souverain, de protéger certains convois marchands et, bien sûr, d'effectuer différentes missions pour le compte du Tribunal.

Les hauts fonctionnaires de celui-ci appartiennent à l'aristocratie : les boyards. Ils sont souvent, mais pas nécessairement, d'origine varègue. Cette catégorie de la population comprend les riches propriétaires terriens issus de la noblesse locale, mais aussi les chefs militaires, compagnons d'armes et amis du prince. Par opposition à la droujina des Varlets, les boyards les plus puissants constituent la droujina des Anciens.

Cinq siècles plus tard, Ivan le Terrible parviendra à se débarrasser définitivement de la plupart des boyards, devenus trop dangereux pour le pouvoir central. Pour l'heure, ils aident le prince à affermir son pouvoir. Certains d'entre eux peuvent devenir les conseillers privilégiés de leur suzerain. C'est ainsi qu'Artem, lui-même

1. Pour désigner cette catégorie de droujinniks du prince, on utilise en russe les termes historiques *Iounnyié* ou encore *Otroki*, les deux mots signifiant « jeunes ». Pour traduire ce terme, on a choisi le mot français *varlet*, diminutif de *vassal*, qui signifie « jeune garçon » ou « jeune guerrier » pendant tout le Moyen Âge. (Cf. Émile Littré, *Pathologie verbale, ou lésions de certains mots dans le cours de l'usage.*)

secondé par les Varlets Mitko et Vassili, assiste, dans la résolution de certaines affaires criminelles qui dépendent du Tribunal, le jeune Vladimir Monomaque.

Ce dernier est d'ailleurs un personnage très célèbre. Petit-fils de Iaroslav le Sage et arrière-petit-fils de Vladimir Ier le Soleil Rouge, Vladimir II dit Monomaque (1052-1125) fut un chef de guerre intrépide, mais aussi un excellent administrateur, habile diplomate, érudit et fin lettré.

Toute sa vie, Vladimir tenta de s'opposer aux guerres fratricides qui sévissaient entre les princes descendants de Rurik, fondateur de la Russie de Kiev. Non seulement il combattit vaillamment les nomades de la steppe, les Koumans et les Petchénègues, mais il œuvra sans répit pour que les chefs de toutes les principautés joignent leurs efforts afin de lutter contre leur ennemi commun. C'est ainsi qu'il parvint à imposer aux terres russes une relative unité, semblable à celle que le pays avait connue sous son grand-père, Iaroslav le Sage.

Cette unité se maintiendra pendant toute la durée du règne de Vladimir Monomaque. Il deviendra grand-prince de Kiev en 1113 et entrera dans l'histoire comme un des hommes d'État les plus clairvoyants et les plus équitables que son pays ait jamais connus. On mesure sa sagesse politique quand on sait que son règne fut la dernière période de prospérité de la Russie de Kiev, avant que les hordes tatares ne viennent balayer ses terres, les plongeant dans la nuit de la servitude et de la barbarie pour les trois siècles à venir.

GLOSSAIRE

Boyard, Boyarina (femme mariée), **Boyarichna** (jeune fille) : les nobles de l'ancienne Russie. Ce mot, apparu au Xe siècle, désignait d'abord les proches compagnons d'armes du prince, puis, plus largement, toute personne noble, varègue ou slave. Un boyard pouvait faire partie de la droujina du prince ou vivre dans sa ville d'origine, voire sur ses terres.

Droujina :

a) l'armée du prince, qui était composée de la *droujina des Anciens,* ou Grande Droujina, et de la *droujina des Varlets* (c'est-à-dire « jeunes guerriers »), ou Petite Droujina. Ce n'était pas le nombre, mais l'âge des guerriers et leur appartenance sociale qui faisaient la distinction entre les deux ;

b) tout détachement militaire de moyenne importance composé de guerriers (souvent, de mercenaires) au service du prince ou d'un boyard.

Droujinnik : guerrier appartenant à la droujina des Anciens ou à celle des Varlets.

Grivna : principale monnaie russe : 250 g d'argent ou d'or massif. Se divisait en demi-grivna, quart de grivna, etc.

Kouman (ou Couman) : peuple nomade d'origine turque, venu d'Asie centrale, ennemi principal des

Russes entre le XIe et le début du XIIIe siècle, auquel succédèrent les Tatars.

Sarafane : longue robe sans manches, le plus souvent boutonnée devant et portée avec une ceinture ; elle habillait les femmes de toute condition.

Varègue : nom que les Byzantins et les Slaves donnaient aux Vikings. Ces Scandinaves, excellents navigateurs, guerriers et commerçants, furent les fondateurs de la Russie de Kiev.

Varlet : voir « Droujina ».

Verste : ancienne mesure itinéraire, de 1 067 m.

Dans l'Espagne médiévale avec Isaac

Au XIVe siècle, à Gérone, qui accueille alors la deuxième plus importante communauté juive de toute la Catalogne, le médecin juif Isaac officie avec un sérieux handicap: il est aveugle. Observateur subtil de la nature humaine, il répond immanquablement présent lorsqu'il s'agit d'enquêter sur les crimes les plus épineux ou d'élucider les mystères les plus difficiles.

Cet ouvrage a été réalisé par

FIRMIN DIDOT

GROUPE CPI

Mesnil-sur-l'Estrée

pour le compte des Éditions 10/18
en mars 2002

Imprimé en France
Dépôt légal : mai 2002
N° d'édition : 3366 – N° d'impression : 59107